告诉你一个真正的衡水中学

"衡中不是攀高峰的学校,是创造高峰的学校"

HENG ZHONG SHI NIAN

衡中十年

- ☑ 怎么当校长
- ☑ 怎么做管理
- ☑ 怎么当老师
- ☑ 怎么出状元
- ☑ 怎么搞合作

赵栋 袁伟华 胡光 ◎ 著

人民日报出版社

荐书人语

这是一本由本世纪初从河北大学新闻系毕业的三个学生写的反映衡水中学的书,他们都工作在省、市新闻单位,有着十年以上的从业经验,曾深夜挑灯疾书,写过社论、评论,也曾双脚踏遍燕赵大地,采访过无数典型,笔下出过多篇在社会上引起极大反响的工作、人物通讯。他们的视角很独特,他们的思想很敏捷,他们的思维很缜密,他们的站位高远,他们的报道全面、客观。他们用了一个冬天的时间采访了衡中的校长、副校长、教研室主任、班主任、教师、学生和学生家长上百人,经过梳理、思辨,写出了一本内容翔实、叙述客观、思考深远的书。

这本书的名字也很朴实,叫《衡中十年》,没有加上什么探秘、解码等唬人的标签。其实,衡中也没什么秘密可探,他们的秘密是公开的,就是刻在大门口的"追求卓越"四个字,在这四个字的指引下,站在高山顶上,继续汗流浃背的拼搏、创新,塑造新的高峰。他们的密码也很好解开,就是深深刻在每个人脑海里的教育工作者的良知和良心,也就是社会主义核心价值观。

衡中是一本书,衡中是一个梦。衡中是一本字里行间写满了真、善、美的书,衡中圆了无数个学子和家庭改变命运的梦。

明白这些,你才会读懂这本书,才会领略到名校的文化和名师的风范,继而把自己的精神境界提高一个层次,在自己的工作岗位上做出骄人的业绩。

目 录
CONTENTS

序 【001】

怎样出高分
成就篇
教师最好的作品是学生

第一章　衡中圆了大人孩子的理想梦【008】

008　用数字说话：考入清华、北大人数连续过百

010　数字的背后：衡中是不是高考工厂

第二章　卓越之光照亮了生命的心田【015】

015　山高人为峰追求卓越：十年获国家荣誉七十多项

018　向人民负责终生誓言：办负责任的学校，当负责任的老师，做负责任的学生

020　育人从德始，人格至上：特色育人经验三次送上中央领导案头

第三章　衡中"奇迹"的背后【026】

026　上下同欲，上下协同，上下认同：把我变成我们，把一群人变成一个人

030　行动指南：干给老师们看，带着老师们干

第四章　塑造全新的教育生态【031】

031　衡中现象：重点大学名额都被衡中抢走了吗

034　教育均衡：合作办学、学校帮扶

第五章　永远在路上是衡中的财富【037】

037　学习衡中者：到底欠缺些什么，究竟应该学些什么

040　学生管理与办学实践：外界传说的"军事化管理""魔鬼化学校"存在吗

怎样当校长
舵手篇
一名好校长就是一所好学校

第一章　校长要做好学校的"引领者"【047】

047　"踏实走好自己的路,别想太多":克私欲,涨公欲

049　他是衡中的道德标杆:做自己的精神巨人,做学校的精神领袖

054　做教师和学生的贴心人:善疏则通,能导心安

059　德高为师,学高为范:立德树人,关键在师德

第二章　探索,是"不忘初心"的生动实践【063】

064　勇于探索,不忘初心:将"追求卓越"的校训概括为"四种精神"

069　探索,释放哲学的力量:破与立,坚持四个不动摇

第三章　校长是衡中团队的核心与塑造者【073】

073　团队要有多层面深层次良性互动:校长是出思想的,副校长是出思路的,中层干部是出行动的

077　衡中团队的三种精神：海盗、藏獒、头狼

082　团队领袖点燃精神圣火：敢打必胜，永争第一

怎么"破"与"立"
创新篇
"创新从来只有起点，没有终点"

第一章　教学领域内的三大创新【086】

086　法宝一："三三三"教学法横空出世

097　法宝二："一课一研"到"一课三研"华丽升级

105　法宝三："三编一审"的前世今生

111　日常教学的"微创新"如雨后春笋：先宏观创新再局部创新

第二章　管理创新日新月异【120】

120　"师徒制"助青蓝之变：岗中结队与师徒协议

129　八十华里远足衡中独有：为什么说这是衡中每个学生必须经历的"长征"

132　班级管理微创新层出不穷：老师如何处理早恋

136　家长会开成"培训会"：教育合力也是一种创新

第三章　卓越目标引领，创新一直在路上【139】

139　目标创新：学校快速发展靠什么

141　管理理念创新：中层干部提升素养靠什么

怎样当老师
耕耘篇
因为名师，所以高徒

第一章　学校的管理，就是更好地为老师服务【145】

145　教师付出了就必须有回报：竞争激励机制包括哪些

150　教师的"磁场"产生教学的"共振"：如何让每一位老师都全身心地投入到教育教学中

154　为老师服务是价值观的体现：管理制度如何做到科学又严格

158　归属感难以用金钱来衡量："管理就是服务"是管理本质的回归

第二章　先有父母心，再做教书人【161】

161　"教"和"育"应该并重：没有爱就没有教

165 付出"尊重"才能收获"尊重":转变说教为帮助角色

167 教师个人的魅力也是一种无形的教育力:没有任何教育力量比学生眼中的你更具震撼力

171 多给孩子一条人生道路:多一门选修课就是多一种未来

第三章 不悔梦归处,只恨太匆匆【176】

176 衡中是我的家:让毕业生绝不后悔曾在衡中就读的奥秘

178 精神的力量最具征服力:为何成人礼被看得如此之重

184 为学生打下灵魂的烙印:成功的教育是"受益"才能"终生"

怎样内外合作
和谐篇

"衡中不是攀高峰的学校,是创造高峰的学校"

第一章　素质教育与应试现状的和谐【189】

189　衡中没有破坏教育规律:高升学率并不等于应试教育

194　衡中的管理尊重"人本":尊重教育教学规律、学生成长、个性兴趣

197　环境和谐助力精神家园:人文环境和文化氛围建设并举

198　教学和谐追求素质教育:不抓升学率过不了今天,只抓升学率过不了明天

第二章　和谐管理迸发合力【201】

201　"教有所长"促队伍和谐:出名师、育名生、创名科、建名校

204　衡中是个"和谐特区":荣誉让,工作上

第三章　师生和谐提高教学效率【206】

206　题海战术？老师们跳进题海，学生们走出题海

210　构建新型师生关系从两方面入手：师德引导，尊重的教育

第四章　学生"兄弟连"合作大于竞争【213】

213　全班都是学霸，化压力为动力关键：愿景构造

214　培养行动力来强化自律：和高者比，和强者拼，和快者争

第五章　家校和谐促教育延展【217】

217　通过学生教育、影响家长："八个一"活动必不可少

219　家校共联秘密通道：三表一书，三日一会，三箱一线

第六章　对外合作促进教育和谐【221】

221　战略合作：百余所著名高校在此设立"优秀生源基地"

222　开放办学：国际合作不放松，国内教育扶贫凸显责任

写在后面【224】

编后记：【227】

序

当今,"衡中现象"已经并将继续镌刻在中国教育的时代记忆中。我已经关注河北衡水中学十年了,我从地方领导岗位转到云南省教育厅履职,特别是离开教育领导岗位后,曾与衡水中学校长、老师、学生进行比较广泛的交流。我曾经几次从早上五点半到晚上十点半伴随师生走进课堂,走进食堂,走进宿舍,走进操场,走上远足道路……全程深入考察过衡中师生的学习、工作和生活情况。衡水中学的办学理念和管理方法、衡水中学的追求卓越和责任教育、衡水中学的治学精神和创新品格,都给我留下了极其深刻的印象。衡水中学是现行国家教育思想和教育制度下的一面旗帜,是学子和家长憧憬和向往的学堂。

求学到衡水中学,得到的是文化的熏陶、智慧的生长、价值的构建和精神的养育。衡中无疑是衡水文脉传承的高地,充分展示着文化底蕴深厚的衡水风采,不断积淀了独特的校园文化。学生在这样的文化熏陶中勤奋学习,获取新知,生长智慧;师生在这样的环境中获得自信、自能和自尊,实现生命和生活的价值;师生在这里养育了道德风范和坚强意志,他们不但在燃烧激情,更生长理性和意志力。衡中给我们展示的是师生的生命活力和生命价值,展示的是学生的个性化成长和全面发展。衡中给我们的启示是，教育价值高于一切价值，一切智慧源于教育智慧。衡水中学在办负责任的教育，在办人民满意的教育。

教育是什么？我们认为，教育是发展人的生命、生存、生活，实现人的价值，引领人类文明共生的社会活动过程。教育使人认知生命的价值，增长生存的能力，培养生活的信仰，实现人生的幸福。教育引领人们思维方式、生产方式、生活方式和社会管理方式的转变，促进人类共同生存和发展。教育以价值构建为灵魂，以能力培养为核心，以规则契约为保障，培养人的共生价值和创造能力，学会用规则守护人生，用规则看守世界。教育培养有自由意志、独立人格、大爱情怀、创造能力、社会责任、幸福生活的公民。衡水中学的办学理念、办学管理和办学成果充分体现着这样的教育思想。

衡中行走在争议的路上，在争议中前行，在争议中发展，这是符合事物发展逻辑的。无争议就无生命活力，无争议就无创新动力。如果我们以"满票思维"、"不争论思维"、"应试教育思维"和"素质教育思维"来考察和评价衡水中学，一定无法做出客观、公正的判断。衡中现象是现行国家教育思想和教育体制的产物，衡中是教育公平与竞争中脱颖而出的山峰。在这里你会发现：应试能力训练能促进核心素养的提升；张扬学生个性能促进全面发展；个人意志的培养能促进集体荣誉的收获；追求卓越的竞争能增添教育活力与促进教育公平。衡中是"盛心之家"，不是"盛物之器"，衡中师生和谐共振，拼搏进取，充满价值感。他们"临近致远"，面对现实，致远未来，行走追梦和圆梦的路上。面对争议，他们不埋怨、不指斥、不气馁、不固守；他们在反思、在吸纳、在改进、在发展。衡水中学不是十全十美，也不应该十全十美，衡水中学需要变革的很多，发展的任务很重。但我觉得更应该反思和改革的是国家的教育思想和教育制度。

《衡中十年》真实地记录了衡水中学变革发展、不断创新的历程；记录了校长、老师担当责任、传承智慧的过程；记录了学生勤学励志、追求卓越的经历。

《衡中十年》展现的是校长的教育信念、老师的教育情怀、学生的人生梦想。它给我们很多现代中学教育的启示,也给我们很多现代中学教育的发问。我相信,展读《衡中十年》,对我们了解一个真实的衡中,客观评价衡中,从而给我们带来对衡中现象的种种思考,无疑对进一步探索教育改革和发展的新思路、新办法,自觉肩负教育使命都有积极的意义。

我们衷心祝愿衡水中学的明天更美好!衷心祝愿衡水中学师生明天更幸福!

原国家督学、云南省人民政府参事、云南省教育厅厅长　　罗崇敏

题 记

这是一段岁月的辉煌，

让目光穿过山野，迎接东方的曙光。

这是一曲生命的呐喊，

让理想插上翅膀，拥抱明天的太阳。

山为本，水自长。

德为本，人自强，

教书育人千秋业，

人间正道，浩浩荡荡。

这是笔者采访完赫赫有名的衡水中学，清晨步出旅店，身在莺飞草长的三月天里，看着被朝霞映红的波光粼粼的衡水湖水从内心发出的感慨。

怎样出高分 ▶
成就篇
教师最好的作品是学生

张文茂语录：干工作，不被人议论，没有争论，这就说明工作没有特色，没创新。争论、议论也好，背后就是承认，所以我对大家的关注和议论很感谢，这会促进我们更好地工作，让更多的人满意。

"衡水"一词始见于北魏文成帝拓跋濬的《文成帝南巡碑》。文成帝曾在信都（今冀州市）"衡水之滨"举行过规模盛大的"禊礼"。"衡水之滨"中的"衡水"，为当时穿越今冀州市境内的漳水后一段的别称，又名"横漳"或"衡漳"。隋朝开皇十六年，由河北大使郎蔚之，分下博（包括桃园、北马庄等原桃县治所周围的土地和村庄）、信都和武邑三县地，新置衡水县，治所在今衡水市旧城村，县之名称，取"漳水横流"之意。因漳水从衡水县西南入境后，不是东流入海，而是折向北流，然后入海，古人亦把这一段漳河水称为"衡水"，后因漳、滏合流，这段河水即今日的滏阳河。滏阳河与滹沱河合汇为子牙河后，入渤海。此后，衡水县名称历代沿用，又由于当时的衡水县城像桃子，旧县衙附近遍种桃树，被周边百姓俗称为"桃城"。2100多年前秋日的一天，广川郡一姓董的学子在汉武帝征求治国方略诏书的感召下，头戴一方儒巾，脚蹬芒鞋，告别故乡，度过清

凉江，在漳水买舟西上长安。这日黄昏，系缆绳于桃城西南张庄一带，离船登岸。望着云蒸霞蔚中的苍茫大地，阡陌纵横，绿海田园，听着私塾学堂里朗朗的读书声，他双手交叉于背预言道："此地有文脉，千年之后必出一代夫子高徒，教育宗师，育万千人才为国家栋梁也。"此人就是后来的西汉时期著名的思想家、政治家、哲学家，董仲舒。他借时学（阴阳五行学）发挥或者说发展《春秋》天人感应思想流传至今。

黄河改道，漳水横流的时代进入了历史的烟尘。一条发源于南太行崇山峻岭中的滏阳河在华北平原上划了无数道弯后，来到了桃城旧县衙附近的旧城塔前继续东下，灵动的河水滋润着两岸的万物生灵，就在它转头向北的拐弯处，矗立着衡水中学。这所20世纪50年代设立的县属中学在"追求卓越"四个金光闪闪的大字指引下，在最优秀的交响乐队指挥张文茂的引导下，大提琴、小提琴、贝斯手、黑管、长号、圆号和声发力，奏出了中国高中教育史上独特的华彩乐章。

从2004年开始，张文茂以副校长的身份从老校长李金池手中接过了衡水中学的指挥棒，在前几届实现了衡水中学在河北省夺冠的基础上，连续实现了十七连冠。十三年来，衡中创新、拼搏，创造了独特的管理模式与教学方法，在高中教育上一枝独秀，英名远播，高考状元在河北省的历史上屡拔头筹，分数比其他省市的状元高出几十分或上百分；十三年来，衡中送往清华、北大和其他重点高校的学子在全国中学中名列前茅；十三年来，到衡中考察、调研、学习的国家、省市领导有中央政治局委员、国务院副总理，中央的部长，省委书记、省长和将军，有大学、中学的教育家，电视、报纸、网络的新闻记者以及各方名人不计其数。十三年来，衡中受到的各级政府的表彰迭次加优；十三年来，也有人不断地非议衡中。衡中神圣又神秘。

国之兴，教育为本。评价任何一家教育机构，都要以培养出更多的高素质的人才作为唯一的考核标准。在这一点上，衡中当之无愧。

衡中靠什么取得了骄人的成就？他们成功的秘诀是什么？仁者见仁智者见智，争论不休，最后在习近平总书记"办人民满意的教育"的指示下达成了一致。

他们靠的是德育教育。就像早年的共产党人把马列主义本土化一样，张文茂和校委会把社会主义核心价值观具体融化到了校园里每个师生的心田里，把业界良心推崇到极致，让学校成为精神高地，靠一以贯之的德育教育让所有的衡中人树立起了向善、向上、利民、为国的人生观。掌舵人靠德团结起了一班人、领导成员靠德实现了和谐，靠德沟通教师的心灵，服务教师的需要、教职员工靠德为学生撑起了一片放飞理想的蓝天，让学生端正了人生观，让他们明白了青春不是懒散，不是迷茫，不是放纵，更不是寻找快感，没有拼搏学习的青春将是终生的悔恨，青春是奋斗，是向上、向善，是树立家国情怀，为建功立业，为青史留名挥洒汗水。德育唤起了学生的学习热情，让他们真切地感到了学习的伟大与崇高。在德育智慧光芒的照耀下，衡中的万千学子在德育中成熟，在幸福中生活，在快乐中学习，带着特有的"追求卓越"的衡中精神走进全国名校，跻身于世界著名学府。

多年来，衡中所获赞誉无数。政治家、教育家、新闻记者说话是有高度、有深度、有思想的，而老百姓的语言是朴实无华的。许多独生子女家庭的衡水中学家长接到儿女被名牌大学录取的通知书时激动地说："我们家就这一个孩子，他（她）上了衡中，考上了名牌大学，就能找到好工作，就改变了我们这个家庭的命运。"这就是人民朴实的心声。

"兴教化，正万民"，这才是董仲舒这位先贤两千年前关于教育的最朴素的思想和愿望。两千年后，谁才是他眼里的一代"教育宗师"？又由谁"育万千人才为国家栋梁"？

如若时光能够倒流，董老夫子再访"漳水横流"之地，寻找他当年预言的文脉，故乡今人定会给他一个毋庸置疑的答案——张文茂和衡水中学。

第一章 衡中圆了大人孩子的理想梦

不管是在城市还是在乡村,无论走在大街还是小巷,看到领着孩子的父母,问及对孩子的希望时,他们都会说,上个好大学,找个好工作。在幼儿园,当你问到小朋友们的理想时,他们会异口同声地说,好好学习,上大学,而后还会说长大要当工程师、科学家、律师、法官等。

家长的盼望和小朋友的理想就是人民的要求,面对这个要求,张文茂和他的衡水中学交出了一份合格的答卷,如同被中央表彰的河北农大李保国教授用毕生时间将最好的论文"写"在了太行山上一样,张文茂及衡中,最好的作品就是学生。他们将自己最好的作品奉献给了全社会,奉献给了这个国家。

树人成材,正是张文茂及衡中的最大成就。

用数字说话:考入清华、北大人数连续过百

目前,评判一所学校成绩最简单的指标是什么?主要指标还是高考成绩和升学率。

2016年6月23日,河北省2016高考成绩揭晓,衡水中学、衡水一中四名学子勇夺河北省文科前四名,五名学子勇夺河北省理科前四名(含并列),24人进入河北省文理科前10名,78人进入河北省文理科前50名,128人进入河北省

文理科前100名，文理科600分以上3145人，各高分数段人数再创新高。其中，139名同学被北大清华录取，30名同学被香港大学等港校录取，106名学生被加拿大多伦多大学、新加坡国立大学等国外知名高校录取，1人被中科大少年班录取，1人被东南大学少年班录取，171名艺体特长生被央美、北体等高校录取，1462人被"985工程"高校录取，2982人被"211工程"高校录取。各项指标均以绝对优势领先全省。衡水市委、市人大、市政府、市政协、军分区领导或致信或批文祝贺，全国40余所著名高校先后向衡中发来喜报。

不厌其烦地将2016年衡中的高考成绩和录取情况摘录得如此细致，就是想拿出衡中十几年高考成绩中的一个断面，让大家仔细查看一下，衡中高考的历史年轮究竟是什么样的。

这一组组枯燥的数据背后，是一张张"十年寒窗苦读"终于得偿所愿的笑脸。拉长时间轴，一个更加令人惊叹的数字是，17年以来，衡水中学高考成绩已经在河北省内连续夺冠！

喜报背后的另一个细节是，2016年高考录取结束后，一份2016年全国各地高中名校考入清华北大的人数排名榜单在网上广为传播。

虽说"考入北大清华的人数"并不是评判一所中学综合实力的唯一指标，但也从侧面反映了一所中学的教学实力。此份榜单显示，2016年被清华北大录取的考生人数超过100人的中学有两所，分别为扬名中外的河北衡水中学和中国人民大学附属中学，衡水中学更是以139人的成绩稳居第一，比第二名中国人民大学附属中学整整多出25人。要知道，衡中地处四线城市，是经济、文化资源相对匮乏的地区，而人大附中是在人才文化资源高度集中的首都，况且还有录取分数的巨大差距。

但这些成绩及数字，仅仅是衡中学生之表。有些对衡中一直带有偏见的人士恰恰从这些数字中解读出这样的信息：衡中的学生都是"考试机器"、衡中就是

个"高考工厂"。

事实果然如此吗?

数字的背后:衡中是不是高考工厂

事实上,每年的高考成绩发布和录取结果公布的时候,就是衡中再一次被推上风口浪尖的时候。衡水中学的奇迹给外界最深刻的印象是它近于神话的升学率。

说实话,笔者最早探访衡中的初衷也想核准这一事实,并试图了解衡水中学如何卓有成效地提高升学率,其奥妙之处何在。张文茂校长曾说过:"升学率只是素质教育的副产品。"他们认为只要能坚持素质教育的理念,将素质教育落到实处,那么瓜熟蒂落、水到渠成,升学率得到提高是自然而然的事。

有一次,张文茂与央视新闻节目主持人张泉灵对话,张泉灵问道:"衡水中学骄人的升学率和遥遥领先于其他中学考入全国重点大学的人数,是不是张校长感到最自豪的事情。"张文茂很认真地回答:"升学率对于教育这个大课题来说,只是其中一个比较具象的指标,教育的最高境界应该是让学生变得卓越,有卓越的人品、卓越的学识、卓越的能力等,实现自己的抱负,拥有幸福的人生,成为能够担当祖国和民族进步中的人才。"

作为一个跳出衡中写衡中的"局外人",笔者试图用自己的记录真实地为外界还原一个"本真"的衡中。经过数月的采访,我们发现,衡中学生成绩仅仅是数据而已。这些数据,只能是一个表层的指标,衡中虽然擅长并且乐于统计这些数据,但他们更看重的,是成绩背后学生们的综合素质。

2016年11月29日,第30届中国化学奥林匹克竞赛落下帷幕,该校学子勇夺5金2银,4人进入国家集训队,进入国家集训队人数位居全国第二、全省第一。年内,该校共获得国家奥赛金牌13枚、银牌13枚、铜牌4枚,8名学子进入国家集训队。这一年,衡中以实现人人卓越发展为目标,让个性得以彰显,让梦想多元竞放,先后组织千余名学子参加各级各类大赛并获得荣誉600余项,涉及艺术体育、科技创新、模联商赛、作文大赛、命题演讲、学科能力等方方面面,包括中国葫芦岛国际武术跆拳道大赛三金一银、全国传统项目学校乒乓球比赛男单金牌等300余项艺体大奖、世界机关王大赛银奖、全国青少年机器人竞赛银牌等240余项科技奖励,其中,该校微电影《这年夏天》荣获第十三届中国中小学校园影视评选活动一等奖,这也是继《绽放梦想》和《十七岁的天空》之后,该校第三部微电影获此殊荣。此外,该校继2015年11月两名学子获得国家级运动健将之后,又有三名学子荣获国家级运动健将称号,为衡水增了光添了彩。

一个只会教学生"应试"的"高考工厂",怎么会有如此丰富多彩的成绩?

祁天瑞,18岁,衡水中学2014级学生。采访时距离2017年高考还有4个月,但这个高高壮壮、满脸带笑的小伙子已经被保送清华大学。目前他仍在学校里和同学们一起学习演练,他的任务主要是备战化学奥赛国家队选拔,辅助老师训练下一届的学生。

这是笔者第一次接触奥赛生这个群体。

每个高中生都是一个特殊的个体,存在着明显的个体差异。每届学生中,都有相当一批人完全有能力在高中课程的基础上对自己感兴趣的学科进行更深入的学习,从而进一步发挥自身潜力,提高思维水平。在国际上,让不同层次的学生使用不同层次的教材也是通行的做法。

回头看,2012年对衡水中学来说,是无比辉煌的一年。这一年,衡中继取得高考河北省13连冠之后,应届毕业生董傲又荣获第23届国际生物学奥林匹克竞赛金牌,实现了河北省国际生物奥赛金牌零的突破。

不仅如此,2012届毕业生中,有68人获得学科奥赛省一等奖,并勇夺全国金牌8枚、银牌5枚、铜牌2枚,获奖人数连续3年名列全省前茅。

在第 29 届全国中学生物理竞赛决赛中,衡中派出参赛的 5 名学生在全国近 300 名参赛选手中脱颖而出,共夺得 2 枚全国金牌、3 枚全国铜牌。这 5 名学生均被保送清华大学。

这些成绩的取得,是衡中实施精品战略、培育拔尖人才的丰硕成果。2004 年,衡中组建了奥赛培训兴趣小组,有针对性地开展奥赛训练。从 2008 年,衡中成立了专门的奥赛班,组织有兴趣、有能力的学生在学习高中课程之余,系统地学习奥赛知识,形成了奥赛、高考、艺体三足鼎立的发展模式,进一步提高了学生的综合素质和创新能力。

也许在大多数人的眼里,奥赛班的学生都是偏才、怪才,他们只会机械性地做题,是一群"书呆子"。他们终日在寝室——教室——食堂的三点一线上高速运转,长年累月以书为伴,而对外面的世界,则"不知有汉,无论魏晋"。可当你真正走进衡中的奥赛班后,你会发现他们绝不是一群少年老成的"小学究",而是一群朝气蓬勃、全面发展的少年才俊。

每天清晨迎着初升的太阳,奥赛班的学生们奔跑在操场上,嘹亮的口号、整齐的步伐透出青春的气息;实验室里,他们聚精会神地专注每一项实验,脸上写满了对知识的崇敬;课余时间,他们的生活一样精彩,每一分钟都洋溢着年轻人的无限活力。

全国化学奥赛金牌得主张帆,不但是衡中校学生会主席,还是学校晚会的台柱子,他主持的教师节晚会曾在省电视台播出;张治国不仅获得过"十佳班长"称号,还拉得一手漂亮的小提琴,是校园的"十佳歌手";黄灿不单电脑玩得好,还酷爱相声,是学校相声社团里的"大腕";倪晓东不爱说话,却拥有自己的网站"伙拼网"……学校的各项活动中都活跃着奥赛生的身影,他们的高中生活同样魅力无穷。

采访奥赛生这个群体时,令笔者感叹的是,坐在我眼前的这位化学小天才祁天瑞虽然脸上还带着稚气，但整个人的言行举止给人的全是成熟自信的感觉。

"你为什么选择来衡中？"笔者问祁天瑞。

"初中的时候，我听有人说衡中的老师非常严厉、学生只知道死学；但上过衡中的人又对我说，上衡中不后悔。我是一个不会让自己没有见识过的传闻左右命运的人。既然有那么多人可以读衡中，我为什么不可以？"

想要知道梨子的滋味，只有尝过了才知道。想要知道衡中究竟是个什么样的学校，只有在这里读过书才会知道。祁天瑞告诉笔者四个细节：一是入学7天之后，他就已经适应了学校的作息时间和安排；二是老师似乎并没有外界说得那么凶神恶煞，他甚至可以跟化学老师刘大伟互相调侃；三是衡中并不是只教学生死读书，语文老师孙爱虹甚至会拿几节课时间让大家品读汪国真的诗，让他心驰神往；四是如果你有自己的兴趣，可以自由选择去参加某一科目的奥赛班，这个班有大把时间让你去钻研兴趣所在。

衡水中学的高考成绩确实令人震撼，但是谈起衡水中学的时候，只把目光盯在高考成绩上如同盲人摸象，看得更宽一些，他的学科奥赛成绩、艺体科技成绩、德育工作成绩等同样令人震撼。仅从成绩这个角度来说，很多对衡中的误读源于对衡中的不了解。

张文茂校长说，未来名校间的竞争不是升学率，不是奥赛，而是艺术、美育和体育的竞争。没有升学率会被边缘化，只有升学率会被庸俗化，没有升学率过不了今天，只有升学率过不了明天。育人目标要多层次、多类别，教育途径要多元化、全面化，助力学生全面而有个性的成长。

衡水中学坚持"培育复合型人才"的育人目标，开发了礼仪学堂、中国古代文化名人等100余门校本选修课程，组建了观澜国学社、紫枫文学社等90余个学生社团，实施了中澳、剑桥、中美、中加等国际项目，设立了机器人工作室、模拟飞行训练室、三维虚拟室、数字化实验室等，有效满足了不同层次、不同兴

趣爱好学生的需求，努力为每个学生提供适合的教育。

衡中毕业生无论是在大学还是走向社会都有着不错的发展。比如，学校毕业生考进中纪委、公安部、外交部等的就达数十人，进入哈佛、清华等高校任教的毕业生也有很多。再比如，衡水中学2013届毕业生吴浩，作为南开大学大三学生，被国家破格免试选拔，直录为中国科学院博士生。

……

古人说："一年之计，莫如树谷；十年之计，莫如树木；终身之计，莫如树人。"

衡中培养出来的学生并非是有些人眼中的"高考机器"，他们是被衡中按照"百年树人"的标准打造的复合型人才。正如张文茂校长所说，教育的纯真和本质是唤醒人的生命意识和探索精神，让学生的生命得到自由而全面的生长和延伸。

第二章　卓越之光照亮了生命的心田

山高人为峰追求卓越：十年来获国家荣誉七十多项

2016年11月12日至13日，第十二届中国卓越校长（备课组长、学生）峰会圆满举行，全国3500余名校长、教师、学生云集该校，探讨学生核心素养培育。会上，南方科技大学人文中心主任陈跃红教授指出："不同的学校应该有不同的个性，以适应中国不同的人才需求，衡中的发展模式是中国未来基础教育和大学发展的方向，它避开了千校一面的模式，走着自己的道路，而且走得越来越好，希望衡中的学生能够为国家转型时代新的提升发展做出更大的贡献。"

十年来，衡水中学先后荣获全国文明单位、全国先进基层党组织等70余项国家殊荣，特色育人经验以中央简报、国务院《送阅件》、《经济日报》内参的形式，三次送上中央领导案头。老师们先后有100余项教育教学科研成果获国家、省级奖励，200余位教师在省级以上教学大赛中获特等奖或一等奖，600余位教师赴全国各地讲学或作公开课……有3000余人在各级各类大赛上摘金夺银，有6人勇夺国际学科奥赛金银牌和亚洲金牌，有856人考入清华大学和北京大学……

单列这样一组数字，似乎说明不了什么。但必须把这些数字一五一十地记录在衡中十年的史册之上。因为每一个数字背后，都是一段"追求卓越"的奋斗历程。

任何一个成功的校长都有过人之处，对教育教学及学校管理都会有一些独特的感悟和卓有成效的治校方略。

张文茂校长也是如此。衡水中学在人人称道的升学率之外，别有一番风景，正是这亮丽的文化风景构成衡水中学的办学特色，也支撑起衡水中学近乎神话的升学率。

陆游说"功夫在诗外"，这是诗的艺术；通过素质教育提高升学率，这是教育的艺术。张文茂校长的教育思想充满着辩证法，闪耀着智慧的光芒。

衡水中学有一个坚定的信念，那就是"追求卓越"。"卓越"意味着不流于世俗，不甘于平庸，不止步于优秀。"优秀"只是指达到某一种标准，"卓越"则更为主动、自觉，更有个性化，更体现出创造性和超越性。"卓越"包含着张文茂校长执着的理想，也包含着衡水中学全体师生员工自觉的追求，铸就了衡水中学的精神风尚。

人与人之间最大的差别不在智商和体力的差异，也不在所处环境和地位的不同，区别在于精神境界的高下，在于有无精神的追求，有怎样的人生目标。没有最好，但有更好。因此衡水中学能"日日新，苟日新，又日新"，日新不已，与时俱进。

衡水中学每学期都举办"为中华之崛起而读书"、"我的理想"演讲会，点燃学生的梦想。了解衡中的人都知道经典的"衡中三问"，即"我来衡中做什么，我要做什么样的人，我今天做得怎么样"，以此促使学生明确目标，激发学习动力，并牢固树立正确的价值观。

衡中以"追求卓越"的校训为引领，到过衡中的人都会被师生的"精、气、神"所震撼，在这里，老师和学生像是一团火在燃烧，置身其中，无不令人鼓舞、振奋、向前。

衡水中学2014届毕业生尹雪倩说，在北大，一提到是从衡中来的，很多同学都是这样的反应:"大神啊,你们学校的人都是大神。""我们可是做你们学校的试卷过来的。"这是外界对衡中的印象,这是外人眼里的衡中,却不是最真实的衡中。真正的衡中存在于每个衡中人心里。在北大想念衡中,想念高中生活,那是一种纯粹的充实与快乐。"真的庆幸,我在衡中度过了最美丽的青春。"

这个美丽的青春是什么,是激情燃烧的年纪、是追求卓越的努力。

2012年考入清华大学的张亚伟说:"高考结束的那一刻,结果已变得不重要,重要的是衡中的经历使我受益终生,这是一生中最宝贵的财富。那种追求卓越的责任意识,那种师生同心的奋斗精神,那种执著坚守的远大目标,只有衡中人才懂得那是一种怎样的境界。衡中并没有让每个学生都考入清华、北大,但衡中带给我们每个人的不仅仅是学识,更是一场人生的历练,历久弥新。"

为了让学生左手托起自己的梦想,右手托起家庭和国家的梦想,把个人的目标与国家的命运紧密相连,把梦想升华为使命,学校开展了感恩教育、爱国主义教育等一系列丰富多彩的活动。学校以强化学生的家国观念为主,通过爱国主义教育,让学生了解国家五千年的历史、博大精深的传统文化,向学生展示家国民生发展的伟大成就,激发学生的家国热爱之情。通过十八岁成人礼,让学生置身于一种刻意营造的、极为庄严和神圣的氛围之中,激发学生内心深处的爱国、担当等崇高的责任感与使命感。在这里,看不到丝毫的散漫和萎靡,而是青春的活力、旺盛的斗志和"笑向磨难唱大风"的乐观精神;在这里,看到的是激情燃烧的瞬间,从"激情班会"到"激情课堂",从"每日激情领誓"到"激情跑操",处处弥漫着激昂的情绪。

走进衡中,立刻可以感受到衡中人的激情脉动,他们既仰望星空,追求卓越,又脚踏实地,奋力前行。

向人民负责终生誓言：
办负责任的学校，当负责任的老师，做负责任的学生

2017年2月14日，衡水中学在求真馆报告厅隆重召开以"让责任与奋斗同行"为主题的"2017年责任素养提升年"动员大会。

会上，张文茂校长作了动员讲话。他指出，确定2017年为"责任素养提升年"，就是要把责任教育再深化，向核心素养再聚焦，系统性完善责任素养体系，多维度拓展责任素养空间，深层次挖掘责任素养资源，积极培育发展新动力，充分释放发展新潜力，不断催生发展新能力，全面推动学校发展迈入新阶段。随后，张校长从"深化责任内涵，修身立德筑根基"、"聚焦核心素养，提能增智硬本领"、"厚重奋斗底色，干事创业显担当"三个方面，对全体教职工提出了具体要求。

如果说"追求卓越"统领着衡中人的"精气神"，"责任教育"则是张文茂在十几年的实践中尤其推崇的办学思考。

2014年，张文茂正式提出了责任教育，并明确了"办负责任的学校，当负责任的老师，做负责任的学生"的总要求。"责任教育是衡中最核心的竞争力，是衡中人一直以来都具备的精神境界和价值追求。"他说："责任可以激发一个人的内生动力和成长欲望，这也是一个人生命发展的根本性、基础性的问题。"在责任的驱动下，老师们忠诚履责，自觉奉献，并把责任落实到每一个环节；学生们胸怀家国，好学乐学，并把责任作为成就人生的底色，学校也就自然进入了良性发展的轨道，能够为学生成才、教师幸福、国家富强做出贡献。

首先，衡中要办负责任的学校。"致天下之治者在人才，成天下之才者在教化，教化之所本者在学校"。张文茂认为，高中学校如何办好人民满意的教育呢？"责任"最重要，一所学校只有拥有强烈的责任感和使命感，才会有更强大的内驱力和强烈的进取欲，才能孜孜不倦地探索教育、教学规律，才能不断创新办学理念和育人方法，最终为学生成才、教师幸福、国家富强做出贡献。办学就要办负责任的学校，就要对学生负责、对家长负责、对老师负责、对社会负责。

其次，衡中的教师要当一名负责任的老师。现代教育的目标是实现人的全面发展，人是教育的首要因素、主体因素和核心因素。因此，现代教育的任何环节，都应该以师生的发展为本，把是否能够促进师生和谐发展作为一切工作的出发点、落脚点和切入点。对于一所高中而言，人的发展包括两方面，一是教师的专业发展，一是学生的和谐发展。教师的个人综合素质的高低，是一个学校生存乃至发展成败的关键。培养高素质的教师队伍，也是学校工作的重中之重。教师的发展是学校发展的关键，也是广大教师的第一需求，只有打造一支"有理想信念、有道德情操、有扎实学识、有仁爱之心"的教师队伍，才能实现教师的以心育心，以情育情，以德育德，给学校的教育事业和学生的发展带来勃勃生机和不竭动力。

最重要的是，衡中的学生要成长为一名负责任的学生。责任是学生成长成才的需要和基础，也是国家对青年学生的基本要求。一方面，当一个人有了梦想、目标，有了责任感、使命感，就有了持续不断的发展源动力，就能激发出无尽的挑战力，就能迸发出无限的创造力，从而更好、更快地成长。另一方面，青年兴则国家兴，青年强则国家强。青年学生永远是国家保持生机与活力的根本。青年一代是否有责任感，是否有担当精神，直接关系国家强弱和民族兴衰。这就要求广大青年学生必须牢记使命、胸怀梦想，在增长学识的同时，还要实现道德的成长，获得精神的丰盈，并自觉投身到实现中国梦的伟大实践中，真正做一名负责任的学生，切实肩负起应该担当的使命。

育人从德始，人格至上：
特色育人经验三次送上中央领导案头

2016年9月21日，张文茂校长"关于加强中学德育工作的建议"一文以《经济日报》内参的形式专报国务院副总理刘延东，并增报教育部部长陈宝生，河北省委书记赵克志、省长张庆伟。这是继2011年中央简报、2015年国务院送阅件之后，学校特色育人经验第三次送上中央领导案头。

2016年内，衡水中学以"卓越德育使学生终身受益"新理念为引领，以全面德育、全员德育、全程德育的大德育格局构建为抓手，大力传承和弘扬优秀传统文化，积极培育和践行核心价值观，不仅先后组织了十八岁成人礼、八十华里远足、校园心理剧大赛、十大文明道德模范评选、十大杰出学星评选等60余项特色精品活动，而且坚持落实了"三省十问"、"日行一善、日积一语"、周一无批评日、周六道歉日等德育常规，有效培育了学生的核心素养，让学生形成了适应个人终身发展和社会发展需要的必备品格和关键能力，成长为有思想、有道德、有文化、守纪律的中国梦践行者。

德育教育，是衡水中学成功的又一个法宝。张文茂确立的衡中十六字办学方针的第一条，就是要立德树人。

回顾历史，衡水历史悠久，文化底蕴深厚，其中尤其以儒学大师董仲舒、窦太后、东汉名儒孙敬为代表的汉文化最为突出，其影响力绵延至今。汉文化倡导的尊师重孝、崇德尚义也与衡水的人文精神相得益彰。

衡水地处燕南赵北，既有胡服骑射那种彪悍豪放的性格，又有古赵宽袍大袖的儒雅之风。同时，恰处于冀东南和鲁西北的接合部，历史上的燕赵文化和齐鲁文化在此撞击交汇，使衡水形成了相对独特的文化积淀：既有北方之豪迈又含儒家之谦逊；既有燕赵的忠义，又有齐鲁的仁义，可谓多种文化积淀兼收并蓄。

因此，衡水百姓受风气浸润，自古就有重文化尚忠义的传统，道德观念的传承和传统文化理念的亲近，已经融入了衡水人的基因之中。从汉代大儒董仲舒到全国农村第一个党支部到受到毛主席表彰的农业合作化时期全国劳模王玉坤、耿长锁，再到全国优秀道德楷模林秀贞、王文忠、吴殿华等，都是在这样的基因中激发了道德的力量。

所以，衡中德育团队的崛起并不偶然，但张文茂创出的衡中德育模式却独具特色。在社会主义核心价值观教育活动中，衡中德育团队经验更显丰富扎实，也具有示范性。

"走进衡中，给人强烈震撼的就是衡中的学生自信、阳光，多才多艺，充满激情和活力。"这是2014年第六届名家人文教育高端论坛暨河北衡水中学德育工作现场观摩会上，来自四川省遂宁高级实验学校的一位老师的肺腑之言。

衡中学生的精神风貌，根本上得益于全体教职工自身的德育建设，因为学校德育的主导因素就是全体教职工。

"一个好校长就是一所好学校。"教育界流传的这句名言，用在衡中特别准确。校长作为学校的核心和灵魂，个人的道德品行直接影响全校师生的道德素养。校长张文茂，堪称一位道德自律甚严的好教师、好校长。他上任以来，衡中获得了全国文明单位等众多荣誉称号。

张文茂出身农家，通过高考实现了自己的教师梦。1982年，河北师范学院毕业被分配到衡中至今，几十年如一日坚守在衡中教书育人。他放弃了许多从政的机遇以及离开衡中挣大钱的机会，把衡中当做自己的精神家园。他热爱学生，为人师表，言传身教，一身正气，教学炉火纯青，很多学生毕业后，一直把他当做恩师对待。从一般教师到教研组长，到副校长、校长兼党委书记，他一直是个普通教师的心态。他说，衡中培育了我、发展了我，没有衡中就没有我的今天。

所以我在衡中,一定要感恩,多做贡献。

张文茂把管理深入到每一个细节,要求老师做到的自己首先做到,每天早上五点半,他准时站在操场上。他保持着教师本色,保持着谦虚、务实、淡泊的心态,从不搞特殊,拿超工作量补贴都是老师们的平均数。他尊重老师,关心他们的道德提升,关心他们的专业发展,关心他们的心理健康。他跟老师经常讲四句话:要学生更要孩子,要学校更要家庭,要工作更要身体,要发展更要幸福。

老师们对这样通情达理的校长都非常感动,更加努力地开发自己的潜力和智慧,自动自发地带着责任感做好工作。

在社会上,他也表现出高尚的情操,充分意识到了一个校长,不仅要对学校负责,还要热心公益事业,担负社会职责。他多次担任各种公益大使,和全国道德模范林秀贞、王文忠等人一起参与各种社会活动。对衡中人的示范,强化了师生的社会公德意识。

这样的校长抓德育,才有真知灼见、有特效。

张文茂说,没有德育就没有灵魂,没有德育就没有教育方向。全面实施素质教育,就要把德育放在首位,让德育引领教育方向,提供思想动力。抓好了德育,学生学习才有劲头,锻炼才有目标,发展才有动力。他说,校园应该是一片育人的净土,是一个传播先进思想文化的圣洁之地,也是传递中华民族优秀文化的重要平台。要想让这片净土不受任何的污染,要想让这个圣洁之地发挥更大的育人作用,培养更多更优秀的人才,校园就应该成为神圣的精神家园。

在办学实践和思考中,他将衡中的德育目标和方向确定为"努力培养适应未来社会发展的素质全面的现代人",并将"现代人"进一步解释为具有"中国心、世界眼、现代脑"的复合型人才。

这样的德育理念,成为衡中德育体系建设的指导思想并长期坚持下来,才有了今天衡中的德育新天地。

"先有父母心，再做教书人。"在衡中，教师群体有浓厚的师德氛围，好校长带动了大批好教师，把自身的道德修养放在首位，形成了一支师德高尚的教师队伍。

此外，德育内容融入教学班级。衡中在各学科课堂，特别是政治课中，渗透追求卓越精神和爱国、诚信、友善、和谐等思想，同时，每个教师都"用智慧启迪智慧，用人格塑造人格"，用自己的言行潜移默化地对学生产生深远影响。在教学中贯彻尊重的教育，允许学生出错、允许学生质疑、允许学生争辩，把尊重、微笑、趣味、激情、才智带入课堂。

德育融入班级。学校组织的许多德育活动，都是以班为单位进行的。比如"好习惯成就好人生"、"文明礼仪伴我行"、"弯弯腰、伸伸手"、"寻找身边的礼仪细节"、"调查身边的不文明行为"、"八个一"感恩教育、"诚信在我校，责任在我身"等实践活动，每个班都进行布置，积极响应，并定期检查。班主任与学生打成一片，从五点半准时起床，与学生一同跑操，到晚上10点10分学生就寝，在大大小小的活动中，班主任绝对不缺席，可以说哪里有活动哪里就有班主任。

班会是做学生思想教育的主阵地，甚至比上课还重要。做过多年班主任的衡中副校长郗会锁说："一节课只涉及40分钟的知识，而一节班会则影响着学生一周的情绪。班会要成为师生表达心声、彼此交流的最佳平台。"为上好班会课，班主任每一次都精心准备，思考学生最需要的是什么，通过什么方式来开班会，怎样打动学生的心，震撼他们的灵魂。所以，每周的班会形式活泼多样，内容丰富多彩。不但有多媒体内容，还有"每周之星"甚至"每日之星"、多才多艺之星、环保之星等评选，力争让所有同学都有机会获得激励。有的班会还邀请一些家长参与，请他们谈自己的人生经历与奋斗之路，或表达对孩子的殷切关爱，或

给予孩子鼓励与劝勉。

全校规模的各项集体活动，更是精彩纷呈，把德育形象化、具体化。

衡中每年都要在开学前对高一学生进行为期十天的军训，力争实现"军训十天、影响三年、受益终身"的目的。每年，高一年级还要组织徒步80华里的远足活动。在这样"砥砺意志的长征"中，老师和学生一起步行，学生们表现出了前所未有的勇敢和坚强，还表现出互助精神和很好的组织纪律性。通过学生战胜身体极限的真切体验，锻炼了学生的意志，磨炼了学生的品格。

衡中的十八岁成人礼活动，是一项极具影响力的品牌道德教育实践活动。组织成人礼时，巧妙融入爱国、守法、诚信、文明、友善等社会主义核心价值观的教育内容。活动流程也由原来成人宣誓一项，发展成为历时一个多月，包括成人活动月启动仪式、成人倡议书发起活动、倡议家长孩子相互致信一封、成人纪念章设计大赛、成人教育主题展览、成人主题教育周、十八岁成人宣誓仪式、大型签名合影活动、成人宣誓主题班会、出版成人宣誓感言录等"十大环节"的成人教育月活动。整个成人礼，打造了一个激情燃烧的氛围。2014年3月，团中央组织全国各地近300位中学团委书记到衡中现场观摩，将该活动推广到了全国。

校园心理剧大赛在衡中已经举办了多届，一届和一届的主题也不一样，如"青春之花最美绽放"等。大赛节目都是学生们自编、自导、自演，校长、老师都来助阵。通过心理剧，让学生感受现实生活的美好，增进学生间的互动和交流、感情和友谊，使学生正确认识自我，实现自我成长及班级成长。

衡中举办的丰富多彩的活动，力争给学生终身受益的教育，如国旗下讲话教育、开展主题演讲、举办会操比赛、开展班级挑战、组织每周一歌……

衡中每年在学生中开展"十大文明道德模范"、"十佳班长""十大杰出学星"评选等60余项精品活动，校长老师都热情参加。每一次评选颁奖活动，都是一次震撼心灵的正能量释放。选手们激情澎湃，或幽默风趣，或大气自信，加上精心设计的LED视频，现场不时爆发出雷鸣般的掌声，更有台下学生热烈的互动，场面更为火爆。这些活动，年年有变化有创新，已成为衡中独具魅力、震撼心灵的品牌活动。

第三章 衡中"奇迹"的背后

上下同欲，上下协同，上下认同：
把我变成我们，把一群人变成一个人

猿题库发布的《2016中国高中排行榜》河北高中十强新鲜出炉。在2016中国高中排行榜中，衡中表现抢眼，不仅名列全国百强第二名，而且排在最受清华、北大青睐的10所高中首位。在自主招生十强高中榜单中，衡水中学雄踞首位。

地处冀南大地的衡水中学始建于1951年，是河北省首批示范性高中。由于历史的原因，在河北省所有示范性高中里，衡水中学的生源范围、生源素质几乎是最低的。然而就是在这样一个让人看似教育"贫瘠"的土地上，衡水中学以坚韧不拔的脚步和勇于创新的精神创造着一个又一个的奇迹，书写着一个又一个的历史。

以衡水中学为代表的高中教育是衡水市乃至河北省的一个品牌。不得不承认，衡水作为一个华北地区并不富裕的地区，几乎不占有政治、经济、文化教育资源的任何优势，然而，就是在这样一个基础上，衡水中学脚踏实地，用了将近二十年时间，创造了中国高中教育的一个又一个奇迹，且衡水中学对衡水的贡献已经超越了教育领域。

衡水中学的崛起起步于1992至1995年。现任衡水中学工会主席梁辉对这段历史耳熟能详。作为资深校友，他在20世纪90年代初的衡水中学度过了自己的高中时期，大学毕业后又回到衡中任教。1993届衡中毕业生梁辉记得那时全校只有6个毕业班，考上二本以上毕业生17个，包括中专、师范在内的所有考上学的学生，才70来个。"当时河北省最好的高中有正定中学、辛集一中、唐山一中等，衡中的排名相当靠后。"

转折恰恰发生在梁辉离开衡中上大学期间。现任衡中校长张文茂1992年始任衡中的教导处主任，1994年任副校长，1995年，衡水中学一跃而为衡水地区升学率第一。随后，在学校领导班子的带领下，百尺竿头，更进一步。从20世纪开始，衡中的高考一直在河北省夺冠至今。

要想基业长青，定制目标、思想引领很关键；俯下身子去做，年复一年、日复一日的坚持很关键；十几年不疲倦、不懈怠，始终保持激情很关键。做衡中的"舵手"，就是要不断加强自身修养，提升自己的胸怀和远见，具备超凡的感召力。把自己的目标、理想信念、价值观植入到身边每一个人，做到"上下同欲"、"上下协同"、"上下认同"，把我变成我们，把一群人变成一个人。衡中就是遇到了这样一位领路人。2004年，张文茂接任衡水中学校长。

衡水市桃城区教育局副局长田海潮讲了这样一个细节，2016年5月份高考前夕，张文茂校长到山东省菏泽市与当地政府会谈联合办学的事宜，谈完事情，吃过晚饭已近夜里9点，当地准备好了住宿的宾馆，但张校长执意要回去，从菏泽到衡水370公里的车程，近63岁的高龄，谁也拦不住他。

张校长一番话感动了当时在场的所有人，他说：离高考还有20天，我明天早晨6点整要准时出现在高三教学楼门前，让跑早操的孩子们回教室来第一眼能看到我……这就是人格的魅力，这就是感召力。

张文茂校长介绍说，衡水中学的学校发展有三大战略、经历了三个阶段。三大战略——高考成绩、学科奥赛、艺术体育。三个阶段——第一阶段，完善学校

制度建设；第二阶段，深化课堂教学改革；第三阶段，促进教师专业成长。主线是向着真正以学生为主体、为核心迈进。

经过十几年坚持不懈的发展，张文茂带领下的衡水中学，已经成为衡水的三大城市名片之一（其余两张名片为衡水湖和衡水老白干）。

外界在赞叹衡中奇迹的时候，着重把聚光灯放在张文茂身上。

衡水中学从追求卓越的校训到五大理念的践行，再到责任教育的提出，每一次办学思想的概括提炼，每一次办学举措的改革创新，都饱含着张文茂和班子成员的教育智慧。

几十年的一线教学经验，几十本的教育心得整理，张文茂厚积薄发，形成了自己独特的教育思想与管理智慧，并使宏观和微观、有为和无为、必然和自然、主导和主体有机地得到了统一。他常说："'治大国若烹小鲜'，教育面对的是鲜活的生命，更是如此，有些事情急不得也慢不得，更折腾不得、动摇不得。"为了履行教育责任，实现教育梦想，2014年，张文茂提出了"四个不动摇"，即坚持务本求真、追求卓越的精神和理念不动摇，坚持课堂教学改革、转变教与学的方式不动摇，坚持引导学生自主学习、管理、发展不动摇，坚持常规为基、安全第一、质量至上不动摇。

为此，衡水中学始终按照立德树人的根本要求，坚持以教师为主导，以学生为主体，以体验为主线，以思维为主攻，全面激发学生责任担当与自主发展欲望，不断满足学生全面而有个性的发展需求，让学生自主选择的机会更多，让学生成长成才的渠道更广。张文茂说："学生不能只是学习知识者，还应当是关心国家大事者、有多种爱好者。对学生开放网络、畅通信息渠道，这才是现代的高中生，才能全面、多元发展，而且越是这样，学习欲望越强烈、越持久，学习成绩就越好。"在课堂教学上，张文茂提出了具有衡中特色的"三三三"教学法，深入推进教学改革，引领鼓励个性化教学，要求每节课教师连续授课时间不能超过五分钟、每节课教师至少向学生提出五个有效问题，允许学生出错、允许学生质疑、允许学生争辩，等等，课堂变成了探究知识、张扬个性、完善人格的乐园，学生的生命在课堂教学中不断得到润泽和丰盈。

正是得益于宏观指导下的微观落实，必然规律下的自然成长，教师主导下的主体唤醒，学校实现了内涵发展、和谐发展，老师唤醒了生命自觉、实现了专业成长，学生开启了心灵世界、激发了责任担当，当学校、老师、学生拥有了持续不断的发展原动力，升学率就成了水到渠成、瓜熟蒂落的事情，成为学生创新能力培养、综合素质发展的副产品。

出生于20世纪50年代的张文茂，身上有着对国家深厚的价值认同与情感认同，更有着从农村走出来的淳朴务实与吃苦耐劳精神。

张文茂走上领导岗位20多年了，但是每天清晨5:40，学生起床的铃声刚刚响起，他的身影已经出现在操场上，晚上10:00之后，无论天多晚、楼层多高，他都要去宿舍楼转一转、看一看，始终坚持着每日进课堂，还经常参加教研活动。他说，作为一名校长，就要务实苦干，不能脱离师生，这是个作风问题，也是个基本功。衡中工会主席梁辉算了一笔账，他说，张校长只要不出差，每天早5：40到晚10：00，减去一日三餐的时间，每天工作时间达到了十四五个小时，而且无论春夏秋冬，一年四季风雨无阻。他的办公室里经常放着方便面、火腿肠，很多次晚餐就是靠这两样东西解决的。

衡中人都知道，张文茂外出学习考察节奏是出了名的。王辉老师说，张校长到江苏考察，周日下午出发，周一、二两天时间考察了周边四所学校，听课交流，实地察看，周二半夜赶回学校，周三又开始上班了。1000多华里，相当紧张啊！

而且有时一场报告下来三个多小时，张校长从没动过位置，边听边记，非常投入，对于持不同意见的论点，总要划上个问号，会后再和同桌议论一番。在他眼中，一切可以学习的机会都必须抓住。

行动指南：干给老师们看，带着老师们干

干给老师们看，带着老师们干，这是他的行动指南。张文茂说："管理，就是要做好陪伴、表率和引领，有学生的地方就一定有老师，有老师的地方就一定有领导干部。"于是，衡中出现了考试结束老师们连夜阅完试卷、高考期间班主任凌晨起床为学生煮茶叶蛋，等等。这些并不是学校的管理要求，而是老师们自动自发的行为。老师们都说，张校长60多岁的人了，干起工作来像个拼命三郎，我们这些年轻人有什么理由不去付出呢。

唯有热爱，才能坚持，唯有坚持，方能成就。作为目前连续在衡中工作的资格最老的教师，他对衡中的感情、对师生的感情，别人可能根本无法想象。一辈子钟情于教育事业的张文茂一生为一件大事而来——忠诚于党的教育事业，终生致力于打造一所富有独特个性的特色品牌学校。

第四章　塑造全新的教育生态

衡中现象：重点大学名额都被衡中抢走了吗

衡水中学的另一个成就，是造就了一个全新的教育生态。

谈到教育生态，就无法回避有关"教育黑洞"的争议。

"分配给河北的重点大学名额都被衡中抢走了！"一些河北省教育界人士指出，衡水中学严苛的管理方式适应了目前的高考制度，只要高考不改，这个模式就会存在。衡水中学这样的超级中学，成了"教育黑洞"。

在衡水中学副校长康新江看来，衡中对教育生态的最大影响是形成了独特的衡中文化和衡中模式，造就了行之有效的教育环境。所谓超级中学的形成是"果"，而不是"因"。

衡中之所以成为如外界所说的超级中学，主要因素不在生源，而在于衡中不断创新的教育理念和模式，吸引了大量优秀学生加入。

这一点，最近几年，衡水市的衡水二中、十三中、冀州中学等迅速崛起也能得到印证。可以说，正是衡水中学的不断发展，带动了衡水周边一批高中的崛起。

对于衡水中学，你可以否认它的价值，但不可歪曲基本的事实。优秀生与名校之间的关系是辩证的互动关系，而不是形而上学的谁决定谁的从属关系。任何人都不能否定教育对人身心发展的教化作用，不能否定学校文化对个体生命的熏

陶感染作用，不能否定教师对学生的教诲、引导与人格影响。

由情绪化地攻击所谓"超级学校"走向对学校的否定、对教育的否定、对教师的否定，这是理论的失败与专家的悲哀。那么多学生选择衡水中学，那么多家长自愿将孩子送到衡水中学，这绝不是他们犯傻，衡水中学担得起他们的重托与厚望。教育的选择权应该得到尊重，现有种种划地区招生的规定是不得已而为之，并不天然地具有普遍伦理的价值。

"问题是这种将优秀教师、优秀学生集中到一两所学校的做法，破坏了地区整体的教育形态。'竖起一杆旗，倒掉一大片'，甚至由此出现'县中沦陷'现象。"这便是专家们所说的"黑洞"现象。事物的发展总是不平衡的，中国幅员广大，区域经济水平、文化教育发展水平差距很大，这是客观的现实。人们可以努力争取缩小差距，但并不能完全消灭差距。平衡是相对的，不平衡是绝对的。各地教育投资的策略是有区别的，在财力有限的情况下，某地区的一两所学校得到较多的关注和投资，也无可厚非。地方财力不可能平均使用力量，让办得好的学校得到更多的投入，优质资源优先扩张，以产生更好的示范效应和整体带动效应，这本来是经济学的基本常识，也是行政决策的理性选择。

高中教育不是义务教育，不能一刀切地强调普惠性，将教育均衡发展诠释为平均发展，这是对均衡的歪曲。无差别、无个性、无特色的教育不是均衡教育，起码，不是均衡教育提出的初衷。凡事都有一个"度"，有一个分寸的问题，过分刻意地打造一两所学校当然不可取，但对所有高中学校都做到资金投入一个样，设施配备一个样，师资水平、生源质量无差别，事实上是做不到的，也是不必要的。

"幸福的家庭都相似，不幸的家庭各有各的不幸。"凡是办得不好的高中，那些"沦陷"的高中，都有自身的原因，不能简单地归结于附近有一所"超级中学"影响了它的风水。向媒体诉苦，抑制"超级中学"，寄希望专家主持公道，指望行政干预来改变自己边缘化的处境和命运，这些高中学校是否真的能从"沦陷"走向"腾飞"？外因是变化的条件，内因是变化的根据。对许多边缘化的学校而言，穷则思变，奋发图强，才是正途，祥林嫂似的诉苦可以博得同情，但不能改变命运。正是在这个意义上，衡水奇迹具有榜样的作用，虚心学习它的长处——既不是复制，也不是诋毁。

专家的所谓教育"黑洞"之说，似乎只是一种想当然。来自江苏的教育界人士说，江苏省曾有几所重点高中在全省试点优先招生，似乎并没有产生"衡中现象"，也没有造成所谓"县中沦陷"。

"衡中现象"，吸引了全国教育界人士的目光。东到胶东半岛，西到新疆喀什，南到中缅边界的云南丽江，北到黑龙江漠河，全国各地参观、考察衡水中学的教育界人士蜂拥而至，他们抱着同一种心愿，带着同一种目的，从大江南北走来，从五湖四海赶到。

广东湛江市教育局来了，他们四次专门包乘飞机到衡中考察。来自发达地区的客人对这里的一切赞叹不已："衡水的经济不如我们那里，而我们那里的学校却远远赶不上你们。这里的设施很现代化，教学楼内有电梯、教室内有中央空调，在广东也很少有学校配有这些设施。"江苏十大名校之一的泗阳中学考察团来了，校长唐善山在参观后感慨地说："衡水中学提出一所学校如果真正实施素质教育，不仅不会影响提高'升学率'，还会有力地促进'升学率'的提高，有效地解决了素质教育与升学率的矛盾。"山西太原师范学校参观团来了，老校长石传祥显得异常激动："我搞了一辈子教育，能辨别真经与假经，衡水中学的教学改革真是名不虚传，学生兴趣浓厚，学得主动，课堂容量大，效果非常好。"河南郑州九中考察团也来了，校长李福生在总结会上对全体教师说："衡水中学不管是学校管理，还是课堂教学，都充满着丰富多彩的人性张扬，他们用自己的聪明才智谱写了一个教育的神话，这个神话给人的唯一感觉就是厚重和坚实……衡水中学是素质教育的开拓者、实践者、成功者。"

……

衡水中学校长助理、外宣中心主任张永记得，在衡水中学繁忙的接待日里有

这样的记录，2002年10月18日这天该校共接待了全国各地的教育专家、中小学校长和教师500余人。在介绍办学经验时，衡水中学能够容纳450人的学术报告厅竟无插脚之地。听课时，教室里更是爆满，很多客人只好在窗外站着听，大家如醉如痴，一站就是一节课。

参观人流不断地在校园中涌动，一拨还未离开，一拨又风尘仆仆赶来。由于要求来参观的单位太多，衡中不可能一下全部接待，于是为了能够及早到衡中参观考察，不少学校纷纷"走后门"想提前到衡水中学"取经"。有的通过市教育局领导，有的通过市领导，甚至有的找到省教育厅和国家教育部领导，请他们帮忙"联系"尽快到衡中参观学习。

在衡中校园里，你经常会看到这样的情景：前来参观的来宾们边走、边看、边听、边问，拍照的、录像的、做笔记的……忙得不亦乐乎，大家都十分珍惜来衡中学习的机会，都力求更多地了解衡中、解读衡中，把衡中的经验真正学到手。

全国一些省市特意把教育工作会的会址定在衡水，实地考察学习衡水中学经验。河南省素质教育现场会、河北沧州市教育工作会、河北廊坊市教育工作会等先后在衡水中学召开。此外，黑龙江鹤岗市教师进修学院、辽宁铁岭市教师进修学院以及教育部组织的全国数学骨干教师研修班等许多全国教师进修学院也纷纷组团到衡水中学进行实地考察培训。

教育均衡：合作办学、学校帮扶

衡水中学对教育生态的影响，还体现在对教育均衡的贡献上。

2012年，时任中共中央政治局委员、国务委员刘延东同志在该校视察时指出，衡水中学是一所办得非常好的学校，希望衡中把先进的理念和好的做法进行辐射。

听到刘延东同志的讲话，张文茂在欣喜鼓舞之余，更感到了肩上责任的重大。

于是，张文茂加快了合作办学、学校帮扶的步伐，不断放大衡中办学优势，发挥辐射带动作用，特别是当他走进阜平、康保等国家级贫困县时，他深刻理解了习近平总书记提出的"扶贫必扶智"这一重要论断的含义，认识到了"物质扶贫一阵子，科技扶贫一辈子，教育扶贫拔掉穷根子"，教育是阻止贫困代际传递的重要途径。短短几年，张文茂走遍了全国20余个省、市、自治区，或是加强校际交流合作，或是问诊把脉，或是登台演讲介绍经验，或是选派教师传经送宝，毫无保留共享办学经验，甚至实现远程同步备课、教学。另外，衡水中学还通过举办校园开放日、召开全国高中教师专业发展论坛、卓越校长峰会等全国性会议，和来自全国各地的教育界同仁互相交流彼此经验。目前，全国各地的很多高中，无论是课堂、德育、管理，还是跑操、学生午晚休等常规工作，都有衡中的影子，并且取得了很好的效果。

除此之外，衡中以支持薄弱学校为重点，先后在云南、四川以及河北省的阜平、康保等省市地区建立了帮扶学校，与新疆石河子市东方学校等50余所中学建立了友好学校关系，并利用全国性的大型会议、校园开放日、校长接待日等活动，邀请全国各地教育同仁齐聚衡中，分享办学经验，有效辐射优质教育资源，为全国基础教育的均衡发展做出了贡献。

国际合作，亦是衡水中学对教育生态的重要影响之一。

2016年7月20日，衡水中学第四届国际文化教育艺术节开幕，来自英国、美国、法国、澳大利亚等19个国家和地区的150余名国际友人参加此次活动，深化交流与融合，增进友谊与合作。

2016年12月26日，衡水市第六届海外学子联谊会举行，来自英、美、加拿大、新西兰等国的衡水籍海外学子代表、家长代表与会，衡水中学校友、美国旧金山东湾消化医学中心主治医师程慧兰女士为衡中捐赠66万元人民币，设立"耀衡"奖助学金。

年内，衡水中学与英国大卫·歌姆学院、美国德州国际领袖学校缔结了友好学校关系，至此，衡水中学已在英、美、韩、澳等国家建立 18 所友好学校。

……

此外，剑桥大学 STEP 数学考试中心落户衡水中学，为服务衡水学子报考剑桥等世界一流大学提供了便利条件。伴随着该校"创国际化学校、育复合型人才"办学实践的深入推进，一大批具有中国心、世界眼、现代脑的人才得以圆梦衡中、留学世界。

以张文茂为首的领导班子创新提出"创国际化学校、育复合型人才"的办学目标，全校坚持走开放办学之路，建立了 50 余所中外友好学校，开设了衡水首家中加、中澳、中美、剑桥等国际班；组织了十三届英语夏令营活动，选派 260 余名师生出国出境学习，并选聘 50 余名外籍教师先后到校任教，努力把国际化理念引入课堂，把世界先进文化引入校园，培养了一大批有世界眼、现代脑、中国心的高素质人才。

第五章　永远在路上是衡中的财富

学习衡中者：到底欠缺些什么，究竟应该学些什么

张文茂给中国教育历史贡献的，不仅仅是一座衡水中学，不仅仅是千千万万衡中的优秀学子，不仅仅是不断创新发展的教育理念，更重要的是，他的教育实践，打造了衡中模式，积淀了具有独特历史价值的衡中经验。

来自张家口的一位教育局长说，事实上，大多数中学是具备学习衡中的条件的，关键是与衡中比到底欠缺些什么，究竟应该学些什么呢？

作为教育同行，他的思考非常有说服力。

一是学习衡水的精细化管理。在衡中，看不到学生在课间追逐打闹，也看不到学生边走边吃、随手乱丢杂物，看不到学生的奇装异服，也看不到学生使用手机、听MP3。学校秩序井然有序，教师在认真工作，学生在埋头学习。学校有完善的制度，凡是有人有事就有制度规范。同时，他们还把每一项重大的任务分解成诸多小任务，每一环节都有专人督导，每一项任务都有人负责，做到了权责明确、任务具体、责任到人、工作到位。所以，要学习衡水精细化管理。要把"小事做细，细事做精"；要明确职责，责任到人，实行"谁分管的谁负责""谁的岗位谁负责""谁的班级谁负责""谁的课堂谁负责""谁的宿舍谁负责"的岗位责任制；激发每个人的主人翁意识和工作责任感，积极参与到学校管理中去，

使学校与教职工形成一个有机整体。

二是学习衡水先进的教育理念。许多人一直对衡水中学存在一种偏见，将衡水中学"妖魔化"。衡水中学一度成为应试教育产品加工厂、工业流水线、监狱等代名词。面对不可持续发展的现状，衡水中学从1997年开始针对全国高考改革，研究如何实施素质教育，通过改革课堂教学和学校整体工作来提高升学率。学校大力加强学生的道德素质教育、智力素质教育、身体素质教育和审美素质教育，并提出教学改革的"三转""五让"。"三转"即课堂教学"变注入式教学为启发式教学；变学生被动听课为主动参与；变单纯知识传授为知能并重"。"五让"是在课堂教学中让学生自己观察，让学生自己思考，让学生自己表述，让学生自己动手，让学生自己总结。接着学校又引进了"诱思探究教学论""研究性学习""尊重的教育"等一系列先进教学思想，并在研究和实践过程中，形成一整套自己的教学理论。事实证明，衡水中学先进的教育理念，提高了学生各方的素质，同时也挖掘了学生的潜能，提高了高考成绩。所以，要认真学习和研究的是衡水中学一整套成熟的、行之有效的教育理论，结合实际，切实加强师生德育工作，扎实搞好课堂教学改革。要充分尊重教育规律，尊重教育者身心发展的规律，尊重学生的人格、人性。要强调对每个学生负责的观念，对不同知识层次的学生进行不同层次的教育。课堂上要不断强化"自主、合作、探究"的学习方式，全面推行"生本教育"模式，不断提高课堂效率。

三是学习衡水的校园文化。校园文化是一种无所不在的教育力。衡水中学正是利用了一切可以利用的教育资源，创设了一种让人深深浸润其中的氛围，使勤勉成为一种工作的品质，学习成为一种内在的需要，才形成了教师将一切工作的落脚点都放在培养学生成才上，学生将一切精力都放在刻苦学习回报父母的独特文化。学校以"追求卓越"为校训，目标大气，定位高远，本身就是一种激励。而各种催人上进的图片、格言、诗句，更是遍布学校的角角落落。宿舍楼前的"状元路",图书馆里的"博士廊",俨然就是流光溢彩的"明星大道"。要学习衡水经验,切实加强校园文化建设,让学校的每一堵墙壁都会说话,每一片草坪都能怡情,创设一个教育无处不在的环境,让学生处于一种强大的"教育场"中,始终受到全方位的教育。

四是学习衡水教师的敬业精神。在衡中,老师始终把学生放在第一位,把事业当生命,呕心沥血,育人不辍。从工作时间看,教师每天清晨5点30分到深夜11点,日复一日,即便是寒暑假,老师也坚持家访、打电话,心系工作和学生。从工作量看,老师不仅完成自己所承担的教学任务,还积极参加教研科研、进修培训、听课评课、学生管理、学校活动等大量工作。"试卷不过夜"已成为习惯。学生辛苦的是三年,老师辛苦的是三十年,正是教师的职业态度、精神追求、人格修养塑造了学生的精神品质,铸就了衡中教育的辉煌。

高中教师大都非常辛苦,也是各行各业中起得最早的、睡得最晚的。但客观地讲,和衡中的老师相比,大多数老师工作节奏和效率还是有差距的,敬业、乐业的精神状态还是不够的。所以,要学习衡水中学教师的"精、气、神"。要树立全身心为了学生是一切的工作出发点和落脚点,要有"一切为了学生,为了学生的一切,为了一切学生"的观点和理念。按照对待职业的三个层次的标准,不断要求自己,提升自己的境界。至少要先做到第一个层次,即把教育当作职业,要耐得住寂寞,受得了清贫,在工作岗位上勤勤恳恳,任劳任怨,认真备课、上课,批改作业,辅导学生,这是最低要求。在此基础上要追求第二层次,把教育当作一种事业,既要好好干,又要会干,要用心、用脑,不断积累,追求成功。最终要达到第三个层次,就是把教育当作一门艺术,通过潜心钻研、探索,形成自己独特的风格。

五是学习衡水扎实的教育科研。衡水教育的成功和强大,在于整体和团队的协作,得益于成熟严谨有效的教育科研。要进一步强化教研组长、备课组长的责

任，搞好各学科课堂教学模式的探讨，准确把握教改方向，抓实抓好教案学案一体化研究，向课堂要质量要效益。要建立健全模式相对固定、内容统一、高质量的青年教师培养培训体系。推行并扎实落实每周一次的集体备课、中心发言人说课制度。各类教研活动要做到思想统一、进度统一、资料统一、习题统一、自助餐统一，备课组内资料、作业练习、教案、学案全部实现资源共享。要加强监督检查力度，对违反教学常规的行为，一律严肃处理，严重者按教学事故处理。

……

学生管理与办学实践：
外界传说的"军事化管理""魔鬼化学校"存在吗

让河北省教育厅副厅长贾海明最为推崇的是衡中的办学实践，首先是衡水中学的学生管理。

外界传说衡中是"军事化管理"、"魔鬼化学校"，认为衡中是缺乏科学化、人性化的"严苛"管理。没有调查就没有发言权，走进衡中的人会发现衡中的管理是很科学化、精细化、高效化和人性化的。

拿时间管理来说，该校为寄宿制学校，基本上每两三周放一次假，每天的作息时间从5:40起床到22:10晚休都有着时间管理，特别是每天1小时午休、半小时观看晚新闻以及1个小时的早操、课间操和眼保健操，常年坚持，甚至到高考前一天仍然如此。对于学生跑操，一年四季每天跑多长时间、多大运动量，学校实地测量，老师亲自试验，进而才确定下来，使之既能提振精神、锻炼身体，又不至于运动过度影响学习。对于课时长度，他们也从45分钟压缩到40分钟，即尊重学生学习心理规律，使之整节课注意力专注，又增加了课时数，把更多时间还给学生自主学习，进而保证了每天至少有一半课时是自习。对于课堂教学，该校提倡教师课前候课，但是坚决杜绝拖堂，课间十分钟学生自由活动，上卫生间的时间足可以得到保证。对于学科自习，该校要求下课必须收作业，不管完成与否都要交，目的就是不让作业延伸到课外而侵占学生课余时间。对于午休晚休，衡中要求既不能滞后上床休息，也不能提前起床，切实保证睡眠时间。另外，该校学生就餐时间基本在40分钟左右，不像外界传说的十几分钟，而且还采取了分年级错时2分钟就餐，既避免了排队拥挤，又减少了打饭时间，保证了就餐质量。在衡中，铃声作为管理手段，一天从早到晚，铃声有六十多道。最短的铃声之间相隔不过两分钟，如晚休熄灯铃与之前的预备铃、正式上课铃与预备铃等等。铃声不是警告，而是一种提醒，让学生按时作息、就餐和学习，有效培养了学生的自觉、自理意识和习惯。

有学生家长说，"衡中的时间管理并非僵化，只是规定好什么时候学习，什么时候吃饭，什么时候休息和娱乐。对此，我们家长百分百地支持。"

这种时间管理的科学性和精细化，不仅有利于提高学生的学习效率，而且有利于养成学生良好的时间管理习惯，受益终生。

衡中的管理更体现为人性化的服务。为了让学生吃得好、睡得好、学得好，衡中在教室、宿舍都安装了空调，在食堂设置了经济餐口（贫困生）、回民餐口，推出了学生流动餐车、学生营养配餐，开设了特色小吃长廊、粥屋、饼屋、西点屋以及火锅区，每餐还供应各式各样的水果。秋冬季流行性感冒高发期，学校还为学生熬制中药防治流感，进行紫外线消毒。学校要求每天每间学生宿舍和每个教室都要开门开窗通风，宿舍每天早起和中午学生离开后通风，而且冬天为了保温会在每天的上午10:00和下午的4:00由楼管负责关窗关门，教室内利用学生午休和晚休时间定时通风，如果遇到恶劣天气，则由专人负责及时关门关窗。学校还大力倡导学生每天多喝一升水，并在每层教学楼安装了大型饮水机，龙头分为开水和温水，保证学生不仅能喝到开水，而且随时都能喝到40度左右的温开水。

衡中十年

全国优秀教师王金战曾说过,就拿衡中每天让学生保证至少8小时睡眠时间,每天观看新闻联播,宿舍配备独立卫生间、洗澡间、网络空间站、多媒体查询机等全天开放来说,就已经很了不起。

第二是衡水中学的团队建设。

衡水中学的成绩是校长、管理人员和教职员工用大量超乎寻常的付出换来的。

衡中的老师们都说,张校长60多岁的人了,干起工作来像个拼命三郎,我们年轻人有什么理由不付出呢。衡中有学生的地方一定有老师,有老师的地方一定有管理干部。衡中的管理人员只要没有出差等特殊情况,每天都早起晚归,时刻陪着师生,始终和师生战斗在一起,为师生排忧解难。学校中层以上干部,每周还要做到"至少和老师交流一次、至少发现一个问题、至少参加一次教研"等"十个一",他们每个人既要任课,又要当班主任,还要负责分管的部门工作,身兼数职,但是他们仍然想在老师们前面,冲在老师们前面,干在老师们前面。学校每周五晚上7点10分的校长办公会,更是十几年来雷打不动。

衡中的老师,人人比责任、比奉献、比人格。无论春夏秋冬,天天早来晚走,备课到深夜。学校每次大型考试后总是连夜把试卷看完,寒暑假也坚持做家访、打电话,天天利用班级QQ群给学生以指导。外出考察学习,在火车上搞教研也成了一种习惯。有的校领导带领老师们外出学习期间,高烧不退,白天考察,晚上输液,坚持工作;有的毕业班老师,临近高考查出患病,说服家人先保守治疗,坚持为孩子们上好最后一节课才赴京治疗;有的老师因老人生病住院,一边陪护一边备课、批改作业,没有落下一节课;有的老师天天早出晚归,出门时孩子未醒,回家后孩子已睡下……这样的例子太多了。江苏一位校长考察衡中后说:"当精神成为一种氛围,敬业就会成为一种时尚。"

近五年来,老师们先后有几十项教育教学科研成果获国家、省级奖励,30余本教育专著出版,几百人获得全国先进工作者等荣誉称号,200余人夺得各类教学比赛特等奖或一等奖。目前，学校有国务院特贴专家3人、特级教师13人、省中青年专家4人、省三三三工程二层次人才11人、国家和省级骨干教师28人。

第三是衡水中学的德育工作。

衡水中学并不是只抓升学率，而是投入很大的时间和精力抓德育。他们认为学校的发展源于德育，抓德育就是抓教学质量，抓德育就是抓学生的持续发展。高升学率是优质德育的副产品，每年均开展十八岁成人礼、八十华里远足、文明道德模范评比等60余项精品活动，常年开展"三省十问"生涯规划活动、推行"无批评日"和"道歉日"制度、组织"日积一语、日行一善"等日常活动，将社会主义核心价值观教育、中华优秀传统文化教育等融入课堂教学、校本选修和校园文化等环节。

高一八十华里远足活动是衡中的一项品牌活动，从1997年开始组织，唯一一次间断是在2003年非典期间，不过学校安排当届学生和下一届学生一起参加了2004年的远足。该项活动对于一所学校来说是有风险的，先不说活动组织得精彩与否，就是几千人的安全问题也是悬在学校头上的一把利剑。为什么衡中将该项活动坚持举办了二十年呢？衡中校长张文茂曾说过，前几年，在一次远足活动中，有位女同学意外中暑，而且非常严重。这件事情以后，衡中也犹豫过，像远足这类安全隐患大的活动是否搞下去，但思来想去，衡中觉得，只要对学生有意义的，绝对不能因噎废食，必须顶住压力继续做下去。

教育专家陶继新说："八十里远足甚至称得上一个壮举，因为整个中国没有几个学校敢于如此'胆大妄为'了。校长的责任仅仅是为学生当下考虑吗？对其未来成长有利的事情，为什么不做呢？"

衡中组织的"校园之星"评选活动，则是学校日常德育方面的典型做法。"校园之星"是指每周由学生推选出来的本年级在某些方面具有闪光点的同学，有爱班之星、纪律之星、奉献之星、节俭之星、诚信之星等。这些"校园之星"做的

都是平凡的小事，而这些平凡的小事，却折射出他们高尚的品质和人性的光芒。校园之星评选，不仅促进了当选者的进步和发展，而且影响、带动了周围的人。

衡中特色德育工作得到了社会各界的广泛认可。2014年，团中央曾组织全国近300位中学团委书记到衡中现场观摩该校德育活动。衡中德育团队也被河北省委宣传部树为培育和践行社会主义核心价值观先进典型，并被授予"燕赵楷模"荣誉称号。2015年1号国务院研究室《送阅件》更是专题刊发了"创新发展培育英才——河北衡水中学以德为先办学经验和启示"一文。

怎样当校长 ▶
舵手篇
一名好校长就是一所好学校

张文茂语录：唯有热爱，才能坚持，唯有坚持，方能成就。忠诚于党的教育事业，终生致力于打造一所富有独特个性的特色品牌学校。

著名教育家陶行知先生认为，一名好校长就是一所好学校。他说："校长是一个学校的灵魂，评价一所学校，先评价它的校长。"不同的校长会给学校带来不同的文化，校长在学校发展过程中所呈现的风格，对学校文化形成及学校发展起着极其重要的作用。

陶行知先生一语中的地指出校长对于一所学校的重要之处。

衡水中学能够在高考、学生培养、教师队伍提升等全方面"闻名全国"，这与校长张文茂是分不开的。

那么，要认识衡中、认知衡中、理解衡中，就要必须要了解它的校长——张文茂——这位衡水中学的舵手。

从衡中的发展历程来看，用"舵手"一词来形容张文茂，那是非常恰当的。

舵手，实意为掌舵的人，常用以比喻领导者。再思考一下，"舵手"一词，还有三层含义：第一，为他人作表率的引领者。第二，勇于寻找方向的探索者。

第三，组织、队伍的领导者。这三层含义，分别不同地反馈在张文茂身上，具化为三个关键词：律己、探索、团队。

显然，张文茂这名从最基层的"民办教师"走出来的校长，深刻体会到并用事实证明了这一点，只有一名校长成为教师的表率、优秀的管理者、勇敢的探索者和睿智的领导者，才能托得起一所学校成长发展的重任。

十多年来，衡水中学已成为河北教育高地，成为衡水这座"市龄"只有20多年的小城市的"名片"。站在这样的位置上，如何百尺竿头，让衡水中学更进一步。张文茂面临的困难很大。这位校长对新时期的教育有什么样的思考与实践？张文茂如何以德感人、以德识人、以德助人、以德带人，让社会主义公德遍布整个校园？如何带领衡水中学一步步走上"追求卓越"的高峰？显然，也都是离不开"舵手"所具化的那三个关键词。

第一章　校长要做好学校的"引领者"

一般在正常上课期间是很难在办公室找到张文茂的,这是衡水中学老师张永总结出的一条规律。为什么会这样?张永说:"张校长总是在校园和教学楼里转,看看教学和日常管理还有哪些要改善的地方。"当然,张永也总结出了张文茂校长出现的规律:每天早上5点多,衡中操场——因为他要到那里看着学生们跑早操,这个规律是一成不变的。特别是在每年高考的那几天,张文茂到得还要早。

"我要让孩子们知道,他们的校长和他们正在一起,这样孩子们心里踏实。"清晨五点半,站在衡中操场上,张文茂这样说,"校长到了,老师们自然会到。校长和老师都在关注着自己跑操,孩子们会是一种什么样的心情?"

张文茂凝神静气地注视着孩子们整齐地跑操,嘴边微微露出了一丝微笑。随后,他和站在身边的副校长王建勇讨论起一天的工作安排。

"踏实走好自己的路,别想太多":克私欲,涨公欲

在他的办公室,张文茂谈自己对校长的认识。第一句话他是这样说的:"我对自己的要求不高。"衡水中学的校长说出这样的话,实在让人摸不着头脑。

笔者问:"张校长你是个热点人物,在全国教育界,在本地,你都是知名度非常高的人士。是不是感觉有点高处不胜寒?"

"被同行、被社会关注,是件好事。干工作,不被人议论,没有争论,这就说明工作没有特色,没创新。争论、议论也好,背后就是承认,所以我对大家的关注和议论很感谢,这会促进我们更好地工作,让更多的人满意。"张文茂说,"的确,我在衡中工作,得到国家省市各级授予的荣誉不少。对荣誉,我向来觉得,每一次荣誉都是一个新的起点。接受了荣誉,就接受了压力,接收了新的要求,接受了这个荣誉那就得从零开始,把工作做得更好。你不能接受了荣誉飘飘然,必须保持清醒,有归零的心态。何况,个人的荣誉是被衡中这个大集体托举出来的,我个人的荣誉,真的应该归功于大家。"

说到这里,他笑了笑,脸上的皱纹舒展开来。"说没压力是假,最大的压力就是安全问题。现在那么多学生,几百位老师。工作重中之重就是安全。安全不保,谈何教育,谈何工作?任何安全事故都不能发生。其他没什么压力,衡中不是攀高峰的学校,是创造高峰的学校。"

"这么自信?"

"我生命中最好的30多年都给了衡中,衡中从低谷到发展崛起,我都是参与者,也是目前资格最老的连续在衡中工作的教师。我当老师连续送过10年毕业班,当了4年的教导主任,和副校长重了两年,当了10年的副校长,13年的校长。衡中什么样,我清楚。"

"你在衡中30多年,就想干一番大事业吗?"

张文茂说:"我没这份野心。我在衡中,自我要求是很低的。我老家就在衡水城区边上,就是河沿镇。我上高中赶上"文革",毕业后在村办企业做了一年工,然后就当了民办教师,不小心还当了学校负责人。恢复高考后,1978年就考进河北师范学院,上的是物理系,成绩一直全优。那时候,大学毕业后都是商品粮待遇,能吃商品粮挣工资,我也就很满足了。1982年毕业,很自然到了衡中。这么多年,我从未想过改行,没想过换地方,没想过当官。当时我在物理组,大家的业务都很好，也不谈论当官的事情，就说教书的事，课一定要上好。下课没事了，就跟老师们下象棋，当时我在学校没对手。星期天就去滏阳河、衡水湖钓鱼，一天能钓10多斤。"

"既然对自己要求不高，可以说是随遇而安，后来怎么当了校长？"

他又笑了："是命运阴差阳错地把我推到这里。既然放到这个位置上了，就应该做好这份工作。因为是一步一步上来的，也没觉得有什么压力。踏实走好自己的路，别想太多。"

"轻松地把校长当好了，把衡中带到了巅峰时期。"

"校长是出思想的，副校长是出思路的，中层干部是出行动的，成员是出效果的。关键是校长要保持思想的敏锐和先锋性。"张文茂说。

……

张文茂所说的"对自己要求不高，没有什么压力"，其实只是表象。更深层次的反映出，他这个人已经摒弃了懈怠之心、功利之念、浮躁之气。应该说，功利之心人皆有之，但功利心太重的校长，是绝对无心干好工作的。如果他不把全部的心思都放在如何办好一所学校，而总是想着如何才能得到更多的"发展机会"，那学校只是他的一个跳板，而不是事业的归宿。所以，好校长要先克制私欲，膨胀公欲，这样才会使学校拥有凝聚力、向心力与人气。在这样的精神引领下，教师也必然会一心想着学校，想着学生，也必然可以使学校得到最大程度的发展。

他是衡中的道德标杆：做自己的精神巨人，做学校的精神领袖

现如今已经成为衡水中学副校长的郗会锁，大学毕业之后就进入衡水中学工作。他对张文茂的定位是：这是自己学习的标杆。同时，这一定位，也是衡中众

多老师的共识。

"张校长身上没有功利心,感受不到浮躁。和他在一起,你总是感觉很踏实,愿意为这所学校付出,为事业奉献,这就是他对我的影响,他是我们的道德标杆,是衡中的道德领导人。"郗会锁说。

张文茂走上领导岗位20多年了,但是每天清晨5点多,学生起床的铃声刚刚响起,他的身影已经出现在了操场上,晚上10:00之后,无论天多晚、楼层多高,他都要去宿舍楼转一转、看一看,而且他始终坚持着每日进课堂,还经常参加教研活动。他说,作为一名校长,就要务实苦干,不能脱离师生,这是个作风问题,也是个基本功。

现在衡中的很多老师,都是张文茂的学生。从上学就接受他的教育和影响,参加工作后依然继续接受他的熏陶,现在担任物理老师的解毅就是其中之一。

"我是1997年进入衡中学习,那时候张文茂老师是衡中的副校长,但一直坚守在教学一线。"解毅说,"一进学校就听说张老师很严厉,但是说话算话。"

随后,解毅说了这样让他铭记在心的事:有一位同学,违反纪律被张文茂发现了,批评了这位同学后,张文茂说,你知道错了吗?记得要改正。同学认了错,但是不敢走,张文茂问他还有什么事,他低着头说:"张老师,我知道错了,你能不能不把这事告诉我们班主任?"张文茂点了点头,郑重地说,"你知道改正错误就好,我不会告诉班主任的。"即便是这样,这位同学还是心怀忐忑。但真如张文茂承诺的那样,事情就这样过去了。"张文茂老师是个说话算数的人"在学生之间流传开了。

"我特别佩服张校长,现在依然如此。张校长是教物理的,后来受他的影响,我进入衡中工作后,也是担任物理学科教学。"解毅说,"不仅如此,我也向张文茂老师学习,踏实工作,把学生当成自己的孩子,用承诺和行动去感染孩子们。我从张校长的做人和工作中,悟出一个道理:作为一名衡中的教师、班主任,我们应以平等、尊重和真诚的爱心去打开每一个孩子的心门,不让任何一个孩子成为遗憾。只有充满爱的教育,才是真正的教育!师爱是一场春雨,滋润了学生的心田;师爱是一束阳光,温暖了学生的心房;师爱更是一种强大的力量,可以改变孩子的一生。慧心引领,扬帆起航,当学生因你而变得更优秀的时候,何尝不是我们自己的成功呢!"

"我愿意和孩子们在一起,我们之间的感觉很单纯、很快乐。也愿意做他们精神上的导师。"张文茂也分享了一个故事。

衡水中学每年都会为学生组织成人宣誓仪式,告诉他们,从今天开始,要做一个负责任、有道德的人。有一年,在高二年级学生18岁成人宣誓仪式结束后,学生们都返回班级,开始了下一个环节的活动——分吃成人蛋糕。他也走进其中一个班级,想和孩子们一起活动。

当张文茂进入教室时,刚才还兴高采烈的同学们一下子静了下来,同学们没想到校长会来,一时感到拘谨。于是,他微笑着说:"今天是你们的生日,我和你们一起分享生日蛋糕,好吗?"教室里顿时响起一阵掌声。他和几名同学开始一起切蛋糕,并分到同学们手中,同学们静静地分享着蛋糕。这时,一位瘦瘦的男同学从他手中接过蛋糕,突然用叉子叉起一块奶油抹到他的脸上,顿时,整个班级一片寂静,显然同学们都被这个突如其来的大胆举动惊呆了。正当同学们不知所措时,张文茂也很自然地叉起一小块奶油向那位同学抹去。教室里立刻响起了更为热烈的掌声。随后同学们也纷纷行动起来,很快,每一个人的脸上、身上都变得"五颜六色"了。整个教室欢声一片,孩子们露出了他们的"本来面目",一些同学眼中闪烁着泪花。

回到办公室,他的心仍沉浸在刚才那种和谐、喜悦的氛围中。这件事引起了他的思考。其实,即使是18岁了,孩子们也有"调皮"的天性,他们渴望和老师沟通交流,渴望和老师像朋友一样亲密无间,这也许就是那个男同学突然有这

个举动的动机。如果他没有到学生中间和他们一起分享蛋糕，就失去了感受这份纯真幸福的机会；如果他面对男同学的突然袭击放不下师长的架子，而是采用其他的处理方法，可能就会伤害了这名学生，进而拉远了和所有学生的距离，甚至阻断了今后沟通的渠道。事实证明，他的想法、做法是对的，这件事之后，无论他走在校园里，还是到班级去，都更受欢迎了，同学们都非常愿意和他接触，到办公室找他反映问题、寻求帮助的同学也多了起来。他和同学们的关系拉近了，沟通更顺畅了。

如同张文茂说的，高中校长不应像一个"官员"，为行政权力马首是瞻，在下级和学生面前指指点点；不应像一个"商人"，成天想着如何"赚钱"。他应该自觉剔除与教育无关的诸多因素，做校长该做的事，说校长该说的话。他认为，校长应该像一名长辈，为下一代传递着一种精神。精神是一种力量，更是一种指引，每个时代、每个阶段都有其特定的精神导向和时代标杆。它代表了社会的发展进步，引导人们积极有为、奋发向上，而学校就是要将这种精神融入学校的教育，形成学校的精神。

著名教育实践家和教育理论家苏霍姆林斯基认为，童年的精神经历决定一个人一生的精神高度，教育首先必须满足学生的精神需要，提升他们的精神力量。从这个角度看，学校教育的问题，重点应该解决学生们心灵的浮躁和精神的缺席。影响学生一生发展的，除了升学和分数，其实还有更重要的东西，如人格信念、生活态度、社会责任感、独立精神、关心他人与合作意识、理性思考与批判思维的能力。

校长作为学校的核心人物，不仅要使自己成为"精神巨人"，更要成为学校的"精神领袖"。

校长应凭着一种精神来办学。好学校是靠精神站立的，它的底气首先来自校长的精神境界。一是有教育信仰。带着教育梦想上路，有淡定执着的教育信念、长期经营学校的激情和引领社会发展的勇气。二是有独立精神。对于教育有清醒的认识、深刻的思考和独到的见解，倡导、形成、坚持学校的核心价值和愿景规划。三是有文化和精神塑造力。有智慧持续推动全校上下对办学愿景、价值追求的理解和认同，形成属于学校自己的核心文化和主导精神。四是有人格魅力和领导魄力。在教育实践中，不断修炼德行、气质、性格和能力，为教师所接纳、敬佩和追随。

校长更应走进学生的精神世界。学校教育的本质是为学生而教育。事实上，长期疏远学生是一些校长的"硬伤"。现在很多学校的管理常常缺的不是口号，而是学生在教育者心目中的真正位置；学校德育常常缺的不是内容，而是撼动学生内心的情感体验。校长只有贴近学生，把每个学生装在心里，才有可能最大限度地了解学生内心的真实需求，及时做出最有利于学生可持续发展的决策，真正的学校教育变革也才有可能发生。校长要从学生的立场、精神需求和未来发展出发，站在比分数和升学更高的层面，精心构建课程体系，潜心改造常态课堂，用心拓宽课外视野，创新校本研修路径，做精教育的每个细节，让学生在日常浸润和教育体验中，丰富精神经历，提升生命质量，促进自然禀赋、自由人格和独立精神的成长，努力把学校办得更加富有书香味、文化味和学术味，使之真正成为滋养学生精神、提升精神力量的场所，成为学生一生情感的美好记忆和心底永远的怀念。

如同考入清华大学的衡水中学 2014 届毕业生和天伟说的那样："人需要有点精神，人需要有激励。我每天用便利贴写上今天的任务，旁边再加一句励志的话，以给我力量，使我安静、埋头、素服、缄口、乐观自信的备考。

回望这一路走来，那是一段梦幻的日子，一段提及便热泪盈眶的日子，或许这就是'衡中精神'吧，进入清华既是意料之中，也是意料之外：意料之外是因为我之前排名很难达到高考时的名次，意料之中是因为，我与苍天两不相欠！"

其实,从和天伟的寥寥话语中不难看出,"衡中精神"对于他的重要意义。没有这样精神的支撑,也许就没有那"意料之外,意料之中"。

这种精神从哪里来?我想,就是源自张文茂对教育的领悟。这样的领悟,折射到学校和学生之上,就是精神的力量。

"教育,实际上就是承担一种责任,一种传承历史和开拓未来的责任。在民族繁衍和振兴面前,任何人都不能推卸这种责任。"作为一名老教育工作者,张文茂校长对于教育有着独特的理念。

张文茂从1982年在衡水中学任教,从基层一步一步走到校长岗位,了解学校情况,并且已经表现出了出色的工作能力;更重要的是,他身体力行,这对于一所有着光荣历史并期待更多创新与发展的示范校,尤为关键。

"思想是否能够领先时代,决定着一所学校的发展前途和命运。"张文茂说,"我们不能像以前那样,摸着石头过河,必须提炼出符合时代要求、充满无限智慧的新理念。"

引领在这其中,尤为重要。这一新理念的提出,源于他对现代学校管理的深刻思考和理性把握,闪耀着深邃的哲理光辉。

智得小,德获大。显然,这点已经成为张文茂的"原点"。

做教师和学生的贴心人:善疏则通,能导心安

张文茂经常告诫班子成员:"善疏则通,能导必安。我们不能把自己看成是管理者,要把自己看成一个'沟通者'、'引领者',主动走到师生当中去,在与师生沟通上下功夫、花力气、做文章,这是一种素质,一种生产力,也是一条生命线。"

"抓管理靠什么,靠走动,靠沟通。如果我们能把'有效沟通'融入骨子里,

能够及时与管理和服务对象多交流，就能够及时掌握各种信息进行规划，就能够及时发现和解决各种问题，就能够凝聚起全校上下的共识，管理目标自然会落到实处。"

这样的"走动式"管理，有效创造了一种相互关注、相互分享、相互尊重的氛围，极大激发了师生自我发展的欲望，提高了学校的凝聚力、影响力、辐射力。

他要求中层领导干部，不仅要做行政工作的管理者，更应成为教育思想的引领者，要人人做"五者型"教师，即制度落实者、忠实服务者、成长激励者、和谐维护者、精神引领者，让管理滋润师生心灵，让精神激励师生成长，让思想激活生命的力量。

梁辉老师说："张校长曾对我们说，学校管理不是简单的督促检查评价，更为重要的是'引领'，就是要用人格的力量感染人，用模范的行动影响人，用典型的力量引导人，让每个人都能够自觉地承担起教书育人这一神圣的历史责任，自觉地维护好学校这片不带任何功利色彩的净土本色。这是管理的最高境界。"

张文茂说，领导干部还要注意在人文、人本、人情、人性上发挥引领作用，而且要持之以恒、一以贯之地坚持下去。

试想，当它们渗透到校园的每一个角落，渗透到每项工作的每一个环节，就会成为一种风气，就会形成一种带不走、赶不跑的特有的管理文化。

教育界有句行话："一流学校"管理靠文化，"二流学校"管理靠制度，"三流学校"管理靠校长。衡中正因有了一流的文化，才使学校的持续科学发展成为一种必然。

张文茂坦言，文化促发精神，这种精神形成了软实力、竞争力。各种力量产生的合力，就成为"德育"。德育治校，无论是对教师，还是对学生，都能起到润物细无声的潜移默化作用，就是像大自然生息万物那样的"无为而治"。

"你当老师怎么当？怎样看待这个职业？引领，更体现在教学业务之上。"

自然而然,和张文茂交流的话题,从"校长"延伸到"老师"这个层面之上。

"当老师一定要敬业自强,要讲业务。虽然在名利上我要求很低,但在业务上我从来都争做最好的。这些年,我发了30多篇论文,出了多本专著,足以证明我的业务素质。我讲课从来不含糊,求真求实,我对教育教学的研究比较透彻。我当教师的时候,非常自信。那时候,衡中的整体情况还不太好,我当班主任时就对班上学生们说:你们要相信我,我能帮你们,到时候能送你们多少人进大学。结果我的预言总成为现实。业务上从来不含糊,包括当了副校长,在教学上都是可以做表率的。"

随后,张文茂分享了他在教学业务上的"心路历程":进入衡中后,我做了一名普通的物理老师。在别人眼里,我有着"初生牛犊不怕虎"的锐气,再加上四年民师经历和本科毕业身份(在当时含金量很高),所以显得朝气蓬勃,非常自信,令人羡慕。面对来自同事的称赞,我感到很高兴,但并没有自满。我明白正是因为年轻所以经验不足,正是因为有民师经历所以更能感觉到教课的不易,正是因为本科毕业所以肩上担负的责任也就更重。教师的主阵地在课堂,这是亘古未变的道理,所以一切都要从课堂开始。

为了上好课,我紧紧抓牢了听课和备课两个环节。一是听课。在每一节新授课前,我都会争取把老教师们的课听一遍,像徐跃池、刘恩国、孙忠胜等老教师的课堂,我基本一节都不落下。为了听课,每学期开始前,我都会到教导处把自己的课调到那些老教师的后面。要做一流的老师,先做一流的学生。我听课时,会真正把自己当成学生去听,有疑问时甚至会主动举手提问讲课的老师。同时,在听课的时候,除了听讲课老师组织教学、辅导学生、处理课堂突发事件等之外,我还特别注意观察学生的一举一动,力求通过学生在课堂上的发展变化,更加客观、全面、深入地掌握课堂效果。听课绝对是一门艺术,也是老师的必修课,对老师的成长和发展起着至关重要的作用。衡中所实行的听评"四课"制度——点课、邀请课、宴请课和网络课，就是让听课的老师真正充当一次学生，讲课老师一定要提问同组听课老师，这项制度取得了很好的效果。二是备课。当时备课的资料很匮乏，一本教材基本就是老师的全部资料，所以学校图书馆就成了老师们的好去处。那时衡中图书馆远远赶不上现在的规模，图书有限，资料很紧缺，所以一些"热门"的书非常受欢迎。平时，时间紧，而且借阅的老师很多，所以我经常选在周末去图书馆，基本上一泡就是一天，各种摘抄笔记不计其数，唯恐摘不完、记不全。只有老师"沉"在备课中，学生才会"浸"在课堂中，听起来津津有味。因为经历了早先备课的不易和资料的匮乏，所以我对图书馆的建设和管理一直高度重视。就拿教师用书来说，现在学校每年都会拨付几十万元专款购买图书、报刊等，使图书资源年年更新，而且采购时，由骨干教师、教研组长、学科组老师共同参与，严格把好质量关。另外，1998年在河北省率先引入校园网络，2000年全部实现网络办公，在图书馆还建成了以光纤做主干的图书馆网络，建起了多达6800GB的学科资源库，按一定的知识体系分门别类存放，并在网页上进行了链接，老师们检索使用十分方便。

听课和备课对促进年轻老师的成长很重要，但听课不代表"邯郸学步"，备课也并不意味着"照本宣科"。因此，虽然"不听不讲""不备不讲"是我一直奉行的信条，但是在上课时，我不会拿教案，甚至有时也不拿教材，这样做，不仅仅是因为已把教材熟记于心，更重要的是不愿意被教材所束缚和禁锢，从而给自己和学生更多的交流空间。所以，我认为听课、备课归根结底还得要和自己所教学生的实际情况结合起来，这样才能把课上好。凭着对教学的无限热爱和刻苦钻研，自己的教学水平有了很大的提高。每次考试，班级平均分都遥遥领先，甚至一些特级教师所带的班都经常排在自己后面。那时，无论是学校，还是县教研室，举办的各种比赛都很少，但是，只要有比赛我就参加，而且每次比赛我都会拿到不错的成绩，连续多次获得当时衡水地区先进教师的称号。记得1986年的

一次比赛,组委会还给获奖者每人发了一个石英小闹钟,直到现在还在我的床头嘀嗒嘀嗒地走着。现在看来,这个小闹钟已不仅仅是赛课的一个奖励,更是自己年轻时候的一份记忆,是自己探索教育教学之路的一个见证。

……

正是这种向上的价值观和职业观,成就了张文茂精湛的业务水平。反过来,随着业务水平的提升,他的价值观再次升华、精化。

有一次,在学校开展教科研活动时,张文茂发现,曾经的一些学科骨干在成为中层干部之后,渐渐地游离于教科研活动之外,失去了教科研的话语权。在这样的人中,不少以忙于行政管理为理由。在张文茂看来,其实他们更多的是缺乏主观努力。当问起原因时,他们回答总是"太忙!忙不完的事情!"

回去之后,张文茂在反思,反思自己对教学业务的认识。随后,在日记中,他这样写道:工作中出现的问题,应该责任都在校长身上。如果,一位校长用"忙"字来掩盖自己的心虚,就是在"繁忙中",校长偏离了学校教科研中心,也丢掉了塑造学校科研文化的角色;而教育科研力正是提升办学质量、学校可持续发展的重要保证,更是考量校长科研领导力的核心因素。所以,校长要在教育科研活动中发挥指导、检验和修正教科研行为的作用,逐步形成体现个性、植根校本、彰显特质的教科研领导力。

活到老,学到老,还有三分未学到。校长只有不断地学习,注重知识的更新,才能提高自身素质和威信。第一,加强政治理论学习。政治上要成熟、头脑要清醒、反应要敏锐、立场要坚定,尤其在大是大非面前,不能有半点含糊,坚持社会主义办学方向,全面贯彻党的教育方针,依法治教、规范教育行为。第二,加强自身业务学习。校长要以身作则,成为教育教学的业务权威,校长要不断扩大自己的影响力,就必须不断学习研究,扩大和丰富自己的知识视野,拓宽知识层面,掌握现代教育理论,提高现代教育运用水平,做知识上的权威、教学上的能手、管理上的专家，从而促使管理能力和执政水平的提高。第三，努力树立校长威信，以德树威。校长要治学严谨、勤政廉政、为人师表、严于律己，以高尚的人格和优秀的品质去影响广大师生。

"校长就是老师们的一面镜子，一个表率。"张文茂说，"我反思到，教师业务的提升，还应当让老师们的价值观发生作用，让他们愿意去学，愿意去提高，这才是根本。作为一名校长，要让自己成为教师的贴心人。自己要做出表率，让他们能发展提升，从而建设积极合作的团队关系和昂扬向上的群体精神。精神的力量是无穷的。"

德高为师，学高为范：立德树人，关键在师德

张文茂说，习近平总书记曾指出，教师是立教之本、兴教之源，承担着让每个孩子健康成长、办好人民满意教育的重任，广大教师要自觉增强立德树人、教书育人的荣誉感和责任感，学为人师，行为示范，做学生健康成长的指导者和引路人。

立德树人，关键在师德。作为教师，不仅是知识的传递者，更是道德的引导者，思想的启迪者，心灵世界的开拓者，情感、意志、信念的塑造者。高尚的师德，是对学生最生动、最具体、最深远的教育，也是对学生的第一影响力、第一教育力，具有强大的感染力、号召力和影响力，是一种不可或缺的重要教育资源，对提高学生的家国情怀起着举足轻重的作用。为此，衡中从学校领导、中层干部到普通教师都把提高人格修养作为第一要务，引导教师守住心中净土，高境界做人、高标准做事、高效率工作、高品位生活，在提高广大教师的精神素养的同时，让教师自觉成为加强学生家国情怀教育的重要推动者和模范引领者，不断提高育人效果。

首先，要求教师"先有父母心，再做教书人"。如此，教师就会多一份爱、多一份宽容、多一份尊重，就会激励学生走向昂扬向上的生命领地，进而创造和谐共进的教育景观。其次，衡中还大力开展"师德提高年""教师培养推进年""质量效益年"等主题活动，融师德建设于专业提升、班级管理、夺首争星等常规工作之中，要求老师们要做一个有责任的人、一个有信仰的人、一个有良心的人、一个有道德的人，并开展"最受学生欢迎教师""十大魅力班主任""德育创新标兵"评选以及"师德与幸福"论坛等活动，设立"衡中腾飞突出贡献者"等荣誉称号，使老师们人人有目标，人人有机会成星，而且大张旗鼓宣传，让老师们体验成功，传递幸福，营造向上、向善的氛围，大大促进了学生成绩和综合素质的全面提升。

此外，衡中还创新完善了一套奖惩激励机制，把师德与职务聘任、绩效考核、评优奖励结合起来，把师德要求落实到师资管理的政策导向之中，并大力推行师德"一票否决制"，高尚师德逐步成为学校的第一影响力。让学生在教师的高尚师德、人格魅力、学识风范的教育感染下，进一步增强了对家国情怀的体验感受和认知理解，进而更加自觉地培养和强化家国情怀，给了学生一笔享用不尽的精神财富。

人们常说"教育是一棵树摇动一棵树，一朵云推动一朵云，一个灵魂唤醒另一个灵魂"。因此，在校园内共同遵守的向上价值观，建设一支师德高尚、业务精湛的高素质教师队伍是关键。

衡水中学副校长王建勇有着自己的观点：张文茂校长是衡中的"精神和业务的引领者"，也是"学校发展的领路人"。"德高为师，学高为范。"为什么要把"师德"放在首位呢？因为，师德是教育发展的前提，可以说师德兴则教育兴，教育兴则民族兴。落实立德树人的根本任务，关键在师德。特别是在呼唤优质教育的今天，师德就是教育力。教师在教学过程中表现出来的道德观念和行为，对学生正确价值观的树立和高尚道德情操的形成起着最直接、最有效的促进作用。为此，衡中提出，以道德立身为根本，以自主管理为基础，以言行高标为重点，以常规落实为抓手，带教风，促学风，转作风，优行风。

教师通过个人的知识权威和人格权威的力量，潜移默化地影响着学生的价值观和行为方式，以身示范，引领带动，让学生朝着社会期待的人去全面发展。如今，全社会正在开展节俭养德全民节约行动，衡中更是深入进行俭以养德、廉以立身的宣传教育，青年教师集体婚礼就是其中的一项经典活动，在广大教职工中形成了一种婚事新办、节俭朴素、和谐文明的新风尚。老师们立足培育和践行社会主义核心价值观这个根本，以身示范告诉学生，厉行节约、反对浪费是每个人义不容辞的责任，这对学生的这种影响是深远的、意义重大的，使节俭节约理念真正转化为全校师生的思维方式和行为习惯，"低碳节俭、文明和谐"的观念在校园内蔚然成风。

……

说到这里，我们再反过来理解"校长"二字。

学校是文化传承与重建的地方，所以校长首先应该是一个精神和业务上的领袖，其次才是行政领导。而且，这一领袖不是自封的，而是由其卓越的个人影响力、精湛的业务素养自发形成的，这种影响力来源于人格魅力——善良、真诚、宽容与正直，来源于个性魅力——独特、纯净、丰富与深刻，来源于业务能力——全面、精湛、熟练与创新。从这一层意义出发理解，校长的个人魅力是治校的根本。

"教育新常态"下的校长，其价值的核心定位应该是"引领全校师生实现精神层面上的追求"。

因而，作为校长，就需要有一种高远的追求，而没有对于教育的超越性理想，就不能生发出实践的教育智慧。教育智慧的生成是在对教育的一些根本性问题的不断追问中实现的。

在这种智慧实践的过程中,更需要校长有一种来自精神深处的活力。一个有活力的学校,必然有一位充满活力的校长。常言道"活力四射",活力可以感染人激励人,校长的活力必然会感染教师、激励学生,能让整个校园充满活力、朝气蓬勃。

第二章 探索，是"不忘初心"的生动实践

"衡水中学这么出色，因为这里有最好的校长、最好的老师。"江苏著名教育专家邱学华一语中的。"一个好校长就是一所好学校。"这是教育界流传的一句老话，用在衡中特别准确。

在衡水中学老师张蕊看来，她对这句话的感受格外深刻。"我是2004年进入衡中工作，张文茂校长也是在这一年开始'掌舵'衡中。"张蕊说，"这么多年走过来，可以说张文茂校长用自己的努力，为衡中的发展奠定了基础。现在看来，张文茂校长和衡中已经成为一个融合体，谁也分不开谁。"

张蕊抱起厚厚的一摞书，边整理边说，这是衡中为老师们提升自身业务素质，从而制定的政策之一：报销老师购买专业书的书费。"这就是张校长探索出来的新政策，帮助我们提高业务水平。有这样的敢于探索、善于创新的校长，我们谁不会为学校贡献百分之二百的力量呢！？"

在张文茂自己看来，是衡中培育了他、发展了他，没有衡中就没有他的今天。所以他在衡中，一定要感恩，多为衡中做贡献，为学生们奉献一切。这，成为他教育工作的初心。

张文茂这样理解他的初心："学校里有许许多多正在成长中的生命，每一个都如此不同，每一个都如此重要，全部对未来充满着憧憬和梦想，他们都依赖学校的指引、塑造及培育，才能成为最好的个人和有用的公民。"可以看出，校长在很大程度上决定着学校的发展方向。

发展方向,是没有现成答案的,没有定式的。走与不走,是态度问题。怎么走,是思路问题。如何走得好,是关键问题。如何解答这些问题,只有探索这一个答案。

勇于探索,不忘初心:
将"追求卓越"的校训概括为"四种精神"

"要发展,必须走新路。我刚接手衡中时,那时衡中已经在省内赫赫有名。但是不能小富即安啊,不发展就意味着倒退。怎么发展?就要大胆地去探索,不怕走弯路,不怕摔跤。"张文茂说,"衡中的校训就是'追求卓越'。什么是卓越?怎么追求卓越?就是要大胆地探索,这是出路!"

张文茂之所以把探索提升到如此之高的地位,显然,这是与他的人生之路不可分开的。从乡村到城市,从民办教师到衡中校长,从初站讲台的青涩教师到教育专家,让他体会到,发展的重要,探索的重要。

如同张蕊老师形容的那样——张文茂校长和衡中已经成为一个融合体。不断探索和追求卓越,让张文茂和衡中在价值观之上,再次碰撞融合。

谈衡中,离不开张文茂。谈张文茂,更不能隔离衡中。作为探索者的舵手,意义恰恰于此!可以说,衡水中学这么多年的发展,见证了张文茂的探索之路。

首先来说,探索要做到审时度势。教育的探索,应该是顺应时代发展的迫切需要,是落实国家政策的必然要求,是解决教育难题的重要途径,是教育规律的正确回归。

20世纪80年代,衡水中学只是一所县中,升学率排名垫底,学生管理也不到位。面对这样的学校,本地的孩子宁愿选择背井离乡、移读他乡。1992年,张文茂走上了学校的管理岗位,他和当时的李金池校长统一了思想,下决心一定要扭转局面，凭着对师生、对家长、对社会负责的坚定态度，转变思路，大胆改革，以上率下，狠抓管理。终于，1995年衡水中学首次夺取了全市高考第一名，随后连续位居全市榜首。2000年，衡水中学勇夺河北省高考第一名，并开始了河北省高考连冠的教育奇迹。

2012年10月13日，刘延东同志和省市主要领导来到衡水中学调研，对衡水中学的办学成绩和育人成果给予了充分肯定。刘延东同志指出，衡水中学是一所办得非常好的学校，名不虚传，其珍贵在于衡中有着在不断探索中提高教育教学质量的精神，希望衡水中学能把先进的理念和好的经验做法进行辐射。

听到刘延东同志的讲话，张文茂在欣喜鼓舞之余，更感到了肩上责任的重大，从而开启了他的"辐射探索之路"。

张文茂说，自己开始加快了合作办学、学校帮扶的步伐，不断放大衡中办学优势，发挥辐射带动作用，毫无保留共享办学经验。另外，衡水中学还通过举办校园开放日、召开全国高中教师专业发展论坛、卓越校长峰会等全国性会议，和来自全国各地的教育界同仁互相交流彼此经验。

"让学生享受幸福的教育，是教育发展的必然追求。"为了让每个孩子都能上得起学，张文茂多方联系，竭尽全力为学生解决实际困难和问题。为此，学校从2003年开始实施奖助学金制度，通过爱心帮扶、社会资助等多种途径，千方百计为学生办好事、做实事、解难题。截至2017年3月，先后有100多个爱心企业和人士为衡中学子捐献善款，累计多达5000余万元，惠及学生49000余人次，让每一名学生都享受到了平等接受教育的机会，让每一名学生都拥有了人生出彩的机会。

这一探索举动，赢得了"满堂彩"。衡中用自己的行动告诉学生们——有我在，你们就有了保障！

其次，探索要理清思路，目标明确。作为高中校长，要进一步改变认知、深

化认识,对学校的教育发展科学论证、精准定位、统筹规划,进一步释放教育改革的创新活力,促进教育纵深发展。

校训是社会主义核心价值观在学校不同层面的具体体现和生动呈现。张文茂不断探索围绕立德树人根本任务,把"追求卓越"的校训融入教育全过程,努力使核心价值观落细、落小、落实,内化于心,外化于行,真正在校园里生根发芽,开花结果。

衡水中学深入挖掘校训"追求卓越"的内涵,并概括成"四种精神",使之内化为师生共同的精神支撑、价值遵循、行为准则和文化共识。

一是无私奉献、求真务实的敬业精神。开展首席教师、星级教师评选等夺首争星活动,大力倡导实干兴校氛围。每天,从清晨到深夜;每周,从周一到周末;每年,从年初到岁尾,老师们夙兴夜寐、勤奋工作、忘我付出。与工作时间和工作任务相比,更难以用数字计量的是老师们对学生的爱,这种爱既是出于他们的职责,更是出于他们无私的情怀。特级教师孙文盛就曾用自己的实际行动对教师的无私奉献进行了很好地诠释。她年迈的父亲生病住院时,自己的学生正到了高三的关键时刻,一边是浓浓的父女情,一边是深深的师生爱。她说,我不能为工作而不顾父亲,也不能为了父亲而放下我的学生!于是,在五个月的时间里,她白天照常上班,晚上照顾父亲,早晨不到7点就赶回学校。高考后,她的班级取得了优异的成绩,父亲的病也康复了。孙文盛老师说:"我无愧于父母的养育,无愧于学校的培养,无愧于学生的信任,也无愧于自己的良心!"

二是顽强拼搏、不断开拓的创新精神。在不断地拼搏和创新中,衡中形成了自己的文化根基,形成了自己的办学特色,推动了老师们不断提高专业水平,助力莘莘学子实现了自己的名牌大学梦,促进了学校的健康、可持续发展。

三是团结协作、友善和谐的团队精神。衡水中学提出"三年一盘棋"的思路,实行教学资源共享、集体作课备课等,全力建设和谐班级、和谐学科组、和谐年级、和谐校园,引导老师们团队作战、和谐共进。

四是强力争先、唯一必争的进取精神。在衡水中学,每个人都昂扬向上,到处是激情燃烧的声音,老师们个个逢冠必争,唯先是夺,不当第一不罢休。如衡水中学的奥赛工作从2004年开始起步,与省内奥赛强校相比,起点低、起步晚、实力弱。为了扭转这一局面,学校2008年成立了奥赛班,并提出学科奥赛要在3年内夺取河北省第一的目标。为了实现夺冠目标,奥赛教练员们勇挑重担,超常付出,敢冲敢想,全力拼搏,奋力争先,在两年多的时间里,就提前完成了任务,勇夺全省第一。这四种精神所形成的精神力量,丰富了校训内涵,凝聚了师生价值共识,为衡水中学培育和践行核心价值观奠定了思想根基。

……

再次,探索就要实实在在的干。

"我的人生经历告诉我,要想成就一番事业,首先要热爱自己所从事的工作,并且满怀激情地投入其中。其实,在衡中的每一天,不仅是我,衡中的每一位老师、中层干部,都在进行探索!"张文茂虽已年逾花甲,但在他身上依然可以看到年轻人的激情与充沛的精力。在他的引领下,激情相互传染、互相激励,师生像一团烈火一样燃烧,唤醒了沉睡的心灵,激发着创造的力量,教师消除了职业倦怠感,学生拥有了进取的原动力,每一个人在激情燃烧中实现了更好、更快地发展。

在衡中特有的厚德文化、激情文化、责任文化的共生下,导向了一种必然的结果——卓越,更形成了卓越文化。在"追求卓越"校训的引领下,探索发展成了每一个人的常态。张文茂说:"追求卓越重在追求探索的过程,如果把过程做完美了,用责任心对待每一个学生,用坚韧对待每一次挫折,用规范对待每一个细节,那就一定会有一个卓越的效果。"由此,衡水中学人人有大胸怀、大追求,把卓越作为行为习惯和精神追求,并与内在的厚德、激情、责任等精神品质和谐为一,形成了一种经久不衰的发展支撑。

"成绩是干出来的,不是看出来的、等出来的!不干,半点马克思主义也没有,这也是一个教育境界的问题。"出生于 20 世纪 50 年代的张文茂,身上有着对国家深厚的价值认同与情感认同,更有着从农村走出来的淳朴务实与吃苦耐劳精神。张文茂常对老师们说:"如果对国家、民族和人民没有感情,很难成就一番大事业,有了感情才能主动想工作、找工作、干工作,每天多奉献一点,每天多改变一点,心里每天才舒服一点。"张文茂说:"管理,就是要做好陪伴、表率和引领,有学生的地方就一定有老师,有老师的地方就一定有领导干部。"

……

付出,是有回报的。在不断地探索中,衡水中学各方面的成绩节节攀升:2016 年高考,河北省文理科状元双双"落户"衡中,高考成绩已蝉联河北省 17 连冠;每年考入清华北大的人数从几人、十几人、几十人增加到 100 多人;学校获得"全国依法治校示范校""、全国'双合格'优秀家长学校""、"全国中小学信息技术创新与实践活动先进单位""、"全国《贯彻学校体育工作条例》优秀学校"、"联合国教科文组织'朝阳计划基地"、"宋庆龄少年儿童科技发明示范基地"、首批"全国中小学机器人教学实验校"、"全国青少年普法教育示范校"、"中国百强中学"、"河北省文明单位"等称号。河北衡水中学被全国教育界誉为一个"教育的神话"、"全国基础教育的一面旗帜"……

衡水中学的奥赛、艺体、科技创新、国际交流等各项工作都处于河北省甚至全国的领先地位。仅 2016 年暑假,衡中学子"南征北战,西进东伐",参加各级各类赛事就多达 700 余人次,获得国际级奖项 7 项、国家级奖项 280 余项、省级奖项 80 余项,此外还有 3000 多学生参加了多达 50 余项的各种社会实践、各类社团活动以及夏令营等。

同样,张文茂的荣誉也是接踵而来:先后被评为全国五一劳动奖章获得者、国务院特殊津贴获得者、河北省有突出贡献中青年专家、河北省第五批省管优秀专家、河北省优秀教师、河北省创新教育实验研究先进工作者、衡水市贡献突出优秀人才、衡水市第四批市管专业技术拔尖人才。2006年10月,张文茂作为河北省唯一代表,应邀参加了由国家教育行政学院与英国特色学校与学院基金会合作举办的中学校长国际研讨会。参会人员主要是来自英国、澳大利亚、新西兰、智利、瑞典等14个国家和地区的近100位著名中学校长和专家,其中中国中学校长共20名,张文茂作为中方唯一代表向大会做了研讨建议报告。2008年,张文茂作为奥运会火炬手传递了奥运圣火。2013年,张文茂荣膺"中国好校长"称号。2014年被评为特级教师。2015年,以张文茂为首的衡中德育团队被授予"燕赵楷模"称号。2016年被聘为全国学校共青团研究中心学术指导委员会委员……

探索,释放哲学的力量:破与立,坚持四个不动摇

面对荣誉,张文茂依然清醒和镇定。他没有故步自封,躺在功劳簿上"睡觉"。他知道,成绩是干出来的。前进如逆水行舟,有了成绩还要付出更多的努力,才能再有所突破。

现在衡中已经是全国高中教育的"珠穆朗玛峰",站在峰顶,张文茂又开始思考、探索另一个层面的问题:"破"与"立"。

"学校,最重要的是管理。常规管理意在打破陈规,要常抓常新。"张文茂认为,一个时代有一个时代的教育使命,学生、老师在变化,知识、教学在发展,学校的常规管理也必须在实践中不断总结提高,在操作上不断反思创新,在理论上不断归纳升华,从而达到在耕耘中思考、在创新中收获的管理境界。

"我想到的第一个问题,就是突出问题导向。"张文茂说,为此他带领班子成员,开始探索以问题管理作为工作主线,在中层以上领导干部中开展了"十个一"活动。即每周至少和一名老师、学生进行交流,每周至少发现一个问题,每

周至少发现一处工作亮点,每周至少提出一条工作建议等等,确保工作在问题中、管理在问题中、在问题管理中有的放矢,在问题解决中取得实效。衡中针对体育课进行了一系列调研,发现本应是释放激情、放松身心的体育课成了放羊课,课堂效率低,场馆器材不能充分利用。为此,衡中马上改变了对体育课的管理模式,开设了武术、体操等团体项目,并组织开展了拔河、绑腿跑、篮球赛等活动,确保内容丰富,全员参与,充分调动了学生的积极性,有效增强了班级的凝聚力。

管理的目的与意义是改善工作、提高工作,可以说,管理也是生产力,而常规管理更是实现效益最大化的重要因素。为此,张文茂的第二个探索,就是坚持向常规管理要质量,向常规管理要提高。通过卓越管理促使师生从外界管理向自我管理转变,从时间战向效益战转变,让人人做好表率,促进师生共同提高。

探索,就是着眼开创未来。张文茂认为,思想改变工作,观念改变工作,管理改变工作,常规管理必须在打破常规中创新探究,在着眼未来中创造成果。比如"互联网+教育"正在对教育领域产生深刻变革,衡中也积极求变,开展了微课活动,让学生享受每个老师最优秀的资源,促进学生整体素质的提高。再如,全天候对学生开放的图书馆、视听室、网络空间站,班级教室前摆放的多媒体读报机、杂志阅读架,餐饮中心内几十台大型液晶电视机,定时播放时政热点的室外电子显示屏等等,体现着精心精细,彰显着人文关怀,让学生更快捷、更方便地摄取到了更多信息。此外,衡中全面遵循教育教学规律和青少年身心成长规律,每天保证学生至少八小时睡眠,并且开足开全了体育课、音乐课、美术课、心理课等课程,给了学生终身受益的教育,力求将每一位学生培养成为具有中国心、世界眼、现代脑的复合型人才。

一"破"一"立"之间,张文茂的思想得到了升华,衡中的发展增添了积淀。与其说,这是管理制度上的"破立",不如说是张文茂和衡中在发展思维上探索的成果。一"破"一"立",就是在探索,就是在解放思想,就是在解决发展"卡脖子"的问题。

解放思想的"破"，概言之就是解决不愿、不敢、不会、不懂、不真解放思想的问题。解决不愿解放思想的问题，需要着重破除"与己无关"的认识；纠正老路子好走、老框框好用、老办法好使，不思进取、故步自封的错误观念。解决不敢解放思想的问题，需要着重破除怕出毛病、怕犯错误的观念。解决不真解放思想的问题，需要着重破除使解放思想流于形式的做法，特别是解决讲解放思想头头是道、热热闹闹，但落实到行动上仍然用传统的思想观念、思维方式和工作方法的问题；解决搞花架子应付领导、搞形式走过场，给工作带来"负能量"的问题。

解放思想的"立"，概言之就是强化实事求是、与时俱进、开拓创新的观念和精神。解放思想是使思想和实际相符合、使主观和客观相适应，是为了解决实际问题。因此，解放思想须立足于实事求是，以"不唯书、不唯上、只唯实"的科学态度，坚持到基层去、到矛盾集中的地方去，在真抓实干、破解难题中解放思想。实践在不断发展，解放思想不可能一劳永逸，必须与时俱进，准确把握教育发展的大势和时代潮流，自觉地把思想认识从那些不合时宜的观念、做法和体制的束缚中解放出来，从主观主义和形而上学的桎梏中解放出来，使之合乎实际、合乎发展规律。解放思想需要焕发奋发有为、开拓创新的精神面貌，不为条条框框所束缚，以新的思维观察新事物，以新的理念拓展新思路，以新的方法解决新问题，敢于涉足前人未曾涉足的"盲区"，努力突破矛盾错综复杂的"险滩"。

中国人喜欢打太极，一静一动，阴阳之母。这一"破"一"立"，也如同太极一般，是中国人千百年来生存的经验积累。这种积累，就是哲学。

显然，张文茂的探索之路，是伴生于哲学之中的。

哲学，是校长办学的锐利思想武器，能够帮助校长形成整体的教育观，批判与反思教育现象，并带来理论的萌发和心灵的宁静。衡水中学，从追求卓越的校

训到"四种精神"的践行,再到责任教育的提出,每一次办学思想的探索,每一次办学举措的探索,都饱含着张文茂和班子成员哲学思辨视角下的教育智慧,贯穿着基于哲学思维的求真精神。

张文茂说:"依托哲学思维探索教育思想,重要的不是提供某种现成的、可以明显提高教学成绩的答案,而是唤醒学生的生命意识和探索精神,唤醒教师的生命自觉和价值追求,以此引领师生思考、提出一个又一个问题,推动办学思想、办学实践向前发展。"

张文茂在衡中提出了"四个不动摇",即坚持务本求真、追求卓越的精神和理念不动摇,坚持课堂教学改革、转变教与学的方式不动摇,坚持引导学生自主学习、管理、发展不动摇,坚持常规为基、安全第一、质量至上不动摇。

在德育工作上,张文茂提出了"卓越德育使学生终身受益"的理念,每年创新开展18岁成人礼、八十华里远足、校园心理剧大赛等几十项丰富多彩的活动,并要求保证学生每天至少八小时的睡眠,每天坚持两次跑操和一次眼保健操,每天晚饭后收看当天的新闻集锦等。在课堂教学上,张文茂提出深入推进教学改革,引领鼓励个性化教学……

2016年7月1日,在庆祝中国共产党成立95周年大会上,习近平总书记发表重要讲话,提出共产党人要"不忘初心,继续前进"。张文茂的这种以哲学思维引导教育寻求本原、探索归宿的实践,充分发挥了哲学在塑造价值理念、提供科学方法论上的作用,这就是他在教育上"不忘初心,继续前进"的生动实践。

第三章　校长是衡中团队的核心与塑造者

衡水中学老师出书不是新鲜事。无论是什么类型的书籍，细读其中，会发现字字行行都透露着一种力量。这种力量难以用文字准确地总结出来，但读者往往会被感染，从而感悟到一些东西。这些细微的感悟，就是衡中的力量。

其中一本叫做《最美绽放》的书，里面讲述了衡中女教师育人师德、育人智慧的众多事迹，里面的故事非常感人：衡中的全国优秀教师王文霞，用真诚的爱心和微薄的工资，挽救了一名"母亲自尽、父亲痴呆、兄嫂冷漠"不幸家庭的困难学生，并帮助其顺利完成大学学业。优秀学科带头人宋淑窕，女承母业，用先进的教育思想走进学生的内心深处，成为学生的"知心妈妈"……读着一篇篇感人的事迹，不禁为这些女教师的付出而赞叹。她们是那么的刚毅，以自己的吃苦耐劳，换来无数学子的美好前程；她们是如此智慧，将答疑解惑的课堂变成洋溢欢乐的海洋；她们是那样热心，视学生如己出，关心体贴孩子赛过父母；她们是这般的温柔，在和谐家庭里尽力扮美中国传统女性的靓丽形象，尽心做个好妻子、好母亲、好女儿、好儿媳。

团队要有多层面深层次良性互动：
校长是出思想的，副校长是出思路的，中层干部是出行动的

窥一斑而知全豹。女教师作为衡水中学的一员，她们的刚毅、智慧、热心、

温柔背后隐藏着一种力量：团队的力量。她们愿意为这个团队付出，愿意为这个团队争取荣誉，愿意让自己成为团队提升的基石。

张文茂在接受外界采访的时候，常常会说这样一句话："校长是出思想的，副校长是出思路的，中层干部是出行动的，成员是出效果的。"

细细分析这句话：层次分明，架构清晰，责任明确，目标一致。显然，团队建设在衡中发展中的作用一目了然的。

张文茂说："不要忽视学校的团队建设，有了一个凝聚力、执行力、创造力强大的团队，什么困难都不是困难。我认为，团队建设给团队成员带来四点好处。第一，有共同的价值取向。第二，有共同的愿景目标。第三，有共同的规范操守。第四，有共同的德业追求。有了这四点，我们必将勇往直前。"

学校要发展，就需要在学校管理中建设一个个特别能战斗的团队。教育实践表明，重视团队建设，学校工作就会呈现一种欣欣向荣、奋发向上的局面；忽视团队建设，学校工作就会软弱无力，逐步滑坡，失去应有的发展活力。

作为团队领袖的校长，成为发展天秤上的重要砝码。张文茂这个"砝码"，对团队有自己深刻的认识。在他的带领下，衡中架构起这样的团队：

校级团队：以校长为核心的学校质量管理团队。

中层团队：①以年级主任为核心的年级质量管理团队；②以学科教研室主任为核心的学科质量管理团队；③以处室主任为核心的处室质量管理团队。

基层团队：①以班主任为核心的班级质量管理团队；②以研课组长为核心的研课组质量管理团队。

各个团队之间通过精神文化熏染、制度支撑、理念引领等产生了个体与个体之间、个体与团队之间、团队与团队之间的良性互动。

对自己，张文茂是这样认识的：凡是做事先做人，不必急于去追求做什么，做好自己的本分，慢慢获得大家的支持，让大家信服才是领导之才。领导，简单说就一句话：知人所需，供人所求，以德为上，进而为团队勾勒蓝图，用管理把控好团队的质量。

"人们常说,一个好校长就是一所好学校。在我看来,还不够全面,应该是一个好班子就是一所好学校。"张文茂这样说,"当领导不是事事发号施令,而是要以身作则,当好表率,搞好服务。"他语气平和,不紧不慢,但逻辑分析能力强,句句入情入理,"老师们所关心的、所需要的,就是我们班子所要做的。"这是他在任职大会上的宣言,这句话清晰地剖析了衡中的教师敬业、奉献的源泉。

在衡中,没有"一言堂",没有"家长式"作风,学校无论大事小情都是通过集体研究表决,各项重大事情均由教代会民主决策,研究制定方案进行分配。有一年暑期,为了方便学生的生活,衡中准备在校内建立一个超市,消息一传出,好几家超市托关系走后门想要来经营。"公开竞标,必须保证商品品质,而且利润率要低于校外超市。"最终经过竞标,确定了经营业主。

在衡水中学,领导没什么特殊的,如果硬要说有的话,也就是他们"特别能吃苦,特别能战斗"。他们以奉献为荣,以奉献为乐,甘愿奉献,不求索取。在他们中间,奉献已不再是一种口号,而成为一种义务和责任。

衡水中学的班子成员经常是目光向下,他们对深入一线研究和调查有着独特的情结。只要不出差,他们总是和学生们一起起床,一齐上操,学生上课期间,他们又会到教室、宿舍、餐厅和备课区……去听听,去看看,去查找不足,去发现问题,去解决问题。夜深了,当校园里的灯光次第熄灭的时候,几位校长的办公室依旧灯光明亮,他们还在分析当天的调研情况,谋划着新一天的工作。

在衡中,校长办公会常常安排在晚饭后的时间,然而由于工作繁忙,许多校领导经常是顾不上吃饭,直接就上会了。一次办公会上,在参加会议的中层以上领导干部中,竟然有11人因为工作太忙而没有顾上回家吃饭。

……

"我们为什么会干工作干得这么起劲,这么愿意为学校奉献?就是因为我们一直在对标着张文茂校长。"衡水中学副校长康新江说,"我们是一个团队,张

校长是我们团队的领袖。他处处为我们做出了榜样,在这种正能量的环境下,我们会跟着他去做。这也许就是潜移默化的结果吧,这就是领袖的力量。"

衡水中学张永老师说,张文茂校长出了很多书,按说会拿很多稿费。但是他从来没有收过一分钱的稿费,为什么呢?"那些钱,都让他分给别人了。"张永说,"知道哪个贫困家庭的学生有困难了,就捐一部分。知道哪个老师缺钱了,就主动借点儿。他这么做,也带着班子成员、中层干部和老师们也这么做。人们没有一句怨言,反而感觉很高兴:为学校做了贡献,心里都挺美。"

"其身正,不令而行;其身不正,虽令不从。"张文茂正是用这句话,让衡中团队不断添加上他自身向上的价值观。拿破仑说过"只有糟糕的将军,没有糟糕的士兵"。当一个团队在成立初始,大致上不会有什么特别的文化或特性,但当领导者做出表率,陆续制定一些规范、守则后,这个团队的特性会被慢慢地雕塑出来,接着因这些特性而衍生的文化也会渐渐形成。

张文茂的团队领袖烙印,在衡中特有的团队文化中,慢慢积淀下沉。

杜文星老师在衡中常被人称为"小诸葛",他脑子灵活,善于思考,教学成绩优秀。曾经先后担任过实验班、普通班、理科班等不同系列的班主任,多次被学校评为模范共产党员、十大德育创新标兵、高考明星班主任、优秀备课组长等,多次应邀到各地做报告,多篇论文在《德育报》等国家、省级刊物上发表。

在谈到张文茂校长给他的印象之时,杜文星说了这样的话:"我认为,优秀教研组长的角色定位,首先就应该是团队文化的建设者。这个观点已经写入我的报告课件之中,而且放在了最前面。我不用再解释其中的原因了吧。"

这是深入骨髓的印记,烙在灵魂上的标志。杜文星一句话代表了衡中老师们的心声。张文茂的团队影响,还不仅于此。

李旭彤老师受电影《合伙人》启发,在自己的班级创建了"合伙人制度",让每位同学都参与其中,助力班级成长的同时,同学们也变得成熟起来。

李旭彤老师分享了自己的故事:在衡中的特色德育活动"翔梦夏令营"中,

我有了自己的"亲卫队"，从见面的第一天起，我就提出了"团队"理念，因为作为班级，一枝独秀不是春，百花齐放春满园。

我记得他们来校后的第一次参观高二跑操，有个男生早早来到了集合地点，我本打算表扬他一番，随口问了他一句："其他同学怎么还没到位啊？"这个男孩很得意地和我说："老师，我听到铃声起床的时候，其他宿舍都还没起床呢！"那一刻，我到口的表扬"刹住了车"。借着这个契机，我给孩子们开了班会，告诉他们，当其他宿舍同学没有起床，你首先要做的是叫醒同伴，而不是独自离开。一个人可以走得快，一群人才能走得远，所以，我们需要一群志同道合的合伙人，我们是一个团队，必须共同前行。很庆幸，这帮夏令营的孩子，在日后成了我班级团队组建的"元老"，成了我的最佳拍档。

班级步入正轨后，我在班里面实行了以宿舍为单位的"班级股份合作制"，和8个宿舍签署了《班级入伙合作书》。8个宿舍成了8个大股东，以自己宿舍的德育表现为班里"融资"。一个人优秀容易，难的是带动周围的人一同优秀。我告诉孩子们："一个人可以散漫，但是当你的身上担负了团队的梦想时，你就只能向前。"通过这一制度，我的合伙人们不仅为班级德育工作做出了很多贡献，更是学会了自制与团结，懂得了坚韧与责任。

……

衡中团队的三种精神：海盗、藏獒、头狼

"一个团队中，必须要有向心力。学校对老师教育，人人为团队，团队为人人。成员处处都要维护团队，团队才能持续地发展，反过来个人才能依托团队发展。我提出来，衡中团队就是要发扬'海盗精神''藏獒精神'和'头狼精神'。"

张文茂解释其中内涵。"海盗精神"就是让团队要瞄准一个目标，要为了达到目的勇往直前，没有退路可言，必须要有破釜沉舟的劲头。

提起海盗，人们自然而然地会想到抢劫和杀戮。但实际上，"海盗"留给人们的不只是恐怖、苦难，它也有商业贸易、文化交流等和平性的一面，也留给了人们自己独特而又珍贵的文化遗产。海盗精神，代表着勇敢与拼搏，对未知领域的不懈探索；它所执着的契约精神，代表着恪守承诺，失信于人就要受到惩罚，这比我们传统美德中的"讲诚信"要苛刻得多。以此可见，"海盗文化"不是"洪水猛兽"，而是一种特定时代沉淀出的文化现象。我们应该去其糟粕取其精华，自然有兼收并用的意义所在。

苹果公司创业初期，乔布斯就曾在公司楼顶悬挂一面巨大的海盗旗，向世人宣称：我就是与众不同。正是这种无拘无束、颠覆传统的冒险精神，成就了现在的苹果帝国。在我国，"海盗精神"同样也活跃在互联网行业：冒险进取、破坏现有的游戏规则、抢夺既得利益者……正是这种海盗精神成就了美国的微软、亚马逊、谷歌等，也成就了中国的腾讯、阿里巴巴、百度、盛大、携程、新浪等等。

藏獒很忠诚，通过学习"藏獒精神"，让成员做一个优秀的人，增强团队向心力。

藏獒是世界上所有猛犬的始祖，它们的主要工作是守护羊群、房屋和寺庙。有恩不报不是藏獒，思恩图报也不是藏獒。它们不想着受恩，只想着忠诚；不想着回报，只想着付出。因此，藏獒不只是作为守护者，也同样作为负载者。西藏的部分道路和山道很窄，容不下驴子和骡子，只能容纳羊和犬等体形较小的动物行走。西藏人的商旅很规律地向前行进，每个人都负载着盐、茶等货物。像所有的小动物和人一样，藏獒也负载着货物走在商旅中。此时的它们，不仅白天无私奉献地负载货物，而且晚上也任劳任怨地继续履行守护的职责。

人生在世，无外乎两件事：一件是做人，一件是做事。看似简单的只言片语，其中却蕴含着无限深意。其实无论做人做事，都不可能尽善尽美，但如果常能怀着感恩的心态和习惯去做人、做事，你就会是一个具有优秀品格的、高尚的人。文中描述的藏獒对主人有着自觉的、绝对的、纯粹的感恩之心。因为它认为，不管主人养育自己是出于何种目的，毕竟不是别人而是主人养育了自己，没有主人也就没有自己。藏獒懂得恨，更懂得爱；懂得憎恶，更懂得感恩。它用尾巴表达自己内心情感的变化，将保护主人以及主人希望自己保护的一切作为自己感恩的方式和途径。动物尚且知道"知恩图报"，何况有着五千年文明史的炎黄子孙呢？

"反馈到团队上，'藏獒精神'就是一种优秀人才的成长力和团队的向心力。"张文茂说，"我们提倡'头狼精神'，就是要培养团队的灵魂。"

狼是世界上活得最有尊严的食肉动物，狼的许多精神值得我们借鉴学习。正如英国动物学家绍·艾利斯所说："在所有哺乳动物中，最有情感者，莫过于狼；最具韧性者，莫过于狼；最有成就者，还是莫过于狼。"狼在我们眼中是强者，头狼更是强者中的强者。狼代表了一种永不言败的强者精神，只有相信自己能够成为头狼才能真正成为头狼，这是一种自信，朝着预定目标不断努力、积极进取的自强精神，启示着每一个追求成功的人们。

狼喜欢集体出动，超过五头的狼群一定不是临时拼凑起来的，而其中必然有个首脑，它是狼群的优秀代表和象征，更是狼群的核心所在；在整个群体遇到困境时，它必须挺身而出，用自己最锋利的牙刀将敌人扑倒，撕开受困纱网，率领狼群逃出生天。这就是头狼，集中了狼性当中最优秀的品质。当由三五成群的小分队组合成数目过百的大狼群时，则由狼王统领三军。在狼王、头狼的带领下，狼群呼啸山林，出没草原，所过之处，让天地为之变色，这就是头狼效应的最直观表现。

"每一个老师，都是自己的头狼！"说到这里，张文茂激动地站了起来，"衡水中学的教师队伍有三个特点：一是青年教师多，二是教师来源分布广泛，三是教师整体素质比较高。我就是要用团队建设，把他们攥成一个拳头打出去，要打出成绩。"

"把他们攥成一个拳头打出去，要打出成绩。"这是一名团队领袖的誓言，更是目标。在张文茂的带领下，这样一支以青年教师为主体的教师队伍创造了一

个又一个的"教育高峰"。

在探寻这个"教育高峰"背后的时候,衡中老师杜学智说,"我曾经思考过,分析出了四点原因,也许从这里能够找到一些根源。"

一是重视培养青年教师。一名副校长主管,由教务处和教科处协同负责青年教师的培养工作。通过岗位练兵,全面培养和提高青年教师语言表达能力、课堂设计能力、课堂调控能力、情绪调控能力等"十种能力"。教育青年教师以积极的心态对待工作,养成反思、积累的习惯。通过出台《青年教师教学科研关考核方案》等规定和方案,对青年教师进行过关验收,力促青年教师尽快成长为一名合格的教师,优秀的教师。

二是十分重视师德师风建设。学校以主要精力抓师德、师风建设,通过组织教师赴全国各地爱国主义教育基地参观学习,缅怀先烈、继承遗志,考察民情、理解国策,感受历史、激发热情;通过开展"十大文明道德模范"评选活动,把道德教育落到实处,大力弘扬传统美德、家庭美德和职业道德;通过抓好中层以上领导干部的管理和培训活动,引领教师敬业奉献和求真务实。"张文茂校长曾经强调说:形成敬业奉献和求真务实的工作作风是做好一切工作、办好学校的关键所在。我特别认可这一点。"杜学智说。树立"问题到我这里就结束"的意识,这体现了一个团队的执行力、团队成员的责任感。

三是打造团队精神。衡水中学提出打造"精品学校"首先要从教师和干部队伍的团队精神抓起,努力打造"精品教学",全面实现"精品管理",形成"精品文化"。实现教学质量的整体提高和教育质量的长久发展必须依靠教师队伍的整体力量,而不能依靠少数的精英分子,打造教师团队具有极其重要的作用,衡水中学的实践也十分雄辩地证明了这一点。用副校长王建勇的话说:我们学校的成功一不是取决于某一个学校领导,二不是取决少数的特级教师和骨干教师,而是取决于一支"敢打必胜,永争第一"的教师团队。

四是开展教学科研。"科研兴校"是全体教师的共识。几乎所有教师都主动承担科研课题，教师带着课题进课堂，让课堂成为教科研实验室，激发了学生学习欲望，促进了教师专业发展。

对于为什么会进行如此的思考，杜学智笑了笑，说："我是衡中团队的一员，就要不断总结，提升自己，这样才能给团队带来发展的动力。在我看来，张文茂校长的行政职务是其次，关键在于是我们团队的核心和标杆，在他的影响下，我愿意做出这样的贡献。"

愿意为团队付出，以团队为荣，杜学智告诉我们，团队在衡中老师心中地位是如此之高。的确，21世纪是一个合作的世纪，单打独斗与信息共享化、全球一体化的时代潮流背道而驰。古人云，"独学而无友，则孤陋而寡闻。"孔子、范仲淹、普鲁斯特等，古今中外许多成大器者，都十分重视交流与合作，其道理就在于此。特别是对于投身新课程改革的广大教师来说，交流与合作已成为现代教师的一种优良品质。因为，交流与合作是教育灵感的重要来源，也是教师专业发展的重要途径。但在实际工作中，由于教师这一职业的特殊性，有的往往只关心自己的"自留地"，不懂得沟通，不善于交流，不乐意分享，不要说带徒弟了，甚至同事听节课都不愿意，久而久之，必然会形成故步自封的职业僵局。戏剧大师萧伯纳说，你有一个苹果，我有一个苹果，彼此交换，每人还是一个苹果，但你有一个思想，我有一个思想，彼此交换，每个人就有两个甚至多个思想。因此，衡中一直在积极营造合作型校园文化，把共生共赢作为发展基础，把团结合作作为发展法则，高度重视交往与合作能力的培养，研讨、对话、分享，不断加强个体间的沟通和交流，如教师之间、师生之间、学科之间、校际之间等，在合作中竞争，在竞争中发展，才能创造出富有个性的课堂教学，才能形成特色鲜明的教育风格，才能走向可持续的专业发展之道。

张文茂说："在我校当前的教育教学工作中，交流与合作体现得尤为突出，老师们在竞争中合作，在合作中竞争，打造团队精神，逐步走上了合作共赢的道路。"其间，学校特别提出了"三年一盘棋"的思想，并在教育管理、教学安排

等方方面面都有体现。学校还想方设法挖掘中层干部协作体、年级协作体、学科协作体、班级管理协作体的潜力和活力，使之成为责任协作体、质量协作体、利益协作体，要求每一位教师都要提高认识，通盘考虑，顾全大局，全心全意服务于各协作体的整体发展。同时，衡中还通过"捆绑"考核，把对个人的考核放到团队中去，如高考奖惩方案的制定、红旗备课组的评选等，都重点突出了对整个团队的考核评估。此外，学校还实现了学案、自助餐、作业、课件等教育资源的完全共享。任何教师通过教学观摩系统，在校内任何一台计算机上，都可以观摩学习任何一个教室内的教师授课情况。每周的教研、青年教师听评课等，都是老师们互相学习的机会。有的老师外出赛课时，为准备一节课，全组老师一次次听评，一次次修正，每一次都是不遗余力，因为大家知道，这节课代表的将是全组的水平……在衡中，大家会感到，每天都在为团队工作，团队也在为自己工作，凝聚力由此而来。正如王小铭老师在文章《把备课组像自己的家一样经营》中写到的：我们经常说的一句话就是——我就是学科组，学科组就是我。大家真的如兄弟姐妹般在这个"家"里生活，其乐融融。所以，这个家里才有了如此温馨的故事：一位老师麦麦去江苏考察学习几天，从走后那天起，组里的同事就天天盼着她回来，到第三天时，一位同事说，我们亲爱的麦麦带着江苏的气息正在一步步靠近我们……

团队领袖点染"精神圣火"：敢打必胜，永争第一

张文茂认为，学校应当是一个精神圣地，教师则应当是传递精神圣火的人。在他的示范带动下，衡中教师成为一个充满爱心的团队、一个具有良好精神风尚的团队、一个不断创造奇迹的团队。

这些年来，衡中整个学校的精神面貌的确发生了巨大变化，广大师生员工的思想境界和人格魅力得到极大提升，每个人都由此产生了一股想成名成家的志气，

为校而生的正气,勃勃向上、锐意进取的朝气和不怕困难、敢打敢拼的勇气。学生们为了实现自己的理想,克服困难,奋发图强,你追我赶,你扶我帮,其乐融融,乐在其中,人人服务于他人,人人争做班级的主人。许多教师更是夙兴夜寐、勤奋工作,为了公务忘了家务,为了大家舍了小家,为了学子冷了孩子。有的老师遭遇车祸,腿脚受伤,在未痊愈的情况下,忍着痛,瘸着腿,走上了讲台;更有一些老师为了带好自己的班级,无论春夏秋冬,天天早来晚走,备课到深夜;学校每次大型考试后,老师们总是连夜把试卷看完……这样的事例不胜枚举,在衡中每天都有一首可歌可泣的故事发生,每天都有一曲忘我奉献的主旋律奏响,充满激情的工作状态和奋发向上的精神成了衡中一种人格背景和职业文化景观。班子成员也好,老师也好,干在其中,爱在其中,乐在其中,享受在其中。

这,就是团队的力量,团队领袖的力量。

校长应该是一个管理者。但是,校长如果只满足于做一个优秀的管理者,还不能算得上一个优秀的校长,甚至可能不是一个称职的校长。通用电器前总裁杰克·韦尔奇就曾语重心长地告诫他的管理者:"别再沉湎于管理了,赶紧领导吧!"

从张文茂身上,我们可以看到,校长不仅是学校发展的设计师,是学校工作的总策划,更是团队的引领者,更是教育工作的守望者,更是衡中特有教育理念的践行者。

张文茂说;"我始终坚守教育的信仰与责任,直到现在仍保持着那份初心,不忘初心,方得始终,耳顺之年的我实现了当年的承诺——播种幸福教育,品味教育幸福。"

是什么让张文茂为此这样执著呢?在他的日记上有这样一段话:

自从1982年我就来到了衡中,可以说我是和衡中一起长大的,并在这里幸福地度过了大半辈子。这里的一草一木都已经深深地印在我的心上。我没有什么伟大的理想,只是安心把自己的本职工作认真、扎实做好,做学生的好老师,做

衡中十年

学校的好校长。我每天都和孩子们生活在一起,感觉自己也一直很年轻很有活力。

育人的责任任重道远,我最大的梦想就是让我们的学生更快乐、更健康、更优秀地成长。我认为,作为高中,就是要不折不扣落实好国家教育方针,落实好课程计划,开全课程,开足课时,只有如此才能推进素质教育的深入,才能办好负责任的教育、负责任的学校。

欲枝叶茂者必深其根,欲水流之远者必浚其源。教育只有回归纯真和本质,才能找到立德树人的突破口和切入点,才能让学生的生命得到自由而全面的延伸。虽然这条路很漫长,只有起点,没有终点,但我愿意为此坚守,哪怕一生。因为,祖国在呼唤我们,民族在召唤我们,我们只有坚守春天绿芽的憧憬,才能有对爱之永恒、人之永恒的思考,才能把学校办成优质教育品牌。

张文茂,就是这样做校长。

校长,是学校的行政首长,因为他是管理者;校长,是学校的精神引领,因为他是领导者;校长,是学校的发展指挥,因为他是探索者;校长,是学校的团队领袖,因为他是塑造者。

张文茂,就是这样的校长,这样的教育引领者。

管理、领导、探索、塑造的完美结合,正如科学与艺术的结盟,制度和人文的联袂,造就了张文茂这样一名志趣高远、胸襟开阔、视界开放、甘于奉献、意志坚定、崇尚科学、尊重规律、富于智慧的优秀校长、优秀教育家。

怎么"破"与"立"

创新篇

"创新从来只有起点,没有终点"

张文茂语录:追求卓越,成为衡中的校训。每一次裂变,都是一种进步;每一次核变,都是一种突破。我们认为,创新从来只有起点,没有终点。

《吕氏春秋·察今》曰:"治国无法而乱守,法不变则悖,悖乱不可以持国。世易时移,变化便矣。"我们的古代先贤们意识到变革、创新的重要性,国外也不例外。法国著名作家巴尔扎克说过:"一切事物的趋于完善,都是来自适当的改革。"当然教育更是这样,在高中教育领域内,衡水中学无疑是教育创新的先知先觉者。回望衡中的创新历程和成果,可谓是独领风骚,开一代风气之先。

第一章 教学领域内的三大创新

对于一所学校而言，尤其是面临高考的高中，教学乃关键中的关键，一切要务中的要务，而课堂则是重中之重。张文茂认为，教学没有什么固定的模式，不同的学生、不同的老师、不同的教学内容，如果用同一个模式上课，就会失去个性和特色，并失去教学的持久生命力。比如，张文茂校长从不反对满堂讲，因为满堂讲并不是满堂灌，教师讲得精彩纷呈，学生听得如痴如醉，充实、丰富、鲜活的满堂讲照样可以是有效的课堂、高效的课堂。所以，他倡导的是个性化、特色化教学。课堂教学不能成为一种模式，必须要有与时俱进的教学理念和教学思想作指导。

法宝一："三三三"教学法横空出世

2012年年底，为了全面总结、概括和提升衡水中学的教学理念和教学经验，深入推进教学改革，引领鼓励个性化教学，张文茂校长开一代先河，提出具有衡中特色的"三三三"教学法，引领教师把课堂作为成长主阵地，以课堂促成长，以实践促发展，让课堂教学拥有生命活力，落实课堂教学改革举措不走样，让课堂真正成为令人激动和向往的地方。

在实施"三三三"教学法伊始，衡水中学制定了比较详细的实施纲要。

"创新从来只有起点，没有终点"

河北衡水中学"三三三教学法"实施纲要

（2013年11月份）

（讨论稿）

一、指导思想

为了全面总结我校教学经验，深入推进教学改革，引领鼓励个性化教学，掀起教学创新新高潮，本学年围绕"教师培养推进年"，深入开展具有衡中特色的"三三三"教学法。

二、具体内容

教学目标三要求：掌握知识、发展能力、提升素养

教学过程三注重：注重自主学习、注重合作探究、注重拓展提高

教学发展三境界：教师乐教会教、学生乐学会学、课堂有效和谐

三、内涵阐释

"三三三"教学法是对我校多年来教学实践的总结、概括和提升。

"教学目标三要求"主要是针对学生发展的不同层次，"掌握知识"指理解知识与技能、掌握过程与方法、学会求知与迁移等，"发展能力"指运用能力、实践能力、创新能力等，"提升素养"指提升学科、情感、道德等素养。此外，还包括目标叙写、目标呈现、目标引领等。

"教学过程三注重"主要是落实学生的主体地位，"注重自主学习"，指创境生疑、自主思考、主动提问等，"注重合作探究"即问题引领、合作解疑、评价促疑等，"注重拓展提高"包括归纳总结、针对训练、拓展应用等。

"教学发展三境界"主要针对教师、学生、课堂的发展境界，"教师乐教会教"指教师的发展要从教会学生走向会教学生，要从完成教师的基本职责走向追求教师事业的境界，也就是乐教的境界；"学生乐学会学"指学生的发展要从学会课本的知识与技能走向会学各种知识与技能，要从愿学走向乐学的境界。"课

堂高效和谐"指课堂充分落实学生的主体地位，注重合作探究和拓展提高，以师生教与学的和谐促进师生发展的和谐。

四、推进活动

1. 各学科在学校总的"三三三"教学法的指导下提出适合本学科的"三三三教学法"，引领每位教师进行个性化教学改革，形成具有学科特色的教学文化，提升学科文化内涵，做大做强学科品牌。

2. 各级部、各处室围绕"三三三"教学法开展丰富多彩的教学活动，在实践中不断研究，在研究中不断提升，在提升中不断发展。

五、本学期具体措施

1. 教科处和各学科组织召开"三三三"教学法研讨会，通过研讨，要总结提炼出各学科在落实学校总体"三三三教学法"的经验、做法，同时要谋划总结出具有我校特色的各学科"三三三教学法"。

2. 教科处组织好以"三三三教学法"研究为主题的优质课比赛，每个学科要拿出"三三三教学法"的典型课例，同时在实践中不断落实和推进研究。

3. 课改处组织好"十佳创新标兵评选"，鼓励教师形成鲜明的教学个性，浓厚教学创新氛围，掀起教学创新新高潮。

4. 课改处组织各学科围绕"三三三"教学法进行适合本学科的各类课型的研究，总结成果，本学期各学科至少完成3个课型的研究，每个课型至少配有一个典型课例。

对于衡中的老师而言，现在回看这个实施纲要再熟悉不过了，而且运用得也非常纯熟了。但是，在张文会的眼里，"三三三"教学法的推行、实施并不那么容易。张文会，1988年毕业于河北师范大学，1990年1月份从其他学校调入衡中，1998年以来一直担任化学学科的备课组长。她告诉笔者，在张校长提出"三三三"

教学法的时候，很多老师并不认可，觉得说这东西比较空，似乎没有什么太大的意义；另外就是不知道到底该怎么操作。面对诸多问题甚至阻力，张文茂下定决心坚持创新。首先，创新从交流开始。张文会老师回想当年的情景仍历历在目，当时解决老师认识偏差的方法就是学校建立了一个论坛，让大家各抒己见，在这个基础上对大家认为操作性比较差的东西，进行了一些有益的论证、调整、微调，对可操作性比较强的内容、环节进行采纳、发展、丰富。同时，一些资深的老师给大家做一下普及"三三三"教学法的理念讲解，鼓励、引导他们参与这个论坛。在这个过程中，大家对"三三三"教学法有了一个初步、感性的认识。同时，学校组织人员在每个学科组进行逐步渗入，采取边实践边研究的措施，举行了一系列的研究课、对比课。

这样，在讨论、交流和实践中，大家逐步接受、喜欢上了"三三三"教学法，深刻领会了它的意义和作用。老师们觉得日常教学实践中有了抓手，如果评价老师的一节课，就可以从这些角度去评价，比如说他的教学目标明确吗？他这节课的目标达到了吗？他是通过什么样的方式达到的？他哪些做法符合"三三三"教学法的理念，最后这堂课和谐吗？教学效果怎么样？有了"三三三"教学法这个理论，教师可以从这些角度来进行自主或者接受他人的评课。换言之，教学实践有了一个比较科学、完整、成系统的流程和教学理论。

据说，拿破仑曾宣称自己没有任何一场胜仗是按照计划打出来的。然而，他还是会为每场战役制订好计划，而且比任何一位将军都细致得多。缺乏行动计划，各个层级的人员就会被种种事件绑架；而随着事件的发展，如果不设置节点对照计划进行检查，工作人员就无法知道哪些事件是真正重要的、哪些事件是分散精力的。所以，工作的计划性尤其重要，而设定目标则是实现计划性的首要因素。

对于"三三三"教学法的必要性和意义，张文会深有体会。对于教学目标的认识她经历了一个漫长的探索过程。此前，她经常为课堂的教学内容尤其是目标

而迷茫甚至是苦恼，上课前不知道这堂课的重点、难点是什么，只是按部就班地进行满堂灌，不太考虑学生的接受、理解和学习的实际情况。这样下来，往往造成老师在讲台上讲自己的，学生在下边或一知半解或似懂非懂的后果，师生双方缺乏双向的、良性的、不间断的交流和互动，教学效果必然难以保证。更可怕的是，长此以往，极易导致"题海"战术。所以，在没有具体目标指导下的课堂，老师只能让学生无休止地做题，发现有错题后，老师再讲题。如果学生还是没有掌握，老师只得继续讲题，将课堂上大量的时间都耗费在解题上。低效的工作本身就是浪费时间。

衡中推行"三三三"教学法后，明确规定"教学目标三要求"，即教学目标的设定要针对学生发展的不同层次，"掌握知识"指理解知识与技能、掌握过程与方法、学会求知与迁移等；"发展能力"指运用能力、实践能力、创新能力等；"提升素养"指提升学科、情感、道德等素养。此外，还包括要求教学完成目标叙写、目标呈现、目标引领等。这就相当于把教学目标进行了明确和具化，将"掌握知识"、"发展能力"、"提升素养"作为不同层次的要求，并且还规定了实现不同层次要求的路径：目标叙写、目标呈现、目标引领等。

但是，如何将"教学目标三要求"落实到教学实践当中呢？前人没有做过，自己也没有做过。只要符合规律的事情，只要衡中人认准了，他们就会脚踏实地地去干。为此，衡中人决定摸着石头过河。

2006年6月份进入衡中的英语老师王焕想起当年探索"教学目标三要求"的落实情况，仍恍若昨日。王焕毕业于吉林师范大学，吉林四平人，典型的东北人，热情而不失睿智，对于新事物、新理念她是积极的，乐于拥抱。王焕记得刚推进"三三三"教学法时，衡中一直在召开"三三三"教学法的专题研讨会，主题就是落实"教学目标三要求"。衡中各个层面的人员尤其是教学一线的老师深入交流、严密论证甚至是激烈的辩论，最后决定从课堂逐步渗入到目标管理意图。

老师们结合实际的课堂操作、课堂实践进行探索，然后进行示范课、公开课。随着这些措施的推行，老师对教学目标要求的认识逐步深化，意识到教学目标是教学的起点、指导老师教学的关键要素及师生交流的桥梁。为了进一步强化教师的目标意识，同时也可以提示学生参与到目标完成的过程当中，后来衡中又提出教学目标可视化，就是正式上课前老师必须要把教学目标写到黑板上或者写到投影上，让老师带着目标教，学生带着目标学。"其实，我觉得提出这个'心中有目标'，就是每上一节课，你得知道学生通过这节课能够学会什么，你如何去判断他学会了没有。这样的话，这节课就不再那么盲目了。"张文茂回望那段创新历史，深有感触地评价着"教学目标三要求"。

笔者曾经在衡中听过多节数学、英语、语文、化学、物理、历史、政治课等，发现黑板上无一例外地书写着这堂课的教学目标。比如，临近2017年的寒假，笔者悄然走进一间高一年级的教室，授课的正是"老熟人"——王焕老师。笔者注意到，她在黑板醒目的位置赫然写着"教学目标：近期所学单词的不同时态、形式的应用"。由于教学目标明确，王焕所出的练习题都在围绕着这一目标，比如有"pain"和"painful"、"invite"、"invited"和"invitation"的区别和应用，诸如此类，不一而足。对于学生而言，由于明了了这堂课的目标，也就是这节课要干什么，所以就会打起精神，积极思考，并对这些相同词根、不同形式的单词作有针对性地区分、辨别，强化记忆和理解。在日常教学中，例如"特朗普当选"、"欧亨利式结尾"、"汪国真的诗歌"等富有弹性、开放的教学目标经常出现黑板或投影上，时刻在明示或暗示着师生为实现这个目标而努力。这一点尤其对于已经接近成人的高中生意义重大。

对于老师而言，教学目标的问题解决了。对于学生来说，学习的目标解决了。这为课堂的教和学开了一个好头，但并非完事大吉，任何目标的实现都要贯彻到过程当中。我们注意到，在"三三三"教学法实施纲要中，明确了教学过程的要

求,即"教学过程三注重",主要是落实学生的主体地位;"注重自主学习",指创境生疑、自主思考、主动提问等;"注重合作探究",即问题引领、合作解疑、评价促疑等;"注重拓展提高"包括归纳总结、针对训练、拓展应用等。不难看出,"三注重"的侧重点在于学生在课堂学习的主体地位,也就是将学习的权利还给学生,并且逐步深入、递进,从课堂导入、积极思考、存疑求释到解疑释惑、师生解难、再生疑,再到总结、专项和拓展训练等。这里提到的认识过程和蕴含的理论符合人的认识规律,符合由浅入深、由此及彼、由表及里、去伪存真的科学认识论。同时,让学生自主学习更是与认识的主观能动性存在某种契合。

80后的贾拴柱毕业于河北师范大学,在衡水中学教授政治,他的身上散发着这个年龄段年轻人应有的活力,表情丰富,语言生动,不时带出几句新潮的网络语言。由此可见,他这个大男孩与学生的关系肯定会非常融洽。谈起对"教学过程三注重"的认识,他滔滔不绝地向笔者介绍起来。"像我们的课堂"三三三"教学法,对于课情的一个研讨,包括翻转课堂。"关于"翻转课堂是什么内容",他说:"它也是一种教育的理念,这种课型比较有意思,正常的话老师在课上对这个理论阐释清楚,让学生们学习完这个理论再去操作。翻转的课堂就是这个意思,比如我是老师,事先没有前面理论的讲述,学生自己在课下先有一个自学过程。然后他们提出问题,我,就是老师在课上再对他们提出问题的共性进行点拨,整个教学过程和以前的课堂上课的顺序是反过来的。"

翻转课堂译自"Flipped Classroom"或"Inverted Classroom",也可译为"颠倒课堂",是指重新调整课堂内外的时间,将学习的决定权从教师转移给学生。在这种教学模式下,课堂内的宝贵时间,学生能够更专注于主动的基于项目的学习,共同研究解决本地化或全球化的挑战以及其他现实世界面临的问题,从而获得更深层次的理解。教师不再占用课堂的时间来讲授信息,这些信息需要学生在课后完成自主学习,他们可以看视频讲座、听播客、阅读功能增强的电子书,还能在网络上与别的同学讨论，能在任何时候去查阅需要的材料。教师也能有更多的时间与每个人交流。在课后，学生自主规划学习内容、学习节奏、风格和呈现知识的方式，教师则采用讲授法和协作法来满足学生的需要和促成他们的个性化学习，其目标是为了让学生通过实践获得更真实的学习。

尽管贾拴柱对翻转课堂的来源、定义了解得并不十分精准，但是他已经将它的外延应用于实践，这就足够了。将翻转课堂与衡中所倡导的"教学过程三注重"的要求对照，我们不难发现二者有异曲同工之妙。并且，后者对比前者的内涵更加丰富，以自主学习为起点，以学生为主体，继而以老师为引导，不断激发学生的学习兴趣、疑问、双方共同解决疑惑，最终实现学习知识、提高能力的目的。

前文所述教学目标毕竟是每一节课的短期、局部的目标，如果简单将"教学过程三注重"的终极意义归结至此，必定是短视而肤浅的。以张文茂为校长的衡中人富于创新精神，具有高瞻远瞩的眼光，他们早已意识到这个问题。在"教学目标三要求"、"教学过程三注重"之后，他们又提出"教学发展三境界"的远景规划，主要针对教师、学生、课堂的发展境界。"教师乐教会教"指教师的发展要从教会学生走向会教学生，要从完成教师的基本职责走向追求教师事业的境界，也就是乐教的境界；"学生乐学会学"指学生的发展要从学会课本的知识与技能走向会学各种知识与技能，要从愿学走向乐学的境界；"课堂高效和谐"指课堂充分落实学生的主体地位，注重合作探究和拓展提高，以师生教与学的和谐促进师生整体发展的和谐。

其中，"教师乐教会教"着眼于教师的教学工作兴趣，首先要有兴趣，要"乐"于教学，在兴趣的促进中想方设法地发展能力，达到"会教"，而不简单停留于"教会"学生，这是教学发展的第一个境界；依此类推，作为教学工作的服务对象、学习的主体——学生，更要从兴趣出发，在兴趣中学习知识、掌握理论、提高能力，这是教学发展的第二境界，也是关键的一环；完成前两步，基本上就完

成教学发展的大部分内容，但是这肯定不够，因为这两层境界毕竟是相对分割的，缺乏有机的融合。接下来，衡中人又提出"课堂高效和谐"，这是教学发展的第三个境界，也是终极境界。这里提到了课堂与和谐，课堂内必须要存在教师、学生两方，在老师充分尊重学生的主体地位的前提下，也就是老师不要高高在上，要与学生保持平等的关系，保持课堂民主、自由的氛围，持续地与学生保持合作，才能发挥学生的热情、兴趣和能动性，使教学润物细无声和潜移默化，师生关系和谐，教与学和谐发展。

"教学目标三要求"、"教学过程三注重"、"教学发展三境界"是衡中"三三三"教学法的基本内容和精要。纵观这三个方面，"目标"是引导、组织中所有层次的管理者，包括高层管理者、中层管理者和一线管理者，都必须从事计划活动。所谓计划，就是指制定目标并且确定为达到这些目标所必需的行动。组织目标决定着组织结构的具体形式和特点。目标体现的是组织想要获得的结果，只有目标明确以后，才能进行方案的拟订、比较、选择、实施及实施效果的检查。可以说，目标是组织行为的灯塔，指引着组织成员按照既定的方向前进。有了目标才可以谈过程谈实施，也就是管理学中的"组织"、"领导"和"控制"，具体到"三三三"教学法，即"教学过程三注重"，落实学生的主体地位。为了这一目的，衡中人尤其是教学一线的老师做了很多颇具开拓性的探索工作。

代忖，河北师范大学毕业，现任衡水中学政治老师、年级备课组长。自从学校推行"三三三"教学法后，代忖就十分注重教学过程中学生的主体地位。在她讲课过程中，笔者发现她很善于调动学生的兴趣，不露痕迹地将枯燥的知识、理论生活化、生动化，让学生全身心地参与、投入到学习过程中。比如，这节课代忖要讲授货币，对于高中生来说，货币是再熟悉不过了。但是，如何将这个概念讲授得有意思、有代入感呢？代忖可是费了一番心思，她受到了电视魔术节目的启发，决定试水一把，并拜师学习了一些魔术的技巧。准备就绪后，在课上的代忖显得从容而神秘，她首先拿出一张白纸，先将正反面让学生们都看一遍，让他们确定她手里拿的的确是一张纸。代老师一上课就来这么一出，让学生们不明就里，云里雾里。正在学生们满怀期待的时候，代老师突然一晃，手里的白纸瞬间变成了百元钞票。大家为代老师的精彩表演纷纷鼓掌和惊叹。课堂一下就活跃了，学生们的热情也来了。代忖话锋一转："大家都看见了吧，刚才白纸变成钞票，告诉大家的是钞票的物质意义，其实就是经过印刷的纸张。但是，当纸变成钞票也就是货币后，它就不是简单的纸了，具有了经济属性和社会属性。"紧接着，代忖又讲了货币的起源、意义、发展、本质等问题，由于有前边的魔术垫场，学生们都听得非常认真，与老师共同进入了货币的世界。代忖这个授课案例，充分体现了"三三三"教学法中的"三注重"，尤其是创境生疑、问题引领。

同时，通过上边的案例可以看出，教师是在快乐中进行教学的，学生也是在快乐中学习的，此时已经完成了"教学发展三境界"的部分任务。如何做到教师乐教会教、学生乐学会学？衡中人一直走在探索的路上。

张世迁，2000年出生，衡中学生，担任过学习委员、劳动委员。由于在化学奥林匹克比赛中进入全国前五十名，2016年年底被保送到清华大经济与金融专业。由于已经被保送到清华，学习任务轻松了许多，张世迁听说笔者来采访，自告奋勇地要过来聊聊。在与张世迁同学交流的过程中，笔者发现他思路清晰、反应速度极快，善于总结和提炼，而且非常乐观、自信而谦虚，与他沟通没有任何障碍。当笔者问及衡中给他到底带来了什么，张世迁不假思索地说："老师无论是讲评作业还是对课文知识点的梳理，以及将自助和课外内容拓展的时候，让同学们自己通过查阅词典、字典以及和老师同学们交流，进行整理。启发同学们来进行讲课，让同学体验当老师的感觉，也就是启发我们让知识系统化，然后再分享给他人的一种感觉"。解析张世迁的这段话，第一句话说的是仍是尊重学生的主体地位，下放学习权的问题。重要的是，在自学的过程达到了乐学会学的境

界。后一句话更加印证了这一理念,通过教师和学生角色互换的形式,形成教学互通之目的。

起初,笔者对这种学生上讲台讲课的形式的意义不太相信,持怀疑态度,会不会是老师为了达到"教学发展三境界"的目的要求而故意设置的环节,亦或是学生为了完成老师交派的任务而走走过场呢?这样的形式是否真的有实效呢?看到笔者怀疑的表情,张世迁浅然一笑,说了他的亲身经历。他的语文老师是特级教师孙爱虹,孙老师非常注重发展学生的学习能力,极力倡导学生上讲台讲课,并且是持续的实践者。孙老师会将课本上、自助活页上的部分文言文分给不同的学生,让他们提前预习、准备,然后指定时间上台讲授。此外,学生还带着自己的作文为同学讲讲主题、结构、构思、创作过程等,分享自己的感受和经验。说到这里,张世迁顿了一下,似乎在甜甜地回忆。他缓缓地告诉笔者:"我讲的是自己写的小片段,是在困苦中也要坚持,当时引用的是泰戈尔的诗,'群星之中总有一颗引领我走过不可知的黑暗,'具体的我忘了,我记得是《飞鸟集》中的。"

面对台下的五六十名同学和孙老师,不知在台上讲课的张世迁是何种体验?事实上,理科是张世迁的优势,而写作方面并不是他的强项,正是因此,上台讲课给予他别样的体验和意义。"有这种机会让我去展示一下,我都会精心准备。在写作文的时候,有可能因为时间不够,而没有将自己的语言精心打磨,上台讲课相当于给我一个体验,给了我一个发现自己的机会。"张世迁饶有兴致地告诉笔者。

具有这种开放性心态不只是孙爱虹老师,同为语文老师的郭福霞同样重视学生的分享和主体精神。郭福霞,河北师范大学毕业,1992年进入衡中任教,现为高一年级语文学科备课组长。衡中推行"三三三"教学法后,郭福霞设置了很多活动,正式上课前学生会进行一个三分钟的演讲,内容包括一些他们喜欢的名人、名著、时事等。

不同学科、不同教师的课堂对于"三三三"教学法的呈现方式各异，各有精彩，并非千人一面，这源于何处呢？当初，张文茂校长提出"三三三"教学法时，就在不同层次的会议和场合强调，它不是一个模式，所以叫"法"，是方法。学无定法、教无定法、法无定法。基于此，张文茂一再说，每一个学科都要结合目标、教学过程包括教学境界，顾及这三个方面，去结合自己的学科，拿出和自己学科匹配的方案，要注重教学实践中的创新。老师在上各种课型的时候，可以遵循与之对应的法则。

世界进入21世纪后，体验经济悄然兴起，已经逐渐超越和取代产品经济和服务经济，成为新的经营形态。那么，可能有人就要问了，为什么体验经济会代替以实体为特征的产品经济和以满足享受心理需求为特点的服务经济呢？其实，这正是人性和心理发展的一个历程，人更注重个体、自我的感受，可以在情景化、场景化的环境里释放自身的压力、展示自己的优点。教育也不例外，让老师、学生去体验知识、理论，在模拟的场景中进行角色互换，在不同情境中体验角色化的自我，从而达到乐教会教、乐学会学的素养和境界，而不是简单地只考虑知识、理论、能力这些所谓的硬性指标。

有了"三三三"教学法，衡中的老师在课堂有了目标设定、过程控制和效果检测的标准，为教学生产提供了一个纲领性、基础性的指导思想。

法宝二："一课一研"到"一课三研"华丽升级

沟通是指可理解的信息或思想在两个人或两人以上的人群中传递或交换的过程，整个组织工作都与沟通有关。它是协调各个个体、各个要素、使组织成为一个整体的凝聚剂。具体到教学领域当中，每天的活动由许许多多的具体工作所构成，由于不同个体的地位、利益和能力不同，他们对教学目标的理解、所掌握的

信息不同，这就使得各个个体有可能偏离教学目标，甚至是背道而驰，那么如何保证上下一心，不折不扣地完成组织的总目标呢？这就需要互相交流意见，统一思想认识，自觉协调各个个体的工作活动，以保证组织与目标的和谐发展。

前文已经详细阐述了"三三三"教学法，教学的目标、过程和效果（境界）都有了指导思想和规范，但是每名教师的知识背景、经历、能力、水平甚至角度不同，如何保证在课堂上能够体现这些理念，落实这些规范呢？这就需要课前做好准备，可如果每名教师都按照自己的风格去准备，必然会盲目而不科学，有没有更好的办法呢？有没有科学的路径带来高效呢？

带着这一系列的问题，2016年11月10日下午，笔者轻轻地推开了衡水中学的一间办公室，里边几名老师正讨论得热火朝天。有的老师说可以将工业、农业分开来讲，这样的话内容可以更清楚；有的老师则建议可以从中国的工农业讲起，从二者的相同和区别讲起，这样比较更容易理解；有的老师则表示，可以从美国的历史讲起，这样可以有效梳理美国工农业的历史发展，更有历史感。这几名老师讨论的主题是如何讲好"美国工农业"这堂课。我为这几位老师的导课创意而赞叹，正在暗地里权衡哪个创意更能引起学生的兴趣时，突然一位三十六七岁男老师站了起来，开始表达他的想法："这次美国总统大选是特朗普和希拉里竞争，昨天特朗普刚刚当选为美国总统，这是一个比较大的新闻，咱们老师会关注，学生也很关注。我们能不能把这个大新闻、大时事引入到课堂，先让学生发表对美国大选的看法，对特朗普这个人的看法。"

听着这位老师的想法，笔者不禁疑窦丛生，尽管美国大选和美国工农业有些联系，但是特朗普和美国工农业的应该不是强关联吧。笔者的想法好像被这位男老师看出来了，他继续表达："咱们都知道这次特朗普上台主要是得益于他庞大的支持者，而他的支持者人群中农民占很大比例，这必然导致他上台后会将政策倾斜给农民。同时，特朗普本身就是商人，他对工业的支持也会比较大。"

听到这里，笔者算是彻底明白了，其他的老师也纷纷拿出笔记录下来。快到上课时间了，刚才提议的男老师拿着教案匆匆向外走去，笔者怀着好奇紧随到了课堂。他按照刚才的思路给同学们开课，果然课堂非常活跃，学生们对美国大选、特朗普很熟悉也很有兴趣，积极表达了自己的观点。几分钟后，男老师见时机成熟，顺势带出了"美国工农业"主题，问大家："你们觉得特朗普上台会对美国工农业产生什么影响吗？"大家陷入了沉思。这位老师继续讲了二者的关系，并且逐步深入主题——美国的工农业。

丹麦未来学家罗尔夫·詹森在其著作《梦想社会》中认为："人类即将进入新纪元——一个以故事为主导的年代。我们将从重视信息过渡到追求想象！"在这个以故事为主导的世界，这位男老师根据时事讲了这么一个关联度看似隐蔽的好故事，极大满足了学生的心理需求。抓住当前时事，而且还是美国大选，同时让学生表达自己的看法、观点，这些都切中了学生的情感诉求，带给他们独特的体验，强化了老师与学生之间的粘合度。

下课后，笔者结识了这位善于讲故事的男老师。郭春雨，2003年毕业于吉林师范大学后进入衡水中学，主授地理。我们一边向办公室走，笔者一边真诚地赞美："郭老师，你的课堂导入方式实在太好了，我看同学们很乐于接受。"郭春雨微微一笑，说："其实这件事情的意义不在于我自己的这节课，而是我们年级学科组的所有课。具体到刚才所讲的"美国工农业"来说，我和同事们都是从美国总统大选开始的。我们刚才的讨论实际上叫做'一课一研'。"

说到这里，郭春雨陷入了回忆，时间的节点定格在2011年。当时郭春雨去外地参加一个教育会议，听到有的同行谈到了"一课一研"，但是并没有详细讲解它的意义和具体操作流程。尽管如此，这些还是被有心的郭春雨注意到了，并且联想到以前张文茂校长曾经也提到过"一课一研"这个新名词。同行提过，校长也提过，这更加引起了他的兴趣和重视。回到学校后，他认真查阅相关资料，

发现"一课一研"的确是个好东西。第一个环节是课前研——研课时目标，研教材，研学情，研流程，研教法，研课件。首先教师将教学设计向参与研课的教师进行详细解说，老师们根据教材与教学用书，针对本节课进行研讨，研究教案初稿中存在的一些问题。接下来进入第二个环节——授课。由某位老师针对集中研课后的教案进行试讲，其他教师观摩，观摩时要做到三看：一看教师对课堂调控，二看学生课堂表现，三看整体教学效果。第三个环节——课后研。老师们根据这位老师授课情况进行课后分析、评价、交流。评论课上得是否成功，教师对课堂的调控如何，对课堂生成的处理是否妥当，是否得到了预期效果，还要谈自己对本节课的困惑等。

事实上，"一课一研"的精要在于同学科组内的集体备课。搞清了"一课一研"的基本概念和流程，郭春雨兴奋不已，为这个教学理念和方法拍案叫绝。首先他和当时使用的教学方法进行了横向对比："我们原来一周有两次教研，周一一次和周五一次，或者周一一次和周四一次，是学科组内部展开的。研究每组下周该干什么，这课该怎么讲，有什么计划。但是，随着时代的发展，课程的变化以及学生的内在要求，一周两次教研的活动远远满足不了教师一周上五节课、六节课的需求，我们的一研可能仅仅能研周一周二的课，周三周四周五的课根本研不上。更可怕的是，教师没时间去细细地去思考，存在极大的滞后性，即使老师周五研究课程可能也没有那么充分。"

不光是衡水中学的科研方式，纵观不少学校的集体备课往往是每周一次，最多的也就是每周两次，一般情况下就是讨论下一周的教学进度和重点难点，缺乏有针对性的研究和规划，没有细化到每一节课、每一个知识点的讲解，甚至每一句话的推敲。这样的方法难免流于形式，天长日久，教师感觉毫无收获，浪费了大量宝贵的时间，参与的积极性就顺理成章的不高了。分析了原来的研课情况，郭春雨认识到了进行变革的必要性，而"一课一研"是一个绝佳的研课方法，是一条新的必经之路。经过一番前思后想，从衡中整体教学尤其是课堂教学效果出发，郭春雨向张文茂校长提出了引进、使用"一课一研"的理念和建议。

听到郭春雨提到二课一研的新理念，张文茂并不意外，因为他之前已经有所耳闻并进行了一定程度的思考，在脑子里已经形成了框架性的东西。让张校长有些意外和惊喜的是教学一线的老师能提出"一课一研"，他认真听取了郭春雨的汇报后，微微点了一下头，同意在衡中范围内大力推行。

歌德说不断变革创新，就会充满青春活力；否则，就可能会变得僵化。

教育是知识创新、传播和应用的主要基地，也是培育创新精神和创新人才的摇篮。然而，任何新的事物、新的理念、新的方法在推行之初不可避免地都会遇到阻力。在衡中，这些阻力主要来源于旧有的思想、行动上的惯性，它在自觉不自觉地阻止着新事物的生发、壮大。回忆起当时的情形，郭春雨眉头紧锁，记忆犹新。他回忆道："那时候我们决定一课一研，具体到我们地理课是一周五节课，那就需要五次教研了，频次增加了。有的老师们说这不是增加任务了嘛，本来日常的教学工作就很累了，如果是班主任还有大量的班级管理工作，这又上课又教研的是不是太疲劳了？就是说他们嫌累了，确实累了嘛！教研会原来就有两个，现在加了三个，数学得加四个，确实有难度了，老师不愿意参加，甚至有部分老师有疑惑。"

郭春雨心急如焚，再好的理念和方法如果不能大范围地推行、实践，形同虚设，与一张空纸无异，甚至会打乱教学计划，造成教师们的思想混乱，与课研创新的初衷背道而驰。为了把"一课一研"宣传、推行到衡中的教学领域、各个年级、各个学科、各个备课组、各个老师那里，衡中召开了各个层面的专题会议，讨论"一课一研"的可行性、可操作性尤其是实施环节、流程和办法。

经过开会商讨、分析对比，大家对"一课一研"的必要性和重要性已经认识到位，但是到底该怎么去操作呢？时间该如何保证呢？教师的工作强度怎么合理

衡中十年

地调整？这一些系列问题摆在衡中人的面前。

针对这一系列问题，衡中人进行了深入的调查研究，询问不同层次、不同学科、不同年龄段的教师，对教学任务、教学时间、备课时间的比例分配问题测算出了一个详细的、量化的结果。衡中人对于创新向来重视，而且善于寻找办法去推广、实施。在基层充分调研之后，他们找到了一个好的办法和解决时间问题的路径，即一线教师利用正常上班的时间，在坐班期间也就是不上课的时段内进行"一课一研"的教研活动，各个年级的学科组可以自行掌握、确定时间，具有较强的灵活性。在介绍以上解决办法时，郭春雨紧锁的眉头逐渐舒展开来，颇有成就感地说道："反正不也得上班嘛，就利用这个不上课的时间来搞"一课一研"。时间不长，时间不定，一节课也行，不到一节课也行，具有灵活性，看内容的难易程度了。所以说，这在于你怎么去组织。"时间的问题解决了，推行、实施"一课一研"的难题基本也就破解了。这样一来，原来有畏难情绪的老师终于接受了"一课一研"，都说这个办法真好，收获大。"为什么呢？因为它是集体备课，事半功倍，原来课时自己努力去备，现在呢？由一个人主说，第一章第一单元你说，第二章你说，第三章我说，大家都可以共享了，这就是"一课一研"的要义。东西一完善，大家发现了它的妙处，都说这个好，这个好！"郭春雨告诉笔者。"一课一研"推行之后，老师们不但没有费什么力，而且更省力了。通过课前的交流沟通，每个人的知识更丰富了、方法更多样了，便于个人查漏补缺、取长补短。

在以张文茂为代表的校领导和部分具有创新、开拓精神的教师的示范、引领下，快速形成了强大的辐射作用，"一课一研"之风在衡中大兴。

庞文斌，古代文学硕士，毕业于河北师范大学，是衡中典型的80后骨干教师。在对他的采访中，笔者印象最深刻的就是他口中的"教育的本真"。回想"一课一研"推行之初的往事，文人气质十足的庞文斌是这样说的："形成一个常规很难，它需要不断地、不断地渗透，慢慢经过一个过程。常抓，一个月两个月，不行就三个月五个月嘛，慢慢就形成了。"的确，庞文斌说出了创新与常规的本真及它们之间的关系，创新一旦被常规化，那么它的生存、发展便不再是什么问题。自此，衡中人对交流、沟通、课堂设计的针对性有了更加深刻的理解，共享资源、信息和经验成为习惯和常态。此后，"一课一研"在衡中这片教育热土上生根发芽，日渐繁茂，终成参天之树。

对"一课一研"教学法的推广效果，政治老师代忖感受很深，她认为它可以结合所讲内容的重点、难点和学生的特点，去研究教材、研究教法，对于难点怎么去突破、怎么去突出，学生方面经常遇到的问题是什么，容易犯的错误是什么，遇到的障碍是什么，可以做到未雨绸缪。简言之，先去把与课堂教学的相关要素研究透了再去上课，所有的老师去研究特定的课程和所有的学生，这样的结果就是上的课非常成熟。衡中老师们经常这样说："'一课一研'不是一个人的智慧，是群策群力，是集体的智慧，每个人都要提出自己的观点和看法，不一定观点都是一样的，同事之间会产生思维的碰撞。对于某一个知识点，这么讲就行，要是那么讲学生就理解不了。"所以，这就出现了此章开头的一幕：这位老师说说自己的观点，那位老师可以谈谈他的想法。每个老师都亮出了自己的观点，再进行对比分析，大家基本上就会有一个判断和评价，究竟哪个想法、方案、创意最好。最后，再进行局部的、合理的优化，形成一个相对统一的授课内容、方法或者是方式。在参加衡水中学多次课研工作后，笔者发现有时候老师之间的分歧还是比较大的，有的喜欢更平等更民主更自由的方式讲课，有的则偏向比较四平八稳的方式，而有的老师则是靠权威来授课。在讨论某一节课的方案时，老师之间往往从工作出发，开诚布公，经常能见到思想碰撞的火花。而这种火花正是思想、方法创新、进步的必要条件，正是课研所必需的，最终"引燃"课堂，形成课堂上的"大火"，以星火成燎原之势，让学生感受到课堂的热度，收获知识。

衡中人始终认为，在高中阶段，课堂是教育教学的主渠道，课堂教学改革是

课程改革的主阵地。没有课堂教学的彻底变革,任何改革都是蜻蜓点水和浅尝辄止。因此,努力探索新课程背景下的有效课堂,就成了衡中人进行新课程改革的根本出发点。

教育是一个无尽的话题,教育创新更是这样。教育创新是理想的,教育创新也是现实的,当然教育创新更应该是理性的。教育创新关系到学校、学生和家长的未来,因此备受教育界关注,因为教育创新承载教育事业进步的重任。所以对于教育创新的传承、探索和争论也从未停止,教育创新的探索和追求永远没有穷期。衡中人教育创新永远在路上。

体验到"一课一研"这一新理念、新方法的创新成果后,衡中人并未停歇,而是继续开拓、继续补充、继续丰富,发现光有课前研是不够的,因为有的时候本来在课前研究出来的讲课内容、方法、方式觉得还不错,但是到了讲课的时候,老师会发现它们的课堂效果并非最优,学生接受起来并不太好。这种局面很尴尬,说明单纯的课前研并不能解决课堂授课的全部问题,这也是事前计划的局限性。同时,由于普通班和实验班的学生接受能力有很大差异,对于他们的授课内容和方式也不可能完全一样,否则会造成听不懂或者内容重复的负效果。另外,个别教师在潜意识里存在偷懒、坐等靠思想。郭春雨这样描述当时的情景:"这课我备,你为了偷懒就不备了,你给我说说课行了。"如果这种思想长期存在的话,一是不利于同年级、同学科老师之间的团结,有碍整个团队的发展;更严重的是导致个别老师懒惰、不求进取,无法与优秀教师齐头并进,与"一课一研"整体教学质量提高的初衷南辕北辙。郭春雨及时向张文茂校长汇报了这一不良苗头,这个问题得到了张校长的格外重视,结合"一课一研"对于学生的普适性差的问题,张校长拍案而起,一锤定音:"我看这样吧,不行就把课前、课中、课后都纳入进来。这样才科学,才更符合规律嘛!"

从此,在张文茂等人的推动,业已繁茂的"一课一研"在衡中这片教育热土中实现华丽转身，衡中人为它"添枝加叶"，日臻完备。在课前研的基础上，衡中人将课中研、课后研加入进来，"一课一研"升级为"一课三研"。至此，课研的创新体系彻底完成。言必称"教育本真"的庞文斌老师认为，"一课三研"解决了课堂教育的两个最为核心的问题：教学内容、教法。"通过文本把课堂内容怎么看透，包括文本是怎么设置的，文本当中分了几个层次，然后是怎么讲的。另外一方面通过什么教学的方式才适合文本的操作。"反观这两个层面，内容相对稳定，属于静态的，而教法却是常变常新，关键是老师用哪种办法去传播、解读、诠释教学内容。目的就是教会学生、让学生乐于去学，这就回归了教育、教学的本真——服务学生，一切从学生出发。

衡中人对于课堂研究认识的发展脉络，由最初的"一周两研"到"一课一研"，再到最后的"一课三研"，从表面上看似乎只是数量和频次上的变化，但这些变化仅仅停留在量变上吗？答案是否定的。这些变化绝不只是数量上的变化和机械叠加，而是从本质上进行了颠覆——衡中人重视每一节课，重视每一个知识点，重视每一道题。从这些细微处入手，把课堂教育这一教学领域中最为重要、最为要紧的环节抓好，才可以谈学习的效果、学生成绩、素质的提高，才能谈一所学校质量的高低和对国家、对社会贡献的大小。

法宝三："三编一审"的前世今生

运用"一课三研"的教学法解决了教师上课的问题。课堂教学的问题解决了一大半，但是并不意味着教学的真正完成，知识的巩固、能力的培养提高、素养的沉淀升华，还需要通过学习资料的专项练习来达到。兵法有云：兵马未动，粮草先行。学生的各种学习资料就是他们的学习命脉，资料如果存在问题或不能优化使用，将直接影响到学生的学习成绩。资料组编是一项基础性、常态化的工作，

做好这项工作对于学生夯实知识基础、构建知识体系、优化学习方法、提高学习效率、提升学习能力具有非常重要的现实意义。为了更好地体现教学的针对性、使学习资料更符合本校相关年级、相关学科学生的自身特点，并且使上课、出题、做题、解析题目及相关反馈融为一体，2003年衡中开始自编学习资料，收到了良好的效果。衡中人认为，练习和作业是帮助学生巩固和运用知识的必需措施。为了避免随意性、避免无用功、杜绝题海战术，让学生有时间去思考，衡中一直坚持自编习题，每一次随堂练习，每一次自习作业，都要由备课组内的资深教师共同商定，然后交给学生，学生每次拿到的都是精选后的习题，能够以一当十。

但是，随着外部环境（教材的变化、考试的变化、新进竞争对手等）、内部环境（领导的更迭、教师的变化、学生的素质能力和心理变化等）的变化，任何新事物发展到一定程度的时候，都会显现出弊端、缺陷甚至是漏洞。衡中自编资料的机制同样遇到了麻烦甚至瓶颈。对于这些问题的出现尤其引发的影响，张文茂校长有着清醒的认识，他在不同场合多次提及。对此，张文会老师印象深刻："刚开始的时候，电脑还不是特别方便，就是剪贴，自己手写印刷之类的，还有从各种资料里裁剪下来，然后粘一些资料，最初是这样。后来我们将素材录入电脑逐步建立自己的资料库，提高质量。刚开始的时候也是经常有错，不同的人负责时可能质量参差不齐。"而且，随着衡中学生和老师人数的增加，尤其是年轻教师的激增，如果只由备课组长或资深老教师负责组编资料，一是他们的教学任务很重，会很疲劳，身体吃不消；二是年轻教师得不到锻炼，缺乏参与感，难以融入团队；尤其重要的是，如果这些资料的自编工作只由备课组长来完成，一些年轻教师会对内容不熟悉、理解不深刻，讲课、讲题的时候会大打折扣。面对这些问题，有些老师心中有了疑惑，甚至开始怀疑自主组编资料的必要性和意义。校领导衡量了自主组编资料和引用外来资料的优劣势，决定继续坚持自主组编这一铁律。不过，要进行变革和创新。在这种背景下，2009年，衡中人开始实施了组编资料"三编一审"的运行机制。

对于"三编一审",英语老师王焕有特殊的感情和记忆,因为试点就在她当时所在的高三英语备课组内。王焕介绍,所谓的"三编一审"就是作业、试题资料的三组编一审核,第一组编人员主要负责全部资料的整体质量,比如试题、资料的构成是否合理、难易程度是否比较科学,第一组编人员的主要职能是保证资料的正确性;第二组编人员再看,再做题(根据学生学习、接受的情况,再看看里边第一是否有硬性错误,第二是符不符合学生的需求,保证资料要有针对性);第三组编人员主要对资料的排版、正误等细微处进行全面的检查,修改技术性错误。最后的环节是由备课组长进行签字,统筹把握,对资料的整体质量负责任。一旦资料某个环节出了问题,备课组长负责任。

这个资料组编流程可以说是臻于完美的,备课组长总体把握,对资料的质量和使用效果负总责,由各个层级、各个年龄段的老师分工合作,体现了合作的精神,组编出来的资料可以说是集体的智慧和成果,保证了资料的质量和对学生的普适性。根据学科教学特点,资料组编的对象可以分为学案、作业、试题等部分,各部分之间既彼此独立,又相互衔接,互为补充。

既然认识到了"三编一审"的意义和作用,讲求实效的衡中人开始在全校范围内推广。王焕告诉笔者,推广"三编一审"伊始,部分老师有怨言:"开展起来,有的同事说太麻烦了,本来一组能干的,要三组四组老师干。"这部分老师觉得"三编一审"的环节、流程太多、太复杂,是在浪费时间和人力,尤其是以前不负责资料组编的老师认为凭空增加了工作量。为了消除个别人的疑惑、顾虑和惰性思想,衡中多次召开专题会议,宣传"三编一审"的优势,推进它的全面落实。张文会对此有自己的看法:"这个资料的质量成了面临的最主要的问题,所以,我们就需要一个制度流程,必须经过一定的程序,才能保证资料的质量,由备课组长把关这是非常重要的。但是也不能把所有的活交给备课组长一个人干。"

随着宣传动员的深入，衡中出台了相关的规章制度，用规定来保证"三编一审"的推行，并且细化了学案、作业等学习资料组编的要求。

在张永老师这里，笔者看到了一份关于"衡中学案"的规定，上面有清晰、明确的学案组编规范。学案本身就是一份引导学生探索的自学提纲。设计问题是引导学生探索求知的重要手段，是学案设计的关键所在。因此，教师要依据教学目标、教学内容、学情，精心构建问题链。问题设置要科学、新颖、灵活、恰当，富有启发性、针对性、趣味性等，有一定的层次和梯度，符合学生的认知规律。学案的设计原则包括：整体性、全体性、层次性、启发性、指导性。设计内容要以教案为依据，要体现出学生的心理特点，要根据不同的教学内容进行设计，可分为讲评课、新授课、复习课三种课型的学案，一般可以分为以下四部分内容：学习内容，知识构成，学习方法，课堂达标训练、探究、反馈和讨论的疑惑。另外，在学案的最后预留一部分空间，作为学生自学中探究、反馈和讨论的记录。学生也可以把自己的发现或设想的新问题记录在"学案"上面，在课前或课堂上提出，供师生在教学中交流、讨论。同时，"学案规定"中重点说明了在组编过程中备课组长的作用：合理分工，责任到人；组织研讨、群策群力；最后把关，定稿送印。

作业是教学的重头戏，也是学生掌握知识、提升能力的重要途径和手段，它是学校最重要的资料之一，精选精编高质量习题尤为重要，备课组长同样起到把握命题方向的重要作用，高一、高二、高三的习题侧重点不同，高一、高二重基础，高三更注重学生的能力培养。对于作业组编的规定，衡中更是体现出包容、很强的针对性和及时反馈的特点。组编方针：来源多元化、资料新颖化、内容实效化。组编要求：落实梯度、重视区分，杜绝一切完全照搬往年资料，杜绝一切随意上网下载，杜绝一切与考纲新课标脱节；系统组编、实时匹配；定期问卷、重视反馈；周测组编、重视实效。组编流程：超前计划、精心选编、审核把关。

后来，在组编作业的过程中，老师们发现一个问题，很多成绩好、接受快的尖子生做常规的作业（霸王餐）感觉吃不饱，不能满足他们能力提高的内在要求。根据这一现实情况，衡水中学推出"自助餐"作业，目的就是突出分层次教学，满足不同水平学生的需要，让学生有一定的自主发展空间。除了作业之外，为有余力的学生准备形式多样的作业，即"自助餐"，以独特的、自主自助的形式吸引学生来关注、深入学习、理解、把握学科内容。自助餐作业的内容包括：典型例题、同类变换、能力提高、突出主干、实战演习、巩固提高、知识回顾、错题变式、名题赏析、直击高考等内容和形式。同时，各个学科、各个年级、普通班与尖子班的老师组编"自助餐"时，要考虑学科、对象的特点，防止习题太简单或过于复杂，以达到预期的效果。在"自助餐"的组编过程中，备课组长同样要负起责任，"自助餐"要注重形式灵活新颖，内容生动，知识前卫，可以让年轻教师多承担一些工作，发挥他们的创新能力。但是备课组长一定要在知识的科学性、严谨性上严格把关，防止与教材、高考内容脱节。

张永老师意味深长地对笔者说："组编资料的质量直接关乎学生能否增长知识、提高学科素养，能否成为国家的栋梁之材，也承载着家长和全社会的众望，所以我们要求老师对待每一份学案、作业、自助餐都要精心、用心，绝不能让学生走弯路，走冤枉路。在这块工作当中，作为备课组长首当其冲，必须做好组织管理工作。"

郭春雨老师想起当年刚实施"三编一审"的情景，仍按捺不住兴奋，神采飞扬地告诉笔者："当时我是负责编的环节，很简单。首先是学校买来5本书，老教师开始选，看着这道题挺好，把这道题剪下来，粘上。我是干打印这活的。年轻教师负责打印，老教师负责选题，然后我再负责做一遍，看看效果。我们年轻教师一起做，做完后老教师向我们提出一些疑问，假如我们做题出现了一些困惑，就问老教师，他认为这道题的确难度挺大，就把它删掉。如果这道题难度不低不

高,但是有一定的思考价值,那就留下,继续延伸,发挥它的价值。"

事实上,最初"三编一审"推广的时候,遇到了不少的麻烦、困难甚至是意外。王焕向笔者透露,任何创新都不是一帆风顺的,更不会是自动朝理想的方向发展,比如"三编一审"在落实过程中就遇到了这样那样的问题:"如果非说有什么困难的话,就是个别老师不太认真,因为毕竟人多。"由于"三编一审"的环节经过老中青教师的多个环节,涉及的人员较多,很容易造成"法不责众"的心理,有的人就会想后边反正有人管,有人纠错。在客观、主观因素的作用下,个别人就会不那么认真了。

针对这一苗头和倾向,衡中快速出台了反馈机制:"我们有反馈,比如二编给一编的时候,需要把他做得不好的地方标成红色,三编再编的时候再标成蓝色,最后反馈给一编的也会有汇总。"王焕这样介绍衡中对于"三编一审"的反馈约束办法。在反馈流程中可以看出,二编往往是中年教师,指出一编也就是青年教师的不足。由于存在资历、年龄差异的因素,前者往往还是后者的师傅,指出的问题肯定会引起青年教师的重视。依次顺延,中年教师也会重视老教师的意见和批评。当然,如果老教师直接发现青年教师的不足,年轻教师就会更加重视,降低错误率。反馈、监督机制严格控制着资料的错误率。

同时,为了提高习题质量,衡中还采用两个途径予以审查控制:第一,自编的习题交给学生前,都要到印刷室印刷,衡中要求印刷室要保存好习题底稿,及时上交教务处备案,及时发现问题,及时审查习题质量,杜绝成套试题的翻印;第二,建立作业习题跟踪制度,每两周对习题质量进行一次排队,同时定期开展评题活动,让学生说话,让学生为习题打分。另外,近几年衡中还出台了一个的新举措,就是由现任高三年级课的老师,集中十天的时间自编部分习题,以备高三年级日常训练使用。

由于有了资料组编方面的"三编一审"的理念和方法,衡中的资料更加科学、严谨、优化、有针对性,使学生的知识更加牢固、能力更加突出、素养境界得到了提升。

日常教学的"微创新"如雨后春笋:先宏观创新再局部创新

衡中的庞文斌老师一直在反复强调教育的本真,他认为学校教学方面的宏观创新对于老师是一种规范,是一种常规。从一开始入职到适应,然后到入轨,就是所谓的"在轨迹当中创造奇迹",在这个入轨的过程当中,对轨道的思考,想想这个轨道对不对,对宏观创新认识够不够,对自己的认识够不够深化。随着时间的推移和认识的深化,人就会产生出一种自主性的思考。在这个过程中,人会生出一种想法,会有某种质疑,而这种质疑的精神正是教师传递给学生的一种思考,你拿到这种文本,他给的答案对不对,他这个东西好不好,是不是具有一种批判、怀疑的态度。一些东西已经不合时宜了,一些东西已经显得落后了,一些东西可能会和现在的教育教学的方式发生脱节了,就需要局部的创新。当然对常规的认识或者变革,也要通过批判、怀疑,然后再产生创新的方式,产生一种精神上的自主。

庞文斌的观点恰恰点明了宏观创新和微观创新的关系,当曾经的宏观创新成为正确的常规、常识后,需要执行者进行局部创新,即微创新。

进入庞文斌的课堂,笔者感受的是平等、自由的氛围。课上他要讲一篇诗歌,但是他没有直接讲课,而是先让学生自己读,读完后学生把问题找出来。这时候,庞文斌才开始讲,先给大家点点主题、结构等大的方面,然后才会细讲,通过这个方式解读这首诗歌。庞文斌说:"这个就是我完全个人化的方式方法,我是从全读——解读,庖丁解牛的'解',先整体读,再分层次阅读,然后自读,就是

抓关键的字词来感觉、感悟。接下来是享读，你得把自己融入这首诗歌当中。再顺延是精读。当然，最后还加了一个三读，在整个读的过程当中，反复地读，反复找感觉。"庞文斌把这个教学方法命名为"五读法"，他认为这符合阅读的程序，符合阅读规律，是接近甚至是达到了阅读本质的方式和程序。

类似的微创新在衡中俯拾皆是，在富有创新、学习和质疑精神的衡中，每天都在发生着或大或小的变化和变革，这些成为推进教学进步的不竭源泉和动力。

衡水中学副校长康新江这样表述衡中的持续创新："应该说，我们每天都在变。我总是在说，衡中一直在路上，现在的衡中跟五年之前的衡中、十年之前的衡中、十五年前的衡中都是完全不一样的。这其实就是自我革新、自我更新的一个过程。"

衡中教学创新硕果累累，以下仅对贾拴柱老师所带的部分学生创新成果做一展示，足可见衡中毕业生整体创新多么显著。

清华大学

1. 生命医学院陈彤

①参与单细胞阻抗检测项目，获得清华大学2015年挑战杯三等奖。

②加入工物系应葵老师实验室，参与"MRI-tabletop"可移动小型磁共振成像平台和功能核磁共振（fMRI）两个课题组。以四人团队的形式获得清华大学2015年挑战杯一等奖（400个参赛项目，一等奖仅11个）。参与研究抑郁症病人的脑区病变，在今年的挑战杯中获得二等奖，这一项目相关的会议摘要（第三作者）被医学磁共振年会收录。

③参与实验室磁共振温度成像项目，进行非笛卡尔序列图像扫描的数据处理和优化，并以第一作者身份撰写会议摘要，被影像学方向A类国际会议医学磁共振年会收录。

④参加清华大学医学仪器设计大赛获得二等奖,精仪系主办仪器设计大赛,获得三等奖。

2. 钱学森力学班高政坤

①低成本三自由度卫星模拟器项目获得挑战杯一等奖,校内优秀SRT一等奖,清华航院风云团队,国家大学生创新创业优秀项目等奖项。

②以高政坤为主的学生团队于2015自主研发的八风扇分流式空气净化器,获得清华校长邱勇的高度重视与赞扬。向清华各院系出售,并将钱款捐献于河北省敬老院。

③以高政坤为主的学生团队于2015-2016自主研发的四轮独立驱动360度独立全向转动自主驾驶的无人电动车辆,获得钱学森力学班开放创新挑战第一名。

上海交通大学

1. 生物信息系姚杰

2016年参与国际遗传工程机器大赛,队伍中担任项目主管,带队开发了面向全球参赛队伍的交流管理软件IMAP,获各队好评,项目获得国际金牌。

2. 机械与动力工程学院杨凯

2016年参加第九届全国大学生节能减排社会实践与科技竞赛,其所在小组自主设计制作的"基于蒸馏法的人工海水淡化装置"获全国三等奖。

3. 上海交大巴黎高科卓越工程师学院杜天祥

研究项目"基于智能巡检机器人的变电站设备信息识别与预警系统"大学生创新实践计划项目。

4. 上海交通大学船舶海洋与建筑工程学院土木工程系闫斌

基于BIM、3D打印及预装制配技术的建筑集成设计制造研究,第十届全国大学生结构设计竞赛中获得三等奖。

复旦大学

1. 管理学院管理科学系高杨

2015年建立的大数据建模团队参加2016年理想杯大数据建模与创新应用大赛，使用人工神经网络等算法描绘母婴行业目标客户画像，获得大赛第一名。

2. 国际政治系张翘楚

参加关于河北军民抗战史的社会实践，并被评为上海市优秀实践项目和纪念抗战胜利国家重点团队。另有网约车项目调研获得全国模拟政协提案二等奖。

3. 管理学院财务管理系王子琛

大学期间参加欧莱雅校园义卖助学活动，将商业管理模式引入校园。在活动中担任组长，率领团队取得"最具网络影响力奖"。

4. 经济学院韩菁

2016年组队参加百联又一城上海商赛，将商业营销与文化创新结合，博得广泛好评。

5. 医学院文昊宇

2016年寒假实践项目"心永衡"，被评为A类假期社会实践项目；2016年第二学期参加并负责调研报告撰写的"东安之星"书院日常实践项目，被评为A类项目。

浙江大学

1. 计算机科学与技术专业郝广博

曾任衡中校学生会主席。组建创业团队：赵雅兰、秦泽浩、冯秋实、桂晓琬（均为衡中毕业生），创立"收道"短信通知平台，帮助社团/活动的组织方群发通知短信，并且还可以自定义回执按钮，免去了"收到请回复"的烦恼。

2. 能源与环境系统工程刘珂

参加节能减排社会实践大赛,项目课题是磨煤机煤粉细度在线监测途径,采用全息摄像技术进行煤粉细度测量。项目与实践贴合,受广泛好评。

中国科学技术大学

1. 计算机科学与技术学院李子旸

获得第二届黑客大赛二等奖,锐捷杯计算机编程大赛三等奖。

2. 物理学院宋璇

他领导的小组在新生研讨课中的流体力学与昆虫飞行获得院系A评级。

3. 管理学院张若璇

参加全国节能减排大赛,获全国三等奖。所在的小组"活动集"创新项目获得安徽省大学生创业挑战杯大赛金奖。

……

以上的这些数据只是贾拴柱老师收集的部分学生的成果,只是衡中毕业生中创新成果的冰山一角,却有管中窥豹的效果。

我们先从衡中本校范围内来看。2016年10月份,衡水中学成功举办了首届智能创新大会校园挑战赛,高二年级119名学生参加了此次比赛。最终决出里程碑作品奖1项、最佳创智作品奖2项、优秀团队奖3项。智能创新大会校园挑战赛,旨在通过智能创新方式培养高中生定义问题和解决问题的能力。通过团队合作,参赛人员进行科技工具使用、情景问题定义、解决方案创新、方案展示与实现这四个步骤的完整智能创新过程。在该过程中培养参赛人员前瞻的科技思维和探索创新的兴趣,使其熟悉信息时代的前沿动态和智能工具,促进中学生的团队合作及交流学习,增加人生经历。此次比赛涉及的领域有可穿戴智能设备、智能家居、体感交互、智能城市、电子商务、社交平台、游戏、生活服务等。各队队

长抽签确定研究的领域后,小组成员展开想象,根据人们的需求和未来的发展趋势设想新的产品,其间既有激烈的讨论、思维的碰撞,也有仔细的地聆听。比赛现场,同学们每人一台电脑,根据职位进行分工,有的同学根据题目要求利用所给的软件进行图形设计,有的完成智能创新测试题。对于怎样完善自己的产品,用什么样的方式呈现给评委,同学们可谓使出了浑身解数。产品发布会上,担任团队产品发布的 OM 们,用幽默的语言、多彩的 PPT,甚至用临时做出的产品模型吸引着评委们的注意。各队设计的产品有方便同学们购物及了解校园信息的校园 APP、戴在身上可以监测身体健康状况的智能服装,以及自动关闭门窗的智能家居系统等,新颖的创意让现场不时响起热烈的掌声。据了解,MT 校内赛从 STEAM 课程理念和国际工程教育 CDIO 的教学模式出发,采用物联网科技把生活与课堂结合在一起,全面培养学生的创造力和团队合作能力,通过科技与艺术的结合,带给学生求知的喜悦、探索的兴奋和挑战的刺激。

由此可见,衡中学生的创新能力、科研能力在全国毫无争议地处于领先水平。这一点笔者有亲身感受。2016 年暑假,笔者曾带过一名实习生,来自衡中 2011 级 480 班的毕业生王清源。在衡中时他学理科,考的是上海外国语大学国际新闻专业,这跨度可是够大的。初见他,给人的感觉是一副理工男的模样,睿智、冷静而不乏活泼。当时我正在写一篇四万字的学位论文,研究方向涉及传统媒体与自媒体的竞争战略,正在为国外的自媒体发展现状而焦虑。岂料,彼时准备升入大三的王清源同学对此非常了解,为我提供了一些可参考的思路,可以看出他对中外自媒体的发展有很大的兴趣和自己的思考。后来他告诉我,他曾看过一些关于自媒体的西方著作。在日常的实习中,小王对于采访的内容、形式、立意等,也能提出一些独特的视角和建议,往往超出他这个年龄段该有的高度。为此,我经常在内心里为他点赞。私下里,王清源和我聊起了母校衡中,他认为高中三年不但学会了知识,老师们勇于开拓、创新的精神也深深感染了他,让他可以独立

学习、独立思考。他可以在"独立"的精神世界里自主地去否定自我,不断地学习、创新。

2017年2月5日,人民日报微信公众号发文《一份"春晚政治考点"走红网络!终于明白跟学霸的差距了》,内容是衡中学生如何将春晚与政治考点结合在一起。原文如下:春节期间,要说是收视率最高的节目,当然非央视春晚莫属。当你只知道吐槽春晚时,衡水中学文科721班同学竟总结出了一份春晚政治考点,走红朋友圈。

就在放寒假前,721班的孩子们就接到了班主任、政治老师张文博的叮嘱:"作为文科生,央视春晚是一定要看的,而且要看好,看出本质。"所以,在除夕当天,孩子们享受完自家美味的年夜饭后,就在电视机前等待春晚的开始。

春晚直播期间,班长和团委积极地在微信群里鼓励大家边看边想知识点,实时发到微信群里。

从四大分会场开始,"民族团结"等考点就已经在微信群里相继"冒泡",大家在自己参与的同时,能找到志同道合之人,还能被其他同学的思想所启发,一时间,仿佛又回归了与同学们并肩学习的氛围,在与家人团聚休息时体会到了"学习无处不在"的真谛。

"即使没有老师叮嘱,我们也会这么做的。"同学孙亚楠这样回忆。正月初一早上9点,团委将总结好的知识点发到群里。班主任张老师对此表示惊喜:"我只是建议他们多接触社会,只是提了提,后来也没提醒他们去看,都是他们自发的,这已经很让我欣慰了,更没想到他们会做得这么好。"

家长们则更觉得自豪与骄傲:"孩子们居然能把春晚和学过的知识联系在一起,时时刻刻不忘学习,这才是顶尖的教育——让学生爱上学习,主动学习!"

"文科法宝"流传到网上不久,瞬间被网友们的"膜拜"淹没,同学们的表现却很淡定。因为在平时的学习生活中,他们也会对新闻进行评论和总结,已经

形成了"家事国事天下事，事事关心"的习惯，这次不过是被人发现了。

衡中一直注重学生与社会的接触、课堂知识与实践的结合，培养学生的发散思维、知识整合能力。以上的案例只是其一，可能是与"春晚"相关，所以关注度较高。

创新成果的另外一个侧面，就是每年衡中都要举办全国范围内的教学会议，而且每年搞两次，现在已经是22届了。从办会规模来看，衡中的会议在全国范围内的同级学校中首屈一指，最多的时候一届会议达到四千多人，少的时候也接近两千人。衡水人都知道，一旦衡中召开大规模的会议，衡水市区的宾馆、饭店非常火爆，往往是一床难订、一座难求。可见，同行对衡中的教学成果、理念非常认可，否则不会千里迢迢过来取经。2016年，首届全国创新校长论坛暨2017年高考大纲解析及应对策略研讨会在衡水中学举行。此次研讨会名家云集、群贤毕至，共有来自山东、辽宁、广东等20余个省市自治区的1000余名教育界权威专家、高中校长、资深教师、优秀学子参加。衡水中学校长张文茂表示，面对教育改革，必须把创新摆在首要位置，以创新思维、开放心态，凝聚更广泛的智慧、开展更系统的思考、进行更深入的解析、推出更实用的措施。除此之外，同行们还经常邀请衡中的老师出去作报告，据保守统计每年都在400人次左右。所以，衡中的创新理念得到了全国的认可，可以说是遍及全国。

高中的学生要高考，高中学校面对的主要是高校，那么高校对于衡中、衡中的学生是怎么评价的呢？对此，康新江对他们的实力毫不掩饰："高校对于衡中非常认可，比较明显的就是清华、北大。高考这块自不用说，主要是看自主招生方面，自主招生他是有自主权的，他可以要这个学校的，也可以要那个学校的。每年在河北省范围来说，衡中是最多的。在全国范围来说，清华的'卓越计划'，衡中也是最多的。2016年自主招生前期定下来的是38个，清华、北大可以降分，直接保送了10个，有23个是降到本一线，就是说高考分数能达到本一线就可以上清华、北大。有三个降60分,有一个降40分,一个降20分。"是什么让两个最知名、最有实力的高校开出诱人条件为衡中学生降分,而且力度还这么大?

"我觉得清华、北大看重的是衡中学生发展的潜能,衡中学生从接触到的世界、接触到的东西,要比一般学生多、广,因为衡中的活动特别多;第二,衡中学生本身有一种精神,有一种品质,责任担当,追求卓越,激情,这种东西非常重要。"

康新江并非是自说自话,更非自卖自夸。2016年寒冬的一天上午,笔者正在衡中校园外等待接待的老师,正巧遇到几位来自南京一所高校的老师,他们负责自主招生,其中一位老师已经是连续第三次来衡中了。对于衡中的学生,这位老师非常满意,因为他跟踪过衡中学生在他们学校的表现,同学、老师评价都很高,尤其是在创新、科研等方面表现突出,他觉得衡中生很为他"争面子"。鉴于学校生源和自己对于衡中、衡中学生有感情的因素,这位老师很乐意来衡中自主招生,而且每年要求的高考分数都会合理地有所下降,因为高校更看重的是衡中学生的创造力、创新意识和学习的能力,而这些则来主要源于"三三三"教学法理念以及衡中、老师提供的独立思考、创新的肥沃土壤。

第二章 管理创新日新月异

衡中人倡导"管理就是沟通,管理就是服务"。前文提到了衡中教学领域内的三大创新——"三三三"教学法、"一课三研"以及"三编一审",可以说这是衡中教学工作的三大支柱。事实上,在三大创新理念的生发、形成、推广、产生效果、反馈、再补充再丰富的过程中,管理从未缺位,尤其是沟通的职能显得异常突出。其中,最为夺目的就是"师徒制"。

"师徒制"助青蓝之变:岗中结队与师徒协议

2006年7月,来自吉林省四平市的王焕从吉林师范大学毕业后,来到衡水中学任教。初来乍到,客居衡水的王焕觉得很不适应,加之刚刚从校园毕业就要走上讲台,难免惶恐不安。到衡中报到第一天,年级的备课组长就将她领到了一名中年教师的面前,说:"这是陈合舜老师,你刚来要多学习,有什么事情多向陈老师请教,她以后就是你的师傅了,你是她的徒弟。"陈合舜老师和蔼地对王焕说:"咱们也要互相学习,把你在大学里学到的新理念、新思路、新教法多介绍一些,运用到教学实践当中。"此后,王焕成了陈合舜的徒弟,开始跟着她学习教学。首先,王焕要先听陈合舜的英语课,看她讲什么、怎么讲、怎么实现和提高课堂效果,怎么调动同学们的学习兴趣。课下,王焕还向师傅陈合舜学习怎么备课、怎么组编学习资料等。也就是说,只要是关于教学方面的东西,陈合舜

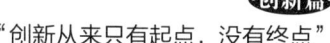

都要手把手地教王焕,引领她从一个刚毕业的师范类大学生逐步成长为一名合格的衡中老师。

王焕回忆,一到周末尤其是过年过节,如果她不回家或者她的家人不过来陪她,包括陈合舜在内的其他老教师就会邀请她去家里聚餐,中秋节品着月饼赏月,春节期间在爆竹声中吃饺子。这些是王焕刚参加工作头几年的美好记忆。尽管师傅对此可能不会太在意,或许只是觉得很平常的事情,但是在王焕心中却是浓浓的情意、满满的感恩。

王焕的师徒记忆并非个案,地理老师郭春雨也向笔者说起了自己的师傅——宋云波。2003年,郭春雨初入衡中,当时他只有二十三岁,师傅宋云波三十七岁,是典型的中青搭配。说起宋云波老师带徒弟的事,当时在衡中地理备课组还有一个趣闻。"当时主要是老师少,老教师更少,而且地理是小学科,我们就这么几个教师。我师傅宋云波老师领着三个徒弟,赵文丽、郭丽敏还有我,师徒四个人。当时就有人开玩笑,这不就跟西游记似的嘛,大师兄二师兄三师弟,宋云波是师傅。哈哈!"尽管事情已经过去十三年了,郭春雨说起来还是很带劲,情不自禁地笑出声来,就像刚刚发生在昨天一样,不断眯起眼睛搜寻着他与师傅之间的故事点滴。"师傅听我们的课。我们坐班的时候,为了讲解清楚某一个教学上的问题,师傅经常和我一起坐班。生活上,对我们非常关注,过年过节把我们叫到家里去。过年期间,师傅把我们外地的徒弟叫到家里吃饺子。"回想起那段时光,郭春雨感动地描述再现曾经的画面:他敲开师傅的门,带着一身寒气进屋。很快,屋里的温暖浸透他的全身,竟出了不少汗,他脱掉大衣放在衣架上。此时,师傅师娘已经准备了饺子馅,师徒一边包着饺子,一边聊着教学上的事或是拉拉家常。不知不觉,师娘已经端上热气腾腾的饺子,还特意为师徒二人炒了两个合口的下酒菜。徒弟敬师傅一杯,师傅回徒弟一杯,酒酣耳热,家国天下,天文地理,话题无所不及。看看钟表,已至深夜,但仍不舍离去。郭春雨动情地告诉笔者,那

是他人生中最美好、进步最快的时光。

师徒情深,郭春雨知道感恩,也懂得回报,经常为师傅宋云波跑跑腿、打打下手。需要抱卷子了,他经常跑到师傅前边;需要组编一些简单的资料,他也会替师傅分忧;师傅家里有点大事小情,郭春雨也会主动跑前跑后。

在师傅宋云波的引领下,郭春雨进步很快,逐渐脱去了稚嫩和青涩,开始独立教学,成为一名优秀教师。2007年,也就是入职的四年后,刚刚出徒的郭春雨开始当师傅了,他的第一个徒弟叫王美玉,毕业于河北师范大学。初为师傅的郭春雨学习师傅宋云波的传道授业解惑之法,对徒弟王美玉悉心指导:"我的职责就是要听徒弟的课,上课之前我要看教案,徒弟组编的习题我要审核,发展方向我要把关,她的问题要及时指出。徒弟的各种困难我要帮忙解决,她的为人处事我给予指点。"说起对于徒弟的职责,郭春雨如数家珍,脱口而出。有了郭春雨这样负责的师傅的指导,徒弟王美玉发展得很快、很好,郭春雨评价她:"她的基本功很强,板书、板画都很好。这次她要代表我们学校参加河北省优质课大赛,就昨天的事。她成长还是比较快的。"看得出来,对于徒弟王美玉的表现和实力,郭春雨颇为得意。

其实,在实施"师徒制"这一管理制度之前,刚刚毕业的青年教师要想融入环境,尽快、尽早地走上教学正轨有一定的困难,个别老教师存在或多或少的思想方面的局限性,传帮带的效果不太理想。对此,郭春雨告诉笔者:"我听说,最早的时候青年教师要听老教师的课,老教师不让你听,很保守,你为什么听我课?你为什么用我课件?我这么多年积累的经验,为什么给你用?当时确实有一部分老师很保守。"老教师张文会证实了郭春雨的说法:"最初,我来衡中的时候衡中还没有什么发展,那时候如果一个新的老师要想成为衡中的骨干是比较困难的。因为那时候条件有限,也没有师徒制这一说,因为有的老教师自我保护意识比较强,新教师很难在短时间内快速成长。"如果老教师对于青年教师都是这种封闭的心态,关起门来上课,不但青年教师无法进步,而且老教师的发展也不会太快,更重要的是严重影响衡中的整体发展和持续发展。衡水中学校领导意识到并重视这个问题,开始实施"师徒制"这个可持续发展的战略,出台了很多保障性措施和规定,以此保证中青年教师的资源共享、协调发展、齐头并进。

看到这里,估计很多人会想到"教会徒弟饿死师傅"这句古语。那么,这句话在衡中的师徒关系中是否适用呢?

对于类似的质疑和担心,郭春雨予以否认。他认为在带徒弟的过程中,师傅除了教徒弟外,也在向徒弟学习。郭春雨说,年轻教师都是刚毕业的大学生,来自于本科院校,他们的教学基本功、思想、理念和老教师有差异,会给学科组输入新鲜的血液,给老教师带来很多启发。以徒弟王美玉为例,郭春雨在带她的过程,发现她基本功很扎实,思想理念比较新,这些在老同事们身上是很难看到的。"主要是王美玉的教学方式在不断地创新,她不是照搬照用。比如说,我本人是很稳重的教学模式和风格,而我徒弟是很活跃的课堂模式。虽然我们是两种截然不同的教学风格,但是教学成果也是一样的,我带的学生能考出好成绩,她同然也创造出很好的成绩,学生的接受性同然很好。"郭春雨认为,这种活跃的课堂来源于王美玉良好的沟通、交流能力和方式,这些更有利于培养良性的人际关系,让师生关系更紧密、更融洽,王美玉可以于无声处地去激励、鼓励、感染学生。郭春雨坦言,一般情况下,像他这个年纪的老师只能借助以前的成绩、威严去管理学生,让他们产生崇拜而去学习。所以,他经常在反思,除了经验、成绩、权威等自身优势外,在与学生无缝交流方面自己存在欠缺。所以,自己要多向徒弟王美玉学习,请教她到底是怎么和学生打成一片的。与郭春雨持相同观点的还有语文老师郭福霞,她带过的徒弟已经二十多个了,给她印象最深的徒弟是闫津。在郭福霞看来,徒弟闫津的素质很不错,作为语文老师来讲,文学素养也比较高,是多年来少见的好苗子。在与笔者的交谈中,郭福霞难掩对爱徒的欣赏:"稳重,

特别稳，肯钻研语言文字，现在进步也特别大。沉着、性格淡定这方面是我学习的榜样。"将自己的徒弟当成自己学习的榜样，可见衡中老师对爱徒之喜爱，且心胸宽广。

以上是衡中人对于"教会徒弟饿死师傅"这句古语反向诠释的一个方面——师徒互相学习，师傅既是"传者"，也可以是"受"者，师徒查漏补缺、优势互补、共同进步。不容否认的是，由于存在师徒年龄、精力及学历高低等差异，徒弟的精力往往超过师傅，这点在郭福霞、闫津师徒二人身上体现得最明显，今年郭福霞已经51岁，而闫津却只有27岁，相差24岁，郭的精力肯定不如闫，师徒的教学差距越来越小。郭福霞说，在2016年的高考中，同为高三毕业班的老师，闫津带的班语文成绩很好，自己带的班成绩也不差。而另一个现实更加逼人，现在徒弟闫津已经和师傅郭福霞平起平坐了："现在我俩在一个年级，我也是组长，他也是组长，我徒弟都成组长了。"说这话的时候，郭福霞没有丝毫的醋意，而是充满了自豪和对徒弟的更高期盼。开放、勇于进取而又善于学习的衡中人并没有将年龄、精力等方面的差异看做真正的劣势，而是化作了一种前进的不懈动力。对此，郭春雨深有感触："有的时候带徒弟会给师傅一种强烈的危机感，你的东西给他拿走了，你说你不成长，你不进步？"在师傅带徒弟、徒弟学师傅、师徒互相学习这个动态的过程中，衡中形成了中青年教师传帮带、比学赶超的良性竞争、和谐的教研氛围。

随着"师徒制"的发展，衡水中学收到了青出于蓝而胜于蓝和老中青教学共同学习、进步的良好效果，这是一个促进青年教师快速成长的管理理念和办法。同时，居安思危的校领导意识到了"师徒制"的局限性，老教师对于年轻教师的传帮带基本上是自发的，主要靠道德、情感等软性因素约束，而年轻教师的义务和责任不太明确，缺乏硬性的标准和要求。长此以往，"师徒制"的实施、效果将大打折扣。为了避免负面因素干扰"师徒制"的健康发展，衡中精心出台了一份《师徒协议》。

师徒协议

按照学校工作计划，为加快青年教师成长，本学期继续实行导师制。为明确师（甲方）徒（乙方）双方的职责，增强师徒的责任感，现签订如下协议：

一、甲方的责任与义务

1. 要加强徒弟的师德师风教育，以自己的模范行动带动和影响徒弟。

2. 要正确对待师徒关系，思想重视，态度端正，切实关心徒弟成长。

3. 在签订师徒协议后，一个月内协助徒弟制订出具体的成长计划。中期要进行阶段总结，学期结束前写出本学期培养总结。

4. 指导徒弟研究学期教学计划，及时帮助徒弟分析教材、明确重点难点、制定教学目标、指导教学方法，对其教案、课堂教学把关，履行签字手续。

5. 每周至少要听徒弟新授课两节以上，课后及时评价，共同研究改进措施并做好记录。每学期，指导徒弟面向年级、学科组上一节汇报课。

6. 每学期指导徒弟学习一本教育教学理论书籍，并指导徒弟结合实践写一篇教育教学论文。

7. 要协助徒弟做好"过五关"工作，使其能够胜任各年级教学工作，尽快成长为教学骨干。

8. 根据师徒结对的综合成绩，每次期考后由年级负责评选"优秀师徒"，期末总评评选校级"优秀师徒"。

9. 要确保徒弟的教学成绩离中幅度为正值、评教中游以上。

10. 除因身体原因外，确保徒弟能顺利跟上高二、三年级。

二、乙方所承担的职责

1. 加强师德师风建设，学习师傅的高尚品质，确保下学期顺利聘任，并能跟

上高二、三年级。

2. 对待师徒关系态度严肃、端正，认真钻研教育教学理论，严格落实教学常规，尊重师傅，虚心学习，有疑必问，主动争取师傅的帮助。

3. 在签订师徒协议后一个月内，在师傅的指导下制订出成长计划，并交教务处存档。中期要进行阶段总结，学期结束前写出学期总结。

4. 在师傅的指导下备好每节课，教案要主动征求师傅的意见，并由师傅签字。

5. 每周至少听师傅新授课的一半以上。

6. 每学期至少上一节汇报课或优质课。

7. 每学期至少撰写一篇教育教学论文。

8. 认真做好"过五关"工作，能胜任各年级教学，尽快成为教学骨干。

9. 要力争教学成绩超过师傅，确保离中幅度为正值、评教中游以上。

10. 要主动帮助师傅做一些力所能及的事情。

三、说明

1. 本协议内容将列入教师个人年度考核及教师业务档案。

2. 本协议自签订之日起生效，协议期限为一学年。

3. 协议书一式三份，甲乙方各执一份，学校存档一份。

甲方（师傅）签字：

乙方（徒弟）签字：

河北衡水中学

按照规定，每一名新分配到衡中的青年教师，在教育教学工作中都要拜一位师傅，称为"岗中结对"。师徒关系要在双方自觉自愿的基础上建立。每年10月份，衡中会组织老中青教师签订师徒协议，明确规定师徒双方应该履行的职责和义务。《师徒协议》对师傅应承担的责任与义务作了10条规定。其中规定，徒弟的教案都要经过师傅签字同意后才能上课。不仅如此，师傅还要关心徒弟的工作和生活，关心他们的成长，鼓励他们自奋、自律、自强，使青年教师以愉快的心情投入到教育教学活动中去。师徒关系一般稳定在三年以上，其目的就是让师傅对徒弟的整个成长过程负责。在聘任、排课时充分考虑师徒关系，师徒一般在一个年级任课，若徒弟不能上高三，师傅也不能上高三。徒弟能够胜任高三年级授课及教育管理后，学校组织出师仪式。学校除了阶段督促检查外，还设置了"优秀师徒奖"、"人梯奖"，每年对培养青年教师做出突出贡献的师傅进行表彰，并在评优选模、进职晋级时给予政策倾斜。同时，衡中还规定青年教师要参加岗位过关。青年教师经过岗前培训后，在师傅的引领下，要在四年内过"五关"，即思想品德关、教学技能关、教材教法关、教育管理关、教学科研关。为此，衡中专门制定了每一关的过关标准，由学校领导和教务处、教科处等相关处室共同组成评委会，根据青年教师平时表现和教学成绩，每年对青年教师进行一次过关考核。五关全部通过之后，才是"合格教师"，才能"持证上岗"，成为一名正式的"衡中教师"。如果有哪位青年教师没有过关，他的师傅是要负责任的。

张永老师告诉笔者，这些规定的目的其实就是要保证师傅带好徒弟，师徒共同进步。如果每对师徒都进步了，整个衡中肯定会有大的发展。

后来，在签订《师徒协议》的基础上，衡中的"师徒制"又进一步，增加了颇有仪式感的程序——隆重的"拜师仪式"。每年十月份，衡中都要举行"拜师仪式"，在校领导和同事们的见证下，徒弟向师傅庄严地行"拜师礼"，然后双方互赠礼物。在某种程度上，这也是对中老教师的认可和尊重，有利于维护教师队伍的整体稳定。

除了比较典型的师徒制外，在衡中"青蓝计划"中还有很多可圈可点的创新措施。比如，落实"五个一"工程。在严格落实教育教学常规的基础上，组织青年教师大力推进"五个一"工程，并把其作为期中、期末工作考核的主要指标。

即：青年教师每学期要读一本有关教育、教学基础理论的书籍，并做好读书笔记，教科处定时进行检查；青年教师每周要向教务处交一篇钢笔字和一板粉笔字，每两周交一篇不少于500字的教学随笔；青年教师每学期要参加一次由学校组织的限时备课微格教学比赛，促进青年教师教学基本功的提高；青年教师每学期要上一堂研究课，教科处和教研组进行集体听评，开展教学模式研讨和学习方法研究；青年教师每学期要撰写一篇高质量的教育教学工作总结或论文，以此提升青年教师的教育教学能力。

创新载体，让优秀教师脱颖而出。"心有多大，舞台就有多大。"张文茂校长经常对老师们说，你有多大的能力，学校就给你创设多大的舞台。因为张文茂知道，一名教师经过一次历练，对他来说就可能是一次人生的飞跃。

一是建平台。为了让青年教师有初试锋芒的机会，衡中努力为他们搭建各种平台，如开辟了"教学论坛"、"班主任论坛"、"课堂教改探讨会"、"教学反思研讨会"、"读书报告会"、"班主任经验交流会"、"备课组长经验交流会"、"师德报告会"、"妇女论坛"等，就当前教育教学和教师专业化成长中的困惑或典型问题进行研讨，激发老师们的创造潜能，为教师提供展示才华的舞台，也为教师的脱颖而出创造机会。

二是摆擂台。衡中组织了青年教师基本功大赛、班主任素质大赛、班级成长设计比赛、班会展示点评等活动，摆设了多种多样的擂台，让老师们竞技交流成长。同时，学校还与衡水市教研室联合举办了"专业成长优秀教师"评选活动，大大提高了各层次教师发展的积极性。在这样的舞台上，每个人都使出浑身解数，展现自我，青年教师初生牛犊不怕虎，意气风发；中老年教师年富力强，宝刀不老。衡中通过以上措施引导青年教师由"合格教师"向"优秀教师"转变；对中老年教师来讲，这些活动能破除职业倦怠，激发潜能。衡中人承认过去，但永远开拓未来，不以过去业绩论英雄，这样就让许多优秀教师脱颖而出。

三是登舞台。衡中积极创设条件，鼓励老师们走出衡中，冲向全省乃至全国。如积极组织青年教师参加衡水市、河北省乃至全国的各种教育教学擂台赛进行锻炼。短短几年，就有100余位教师在省级以上教学大赛中获特等奖或一等奖。同时，衡中每年都会组织全国高中教师专业发展论坛、中国卓越校长峰会等全国大型会议，每一届都选派不同的老师登台主讲，极大提高了教师专业化发展水平。另外，衡中本着"不求所有，但求所用。不求独用，但求双赢"的原则，经常和一些名校进行教师互访、兼课、学术研讨，还鼓励青年教师到省外交流、讲学、介绍经验，把老师们推出去，在更加广阔的舞台上锻炼自己、成就自己。目前，衡中已有300多位教师到全国各地开设教育教学讲座或上公开课，其中最年轻的教师毕业只有短短的四年。通过这样的措施，校园内形成了你追我赶的良好氛围，在活动中提高，在活动中成长，在活动中走向成功，已成为广大教师发展的共识。

这一系列措施扎实推行后，衡中的青年教师成长很快，并向着良性健康的方向发展。很多教师一上讲台就获得了好评，教学成绩出色，班级管理到位，并且多次到市内、省内和国内参加比赛，与同行分享成功的经验，赢得了良好的口碑。可见，衡中所实施的"青蓝计划"尤其是对青年教师培训是有效的，不断促使青年教师从"教书匠"走向"教育家"，从根本上转念了他们的教学理念和职业追求。

八十华里远足衡中独有：
为什么说这是衡中每个学生必须经历的"长征"

在与衡中毕业生的交流过程中，笔者发现他们对于衡中的记忆起点就是八十华里远足。2011年进入衡中的王清源同学说，八十华里远足是衡水中学每个学生必须经历的"长征"，这是对每个学生身体素质和坚强意志的挑战，也是对大

家团结协作，互帮互助的考验。他难以忘记，从学校出发走过坑洼的土地和泥泞的树林，徒步四个多小时到达衡水湖。一路上，大家都保持着高昂的精神头，当时班里唱歌好的同学给大家起头唱歌，班长姚鸿飞还带领全班喊着口号，忽闻踏歌，小鸟惊飞，彩霞红透。步行时间长了，有的同学脚上难免磨出水泡。王清源说，班内没有一名同学放弃远足，都坚持着走到终点，或快或慢，或早或晚。经历了集体的远足洗礼，王清源所在的班异常团结和硬朗，被班主任誉为"铁军"。在接受笔者采访时，王清源在微信里这样回复我："我现在是一名上海外国语大学国际新闻专业大三学生。大学已过三年，但'铁军'的形象却时常出现在我的脑海。想起'铁军'的那段日子，我从情感和理性方面就会对自己更加严格要求，生活上要独立，学习上更要勇争第一。做自己的'铁军'，做世界的'铁军'，做不辱衡中的'铁军'！"

一样的八十华里远足，留给每个人的记忆都是深刻的。张世迁同学是这样回忆八十华里远足的："因为是好多人一起走，大家都始终坚持，不肯掉队。"张世迁记得，远足的时候有一个同学叫刘雨轩，之前不慎崴了脚，但是他却一直在坚持。这时候，同学们纷纷伸出援手，轮流陪伴、照顾他，不让刘雨轩掉队，最后全班同学一起走到了终点。想起两年前的远足，张世迁记忆深刻："我觉得挺有教育意义的，因为当时走前半程挺好，并不觉得很累。结果到后半程的时候，可能还没有走过这么长的路，就是每走一步的时候，膝盖周围感觉有个东西，每走一步都会抻一下，然后疼一下。"张世迁是家中的独子，父母、家人非常疼爱他，以前从未走过这么远的路程。经过这次远足，张世迁不但身体上受到了全方位的磨炼，精神上也得到一次升华。他告诉笔者，在以后的学习、生活中他从未畏惧过困难。

赵彬翰，吉林大学播音主持专业大四学生，地地道道的衡水桃城区人。虽然已经毕业三年多了，但是对于八十华里远足难以忘怀，饱含深情地写下这些文字：

创新篇

"创新从来只有起点,没有终点"

"衡中的口号总给我满满的热情,离校近4年了,这个寒假看高中的照片依然会有无限热血在沸腾,三年的磨砺带给我太多难忘的经历。远足活动给了所有学生强健的体魄,科学高效管理的快速节奏让我对自己的时间安排更加优化合理。这让我受益匪浅,使我在大学生活中可以有条不紊地生活、学习,事半功倍。回首往事,在校生活中的各种活动也给紧张的高中时光涂上些许色彩。朋友们的陪伴支持和鼓励是我最难忘的回忆,每每有些畏难情绪时,朋友们总会做我最坚强的后盾,伴我度过每次坎坷。此后,我就不再认为有什么问题和困难是不能解决和克服的了。现在遇到困难时,我总会不由自主地想起在衡中的时光,想起那看似漫长的远足。我很感激母校三年的栽培和哺育,刚上衡中时很想逃出来,离开了才知自己对她眷恋不已,很想再回去,再做一次您的学生、您的孩子。我想这就是衡中不可言说的魅力。感谢八十华里对我的全面锻炼,感谢衡中。"

2015年暑假,赵彬翰同学跟着笔者在电视台实习,表现得相当好学、坚强、不怕吃苦,意志品质过硬。记得有一次,酷暑天的一个中午,某仓库突起火灾,我带着他第一时间赶赴现场。由于起火仓库比较偏僻,距离我俩下车的地方还有三公里。面对这么远的距离,彬翰没有皱一下眉头,而是将我手中的摄像机抢了过去,拎着设备一路小跑。不到一刻钟,我俩就跑到了火灾现场,而此时彬翰的身上已经湿透了。他顾不得擦汗,赶紧帮我调试好设备,就忙着去现场询问事发情况。当时的气温三十八九度,而且还燃着大火,但是彬翰毫无畏惧,为了多了解一些相关信息,多拍摄一些火情和扑救现场,他一直向火场靠近。最终,在彬翰的协助下,我出色地完成了一条现场报道。忙完工作之后一看,彬翰已经成了一个"小黑人",身上的味道也不太好闻,我赶紧让他回住处洗澡。但是他却坚持再看看成片,找找自己的不足。

现在,八十华里远足已经成为衡中的品牌。郭春雨老师说,现在的孩子们长途跋涉的经历很少,缺乏吃苦耐劳的意志,团队意识淡薄。衡中就是要通过远足

活动让学生们知道、明白,远足就跟长征一样,难,很辛苦,但是经过努力也能克服。张文茂认为,学生们只有身体更健康,意志更坚强,学习才能好,才能为祖国发展做出更多的贡献。八十华里远足的意义远不止此,它还可以培养学生良好的团队意识和协作精神,有利于班级凝聚力的形成。因为每个学生都清楚,他们每个人都代表着班级的形象。学生们脚踏实地,却不看脚下,虽不好高骛远,但却目视前方,昭示着一种永远向前的信念。

班级管理微创新层出不穷:老师如何处理早恋

班级是学校最基本的单元和细胞,关乎整个年级、整个学校是否能够正常、健康运转和发展。班级管理就如日常教学一样,随时随地,每时每刻都在发生着。衡中的班级管理创新如同教学创新一样层出不穷。衡中校长张文茂强调,师生关系是教育者和受教者形成的关系,新型的师生关系应该是教师和学生在人格上是平等的、在相处的氛围上是和谐的。成功学家安东尼·罗宾在《唤醒心中的巨人》一书中说:"每个人身上都蕴藏着一份特殊的才能。那份才能犹如一位熟睡的巨人,等待我们去唤醒。"而能够唤醒学生那"熟睡的巨人",就需要构建平等的关系,尤其是学生中的弱势群体。

衡中卓越德育创新标兵解毅老师向笔者讲述了这样一个故事:班中的小宇是一个相貌平平的男生,最近上课总走神,作业迟交,班里的事也不积极,原本不错的成绩连续退步。作为班主任的解毅开始留意他,有一次看他积累本时掉出来一张纸,上面写着两行诗——"我本将心向明月,奈何明月照沟渠"。解毅不由得想到了下一句:"落花有意随流水,流水无心恋落花"。此时,联想到小宇近期的表现,解毅马上意识到可能是早恋惹的祸。

面对高中生早恋问题,老师可能会围追堵截、纪律处分、"动之以情,晓之以理"，但容易引起学生的逆反；要么就是"我理解你"，但是思路弄不好就会被学生带着走，教育变成了纵容，这是绝对不允许的。经过一番考虑，解毅决定采取高明的引导法，就是"肩并肩的教育"。表面上和学生走向同一方向，这就不会让他逆反，暗中找到问题的症结，并对症下药，悄悄转变学生，让他及早回归正轨。

为此，解毅可是下了一番大功夫。他先是不动声色，展开调查，从小宇同桌那得知他喜欢邻班一个女生，但是不知道什么原因那个女生突然不搭理他了。获知这一线索后，解毅马上联系了该班的班主任，了解到那个女孩活泼开朗，长得也不错，成绩优异，目前学习劲头很足。

了解到这些信息后，解毅决定采取下一步行动。周三团活动时，解毅找到小宇，领他来到教研室说："看你最近情绪不好，看半集电影放松一下吧。然后师生二人一起看了看热播的《夏洛特烦恼》，小宇看得很投入，不断发出会心的笑声。观影结束后，小宇陷入了深思。最后，解毅要求小宇写一篇观后感。

解毅没有松懈，看晚新闻的时候又找到小宇，看似轻松地对他说："高中生活应该是紧张充实，简单快乐的，你最近状态可不太好，是不是遇到了什么烦心的事？"他沉默不语。见时机已经成熟，解毅适时地提到那个女生的名字，小宇很惊讶，但没有说话，更没有辩解。"放心，我保证不会和别人说，老师只是想帮帮你。对异性有好感很正常，没什么不好意思的，这个女生很优秀，你很有眼光。"解毅像和自己的朋友交流一样。小宇凝滞的表情放松了许多，解毅趁热打铁："我在高中的时候也有欣赏的女生，你能跟老师说说心里话吗，就像朋友一样，或许我能给你点建议。"

见老师竟然说起自己的经历，小宇警惕性下降了，开始敞开心扉向老师倾诉："可她好像不喜欢我。"他低声说。小宇告诉解毅，高二时和那位女生曾做过一段时间的同桌，他因病回家一周，返校后那个女生给他留了整整齐齐的一打卷子，

一张也不少,还给他讲题。小宇说,从来没有哪个异性对他这么好,他很感动,觉得那女生也喜欢他。后来分了班,那个女生以学习紧张为由不理他了,写信也不回,但他心里放不下,一直处于焦虑和自卑中。

听到这里,解毅终于找到了问题的切入点,故作平淡地说:"那女孩做得很理智,现在确实学业很重,我们一起看看,你有多少空余时间:早晨……中午……晚上……细数每个时间的安排,都满满当当的。你看,哪有时间和精力谈恋爱呀。现在学业和个人感情只能选其一,你怎么办?"

听到老师算的"时间账",小宇脱口而出:"当然是先考大学再谈感情了。"

解毅继续深入:"对呀,人生每个阶段都有每个阶段的使命,千万不要在春天就去挥霍夏天。如树上的果子,是熟的好吃,还是生的好吃?人就像果子,要长到成熟,有了学问、工作,又有养育子女的能力,就好比果子熟了,那时就可以得到真正的幸福了。爱需要学习,爱需要能力。与其匆匆步入爱河,不如静静等待成长!"随后,解毅又运用身边其他人的事例来说明早恋的危害,让小宇从思想深处意识到早恋对两个人都不好。

这时候,解毅又使用了之前的铺垫,结合电影解释早恋的问题:"如果你真喜欢她,一味地想她,她就会喜欢你了吗?在影片《夏洛特烦恼》中,秋雅开始喜欢班干部袁华,后来为什么又喜欢夏洛了?还不是因为他歌唱得好,有前途。秋雅的台词很经典——男人又老又丑没关系,最主要是有才华,何况他还那么有才华。一个男人只有更优秀才能获得女孩的芳心,那个女孩可能现在不喜欢你,如果你能更出色,和她考入一所大学,以后是不是更有机会呢?你应该向那个女生学习,专心备考,目前你的成绩跟人家差一大截。你若为她着想,就不该打扰她,而是朝着共同的方向前进。"

听到这些,小宇微微点了点头。解毅拿出手机让小宇看了一张照片,那是解毅在那位女孩书桌上拍的,上面写着她的誓言"我要上清华"。"她那么优秀的一个小姑娘，如果她上了清华，而你却没有，她从心里会看不起你的，哪一个女孩子会喜欢一个没有成就的男孩子呢？"这时候，小宇认识到了差距，惭愧地低下了头。

早恋的问题基本解决了，但是解毅没有放弃对小宇的关心。小宇是单亲家庭，得不到温暖才对异性的热心这么敏感。于是，解毅对他多了几分关怀，一次他在医务室输液，解毅给他买了盒饭送去，小宇感动地说老师比爸爸还要亲。解毅与小宇有个约定，每天中午12点比赛跑步一圈，小宇赢了就请他吃饭，同时汇报一下今天的进步和收获。体力消耗让他发泄一下心中的郁闷，另一方面让他感觉到老师的陪伴和期待。同时，解毅还悄悄动员周围同学在学习和生活上多帮助小宇，团结、友爱、融洽的气氛，帮他走出自己的小世界，融入班级这个集体中来。

在一个月后的考试中，小宇发挥了自己的潜能，竟然考了年级56名。解毅没想到他进步这么快，表扬他时他说还要考班级第一，这样才有机会考清华。

在教师节那天，解毅的办公桌上多了一张精美的贺卡，小宇在上面写道："感谢您将我引入正确的航道，让我走出困惑找回自我。"解毅收获的不只是一张感谢的贺卡，更是那看到生命成长的喜悦。

当提及班级管理时，解毅这样说："作为一名班主任，我们应以平等、尊重和真诚的爱心去打开每一个孩子的心门，不让任何一个孩子成为遗憾。只有充满爱的教育，才是真正的教育！师爱是一场春雨，滋润了学生的心田；师爱是一束阳光，温暖了学生的心房；师爱更是一种强大的力量，可以改变孩子的一生。慧心引领，扬帆起航，当学生因你而变得更优秀的时候，何尝又不是我们自己的成功呢！"

类似的案例还有很多，比如刘博文老师组织的"评选550班最美家庭"的活动、王海阔老师的"鼓励特长法"、杨军老师的"买'股票'——巧激学生活力"、李猛老师的"物理管理法"、高硕老师的"抗'洋'斗争史"、何伟老师的"吹

响爱的集结号"等。各个年级、班级还会推选"十大学星"、"微笑之星"、"奉献之星"、"道德之星"等，不胜枚举……

德国著名教育家第斯多惠说过："教育的艺术不在于传授知识和本领，而在于激励、唤醒和鼓舞。"这一点，张文茂校长及所有衡中人与第斯多惠不谋而合，他们的怀揣着一颗"父母心"去爱学生，正如我国著名的教育家陶行知先生所说："捧着一颗心来，不带半根草去。"所以，张文茂要求所有教师要有博爱之心，平等地对待每一名学生；要尊重学生，保护学生的自尊心，像对待自己的孩子一样，和学生多谈心，走进学生的内心；要以身作则，做好表率，才能对学生产生潜移默化的教学效果；要有宽容之心，原谅学生的错误就像原谅自己的孩子的错误。

由于有了"父母心"，我们坚信，衡中人将在德育管理方面走得越来越远，越来越好。在这种环境成长起来的学生，必是心地善良、品质优良、心理健康的优秀人才。

家长会开成了"培训会"：教育合力也是一种创新

以上篇章涉及的都是师生关系、教与学的关系，似乎还缺少点什么？对！就是学生的家长。从管理学的角度来考察，学校是企业，学生更像是特殊的"产品"，而家长才是真正的"客户"或者说是服务对象。从教育学的角度来看，家庭教育至关重要，是教育的主阵地，家长的言传身教是第一位的。很难想象，一身毛病甚至是品质有问题的孩子，到了学校就能够成绩优秀、尊敬老师、友爱同学？由于衡中在教学、管理方面的一枝独秀，能把孩子送进衡中学习的家长对于教育的重视程度不容怀疑。但是，怎么才能将重视变为有效呢？这就不仅仅是师生关系的问题了，又引申为"亲师生"关系。

做过多年班主任的代忖对这个问题体会很深，虽然家长们在自己的岗位上非常优秀，但是对于教育并不精通，有的甚至会对一些问题理解不到位甚至背道而驰。她忧心忡忡地说："在教育的领域里面，有很多家长不太专业，不太专业就形成错误的教育思想。这样的思想跟学校的教育工作形成不了合力，对学生的成长根本起不到很好的作用。由于家庭阻力的存在，甚至很多教育思想在孩子这就没有办法落实。从物理学角度来讲，形不成合力，就会停滞不前，甚至是倒退。"比如，孩子初入衡中，他们的家长对于学校的规章制度不理解，对于学生日常的作息时间、学习的难度和深度不掌握，以及对未来高考的方向等这些方面，心里没数。如果这些情况长期存在，家长会一味地凭着自己的认知来对待孩子的教育。而孩子呢，一边是学校的教育理念，一边是父母的意见，两方的观点冲突了，孩子肯定会陷入进退维谷的两难境地。夹在中间的孩子茫然了，这种处境必然会影响到教育效果。

为了解决如何形成"教育合力"的问题，衡中人积极探索，决定在召开家长会的时候，对他们进行"培训"。"我们就要对他们（家长）进行培训。培训内容就是学校的教育理念、当今教育领域里最先进的教育思想，包括我们衡中对学生的教育制度、规章制度，还有班级的措施等。通过各种方式让家长们熟悉，让他们知道，这些方面不光是老师和学生要知道，他们也要了解、理解和支持。那么，我们好的理念、规章制度推行、落实起来就畅通无阻了，我们的学生们、他们的孩子们就不会左右为难了。"做了多年班主任的代忖告诉笔者。

这样一来，"家长会"不再只是老师简单地通报谁谁谁的孩子成绩好、成绩差，也不是谁谁谁的孩子进步了或者退步了，也就是所谓的"批评会"和"训话会"。而是把家长会开成了短期、高效的培训会，教他们怎么做衡中学生的家长，只有接受完培训，你才是一个合格的家长。"家长培训会"这一举措做到学校、学生、家长的三赢，当然，最受益的肯定是学生本人。

同样的方法只会带来同样的结果，教育也是如此，同样的教育肯定会千篇一

律、千人一面,谈何创新?所以,教育创新是每个家长、教师和学生的责任。只有创新才不会僵化,只有创新才不会盲从。对此,衡中人在传统的"家长会"的基础上进行了微创新,又将家长之间、不同的家长和学生的沟通、分享理念引入家长会。

祁天睿刚上高一的时候,化学并不太突出。记得有一次班里召开家长会,老师请了班长冯天翼的妈妈来分享亲子故事和教育心得。结果冯妈妈刚上讲台,说自己是化学老师,这一个信息触动了祁天睿,他心里说:"哇,怪不得人家孩子这么厉害呢,原来家长是老师啊。这得好好听了,老师说出来肯定不一样嘛!"在台上,冯妈妈讲了很多教育孩子的经验,而且重点讲了讲化学的重要性和学习方法甚至小窍门。本来就对化学感兴趣的祁天睿听得入了迷,家长会结束后,他还找到了冯妈妈问了好多困扰自己的化学问题,得到了满意的解答。此后,祁天睿更加喜欢化学,加上任课老师的指导,学习逐渐得法。2016年,祁天睿在第三十届全国化学奥林匹克竞赛决赛中进入前五十名,被保送到清华大学经济与金融专业学习。

为了选择参加培训的家长,老师们可是费了一番脑筋。为了培养学生们坚强的意志,老师会邀请有过从军经历的家长,为学生讲述军营生活,从中体会意志的重要性,并将这种精神转化到学习当中;为了讲透某个经济问题,老师会请来"企业家"家长,讲解货币、现金、经营等问题,让学生们从另外一个视角直观理解课堂内容;为了提高学生的美学修养,老师还请来报社的"摄影家"家长,传授构图、光线、角度、景别、机位等摄影常识,并指出学生摄影方面的问题。

衡中丰富了家长会培训的要素和内涵,尤其是家长进课堂后,用他们的经历、经验、特长与学生交流,调动了社会方方面面的资源,让学生甚至老师接受免费的培训。换一种方式对学生进行教育,克服了课堂教育的单一和单调,学生掌握的知识更加接近社会实践,同时促进了"家师生"三者关系的和谐发展。

"创新从来只有起点,没有终点"

第三章 卓越目标引领,创新一直在路上

当代著名教育改革家魏书生说:"衡水中学张文茂校长,引领师生精神成长,让师生成为自身命运的主人。高效积极探索教与学的规律,不断改革,不断创新,创造了一个又一个的奇迹,谱写了一曲又一曲科学发展的凯歌,师生享受着一天又一天超越自我的快乐!"

笔者翻阅了大量外界对衡中尤其是对张文茂校长的评价,发现无一例外地都提到了"创新"二字。创新是国家、民族、社会、组织、企业和个人发展的不竭源泉,当然学校也概莫能外。

目标创新:学校快速发展靠什么

校长张文茂说,回首衡中历史,尤其是近十年来,创新一直与衡中的快速、和谐、全面的发展如影随形。衡中副校长王建勇这样定义创新:创新就是不断对自己工作的一种探索,在这个探索的基础上,不断改进,不断完善,这一过程就是不断地创新。围绕学校"追求卓越"的目标去实现,在实现的过程当中,在制度上、措施上、管理上等方面去探索、去改革,这就是创新。实际上,创新就是对自我的不完全否定。

衡中的校训和目标是"追求卓越",衡中副校长康新江认为,发现问题是创

新的起点和源泉，而目标则是创新的动力。特别是衡中这种追求卓越的精神，因为衡中人有高的追求，才会想方设法地把它做好。为了把事情做好，衡中人才会殚精竭虑、绞尽脑汁地不断推出新的东西，日臻完善。

但是"卓越"对于不同时期的整个国家、社会或具体到衡中来说，含义是迥异的，它是一个动态的过程。随着整体环境尤其衡中自身的不断发展，他们意识到，除了提升教学质量，还要增强学校和学生的综合实力。除了文化知识、能力和素养的提高，综合实力还包括学生的行为习惯、责任担当意识、吃苦耐劳的精神、学校的管理、后勤服务等要素，这是一个庞大而完备的系统工程。

目标创新是最大的创新，目标是统领教学和管理创新的出发点和落脚地。张文茂校长说："这些年，我们始终把创新作为一项核心战略，坚定不移地抓好落实，努力开展集成创新，切实突出原始创新，大力追求深度创新，时时创新，事事创新，居安思危，居荣思进。这样我们的理念更新了一些，站位更高了一些，视野更宽了一些，执行更实了一些。创新文化源源不断，亮点纷呈。"

衡中人的居安思危、未雨绸缪并非空穴来风。由于衡中大气的开放性办学风格，全国各地的教育同行甚至企业、党政机关的拥趸纷至沓来，而且每年衡中还要举办面向社会的开放日活动，每年有数万人来衡中参观。衡中的经验、创新理念被毫不保留地传播出去，世人皆知，并没有保密可言。学到衡中经验后，很多学校直接复制粘贴。这对衡中而言，一方面是荣耀，同时也存在一定的隐患甚至是威胁。以同城兄弟学校衡水二中、十三中、枣强中学、武邑中学为例，近几年发展就非常快。面对来自兄弟学校的挑战，衡中人报以淡然一笑，信奉"满园春色才是春"，衡中人的包容、自信和超然源于他们的制胜法宝和杀手锏——创新。王建勇副校长说："所以，这就逼迫着衡中必须不断地向前冲，而朝前冲最有效的手段就是不断地改革、创新。"衡中人认识到，创新就是生命，如果抱残守缺，被淘汰是迟早的事情。可以说，衡中每天都在变，衡中的创新一直在路上，现在的衡中跟五年之前的衡中、十年之前的衡中、十五年前的衡中发生了质的变化。

管理理念创新：中层干部提升素养靠什么

衡中人紧绷创新这根弦，一手抓对现有创新的落实，一手开掘创新领域和点位。王建勇在学校管理方面表达了他的担忧："我们觉得在这几年的发展当中，管理干部队伍方面还是有一定缺陷的。比如说后劲不足，学习的劲头、底气方面的不足。所以，管理人员在和老师的沟通、管理、引领方面，在和学生引领、和家长沟通方面的高度不够，这就直接制约着学校向更高平台发展，得解决中层干部这个瓶颈问题。我们怎么创新？我们加大了中层干部的学习力度。"

为此，衡中每周要开各个层面的干部会，加大学习力度。一个是学习企业方面的做法，看专题录像，学习企业管理，交流体会，提升管理水平。再一个，校领导层面给每个中层干部规定学习书目、文章，要求每周或者每天都必须要学习一篇报刊文章，来提升文学素养。王建勇说："有了这些素养，只有管理人员会说话了，肚里有东西了，才能根据不同的管理群体开展工作，见老师说什么话，见学生说什么话，见家长说什么话。心中有墨汁了，管理起来才能得心应手。在提升干部综合素养方面逼着我们中层干部加大学习的力度。"

学习新的管理理念保证了管理层尤其是中层管理干部的理论水平和素养，但是怎么去落实到工作中呢？衡中的办法就是，给管理干部寻找抓手，开展了"十个一"活动。比如，管理人员每天必须找一名老师沟通交流，了解老师的工作、教学和生活情况，和老师打成一片，真正地了解老师的各种情况；必须至少要找一名学生，每天要进行沟通、了解，要了解学生的思想情况、学习情况、生活情况，要和学生交朋友；每天或者每周至少要和一名家长沟通，了解家长对学校的

意见、建议,了解家长对所在班的老师、班风建设等各方面的需求;每天每周要有计划,你今天干什么,干得什么样,干到什么程度,准备如何去做。中层干部心中要有小九九,不能盲目地去想干什么就干什么,没有计划不行,没有计划就没有成效。最重要的是,每天或者每周都要有一个微创新。通过这些抓手,衡中人将创新思想、理念、点子落到了实处。

除了自主创新外,对于他人的创新衡中人抱有开放、包容和学习的态度,谓为"拿来主义"、"出门纳谏",到全国各地的名校参观考察,学习别人的先进经验和创新理念、创新之法、创新之处。王建勇举了一个很具体的例子:"比如我们到东北,看到有一所高中开展的"每周一歌"活动,我们觉得挺好,拿来就用。结合自己的情况,歌曲我们自己选,每周一歌包括激励的、感恩的,这也是创新。"

为了不断实现卓越的宏大目标,衡中人马不停蹄、枕戈待旦地寻找教学和管理上的问题,并通过创新来解决问题,让局部效果逐渐符合卓越的整体目标。曾为物理老师的张文茂校长这样总结衡中的创新:"每一次裂变,都是一种进步;每一次核变,都是一种突破。我们认为,创新从来只有起点,没有终点。当我们深入下去以后,就会创造一个景象万千的世界——活力四射、尊重生命、敬畏自然、和谐共荣。"他从物理学的角度诠释了创新的实质,就是进步和突破。他重视创新的持续性——"有始无终"。唯如此,才能构建出一个有活力、热爱生命、心存敬畏、和谐的世界。可见,张文茂校长的世界观、人生观、价值观和教育观不可谓不宏阔,眼光不可谓不深远。

创新,衡中人永远在路上!

怎样当老师

耕耘篇
因为名师，所以高徒

张文茂语录：一颗道钉可以颠覆一列火车，一个错误的处方可以毁掉一个生命，教师的一次不负责任足以毁掉一个学生的未来和一个家庭的梦想。对教师来说，一个学生是他的百分之一，对一个家庭来说是百分之百。

一所学校的成功与发展不是孤立的，它是一个全方位、全过程、全面管理与发展的结果。衡水中学，当然也不会游离于这个"规律"之外。

汉桓宽《盐铁论·散不足》："春夏耕耘，秋冬收藏。"收藏之于耕耘，显然把之前的"规律"赋予了实物化的解读。

耕者，把犁翻土种植，是之前事。耘者，除草培土，是之后事。耕耘不是字面上那样简单，前后呼应，需要把控好每一个细节，方可达到"收藏"之目的。耕耘有很多层面，由此得到的"收藏"结果更是繁多：收获果实、收获感动、收获金钱等等。但只有一样，才是最高境界——收获未来。而这，恰恰就是教育之耕耘带来的结果。显然，把"耕耘"寓意到"树人灵魂、授人知识"的教育之上，是非常恰当并且无可替代的。

俗语言:"十年树木,百年树人",怎样将"耕耘"更好地贯穿于"树人"之间,是很多学校探寻之事。那么,怎样以"耕耘"达到"树人"的目的,衡水中学校长张文茂给出了答案:人,是万物的尺度。所以,学校的一切归根到底必须服务于人——无论是学生还是教师——服务于人的发展,这也是衡量一所学校特色品位的根本尺度。

在张文茂看来,一个学校的"树人",不仅仅停留在培养学生之上,还应当重视教师的发展。这让衡水中学的"树人"有了更高的层次,让衡水中学的"耕耘"有了更深的含义。

这,是衡中的"根"。"根深",才能"叶茂"。

在与衡中老师交谈过程中,有这样一句话曾被多次提起:"管理就是沟通、服务和引领。"这句话之所以被老师们常常挂在嘴边,那是他们感受并领悟到了"沟通、服务和引领"的力量和效果。

张文茂说:"'教育就是当一个人忘记了在学校所学的一切东西之后还留下来的。'这是爱因斯坦眼中的教育真谛。诚然,当人们离开学校数年后,很多人对于学习的课程内容已经忘记。其实,我们从小到大学习的课程,以及所得到的学问乃至社会生活的艺术,其最终目标是让一个人能够勇敢的承担起一份责任。我们希望能通过自己的耕耘,让更多的人去勇于承担这份责任。"

张文茂和衡水中学是这样说的,更是这样做的。其实,很多时候耕耘的收获就如同树木的生长是看不到的,但经过长期的积累,小树就能长成参天大树。一分耕耘一分收获,说的就是这个道理。

所以,孟子有曰:"修其天爵,而人爵从之。"

所以,张文茂和衡水中学,一直走在"耕耘"的路上。

第一章　学校的管理，就是更好地为老师服务

教师付出了就必须有回报：竞争激励机制包括哪些

很多年前，在一次河北省教育会议上，与会的首批全省24所重点中学校长中，只有衡水中学的校长不是特级教师，这让与会成员大打一连串的问号。

衡水中学的校长不是特级教师？这不是开玩笑嘛？难道是衡水中学的校长不够特级教师资格？……

答案当然是否定的。

有一次，上级给了衡中两个特级教师名额，张文茂和他的伙伴们把名额都让给了一线的教师。某年教师节前夕，上级让衡水中学报送一名"全国模范教师"，被外界认为"当之无愧"的张文茂，却再一次把这个荣誉让给了年轻教师。

为什么会这样？

张文茂很自然地说："在衡中，最辛苦的是一线的老师，他们付出了，就必须有回报。"

的确，付出就要有回报，这样一个简单的道理，却饱蘸着张文茂和衡水中学对一线教师的呵护和关爱，这是衡水中学这所学校的价值观所在。

"我们常说，要把衡水中学办成一所负责任的学校。这里的负责任，不仅仅是对学生，还包括老师。"张文茂说到这里，有些激动。

几十年的一线教学经验告诉张文茂,成功的学校管理就是要用理念点亮教师心灵之灯,给教师一个诗意的栖居,让他们拥有幸福愉悦的精神生活;要用理念给教师一双进取的翅膀,让他们树立干一番事业的雄心壮志;要用理念给教师一种向心力,让教师心往一处走,劲往一处使,同心同德,盎然而立。

"衡水中学总是在强调:校长是出思想的,副校长是出思路的,中层干部是出行动的,成员是出效果的。最终的效果怎么出?就是要靠一线教师的教学实践。"张文茂说,"任何一所学校的办学思想、教育理念,最终都要通过教师在教育教学中实践,学校工作目标的达成度在很大程度上取决于教师的执行力与影响力。一所理想的学校应该使教师在适合的岗位上发挥出最大潜能,心情愉悦地工作,享受学校生活,让学校成为教师的精神栖息地和实现生命价值的场所。"

在中层以上领导干部扩大会上的讲话中,张文茂说过这样一段:"试想,如果我们在座的每一位同志,心中有师生,真正爱师生,讲的是师生想的,干的是师生盼的,改的是师生怨的,全心全意为师生服务,那怎能不激发起全校师生向上的潜力、工作的欲望呢?"

显然,这句话温暖了老师们。

显然,像那样让荣誉、让奖励的事情,就是自然而然的了。

其实,像这样的事情,在衡中还有很多。因此,在衡中从来没有人为奖金、为荣誉、为职务找过学校领导一次,没有人有厌战情绪,而这无不得益于衡中领导耕耘出的良好和谐的人文环境。在衡水中学,大家都是一样的精神旺盛,讲求效率,配合默契,在这样的环境里找得到做事业的感觉,找得到工作的快感,找得到作为一名教师的光荣与梦想!

刚走进衡中的青年教师更是赞不绝口。"在这里,校领导的关心无微不至,老教师传授经验毫无保留,青年教师勤奋敬业,如同一个温馨的家。"一位刚刚进入学校的青年教师深有感触地说。

现在已经是衡水中学副校长的郗会锁，在刚刚入职后，曾经给大学母校写过这样一封信来描述衡水中学："这里的每一个教师都有一股想成为名师的志气、为公为生的正气、蓬勃向上的朝气和敢打敢拼的勇气。在这样的环境中，我无法不拼命工作，这里是知识分子的精神家园。"

"教师的发展需求被尊重！"郗会锁——这个在衡水中学被誉为神话级的人物，说出了自己的心里话。

自1998年进入衡中任教后，他一直担任高三年级的班主任，并且三年后就被提为中层干部，还破格提拔为特级教师。

"千里马常有，而伯乐不常有。我认为伯乐和千里马都有，但是，还得提供一个赛马场，给这些千里马展示风采的机会。"郗会锁老师解释自己取得佳绩的主要原因时说道，"衡中就是一个赛马场，它让千里马进行比赛，不淹没任何人的才能。只要你有实力，就肯定有上升的机会。"

衡水中学会尽可能地为教师们提供展示才能和学习的机会。外出赛课、参加研讨会已经成为衡中老师们的家常便饭。更令人钦佩和羡慕的是，衡中的所有英语教师都已经出国培训过一次，有的长达一年，最短的也有3周。并且，衡中还有计划地组织其他学科的老师出国培训，英国、美国、新西兰、澳大利亚、日本、新加坡等20几个国家都留下了衡中老师们的身影。

此外，衡中还打破论资排辈的思想，建立健全了一整套竞争激励机制，并制定了《最受学生欢迎教师评选方案》、《十大杰出青年教师评比方案》、《首席、星级教师实施方案》等，调动了全体教师的创新积极性。

校长张文茂经常对青年教师们说："你有多大的能力，我就给你创设多大的舞台。"

"针对教师的成长进步，学校每年都会举行很多活动，这些活动历时长、参与广、重过程、强体验、影响大，特别是青年教师希望之星竞选活动，对青年教

师的鼓励非常大！"一位青年教师动情地说，"特别锻炼人，感觉眼界、心境一下子提升了不少！"

一位在现场观看完"青年教师希望之星"评选活动的家长，激动地说："在整个活动过程中，我都处在一种感动中，被衡中青年教师的激情深深地感染，衡中的老师充满着青春的激情，有着强烈的责任心，学生在这样的氛围中接受教育，同样会充满了激情、生机和活力！"

在衡水中学老师孙爱虹的印象中，大到教职工的住房问题、青年教师的婚恋问题、教职工的健康问题，小到教师的孩子入托、火车票的购买这些家中琐事，衡水中学都有会专门的后勤人员尽力跑办。

如果说学校提供给老师成长和锻炼的机会是对老师的一种尊重，那么，珍视老师作为一个社会人而保留了自己的本真性格，也是一种尊重。对于孙爱虹老师而言，她就是这样被尊重的。

"我这个人性格单纯、直接。很多人劝我说要改改，否则工作很容易碰壁，到哪儿都会转不开。但是，我说实话、办直事的性格在衡中并没有转不开，而且我待得很舒心……当然，能来到衡中工作生活是我的幸运，因为在这里，每个人都有平等的公平的竞争机会，只要你肯努力，你付出了，都会被领导看到，并给予你肯定。衡中对人的尊重、认可，让我感到了什么叫真正的尊严。在河北师大的一次报告会上，我曾用这样一个比喻回答为什么我会留在衡中——就如我的择偶标准一样，我选的对象要爱我。言简意赅，衡中关爱每一个人，尊重每一个人。"孙爱虹老师这样说。

率真的性格很容易产生故事，孙老师一度是焦点人物。孙爱虹老师毕业后来到衡中，一时间不能适应工作，前一个月都没有上课，心情更是不好。当时张文茂还是副校长，主抓教务，负责三个年级的考试。考完试后，他通知老师们加班来录入成绩。孙爱虹口头答应了，心中暗自不服，自然也没有去。周一上班后，孙爱虹就被叫到办公室，她准备和张文茂"据理力争"……但是，出人意料的是，张文茂并没有批评她，而只说了一句话：要高调做事，低调做人，表现个性应该在你的教学上。直到现在，这句话也成了孙爱虹老师的行为准则。

"张文茂校长是学物理的，他的思维非常缜密。我们的大事小情，衣食冷暖，他总能想到、照顾到。我们不用考虑奖金啊、职称啊，等等，只要把工作干好，他都会安排好。"王琳老师深有感触，"有一次，我找张文茂校长去请假，因为身体不好要住院，他签完假条后，拿起电话就联系医生，而且千叮咛万嘱咐，让人非常感动！"

"人在教师中，教师在心中"，张文茂的职业准则，慢慢影响着衡水中学这所学校的气质：一届届集体婚礼、一张张爱心车票、一项项健康保险、一个个生日祝福，都有专人负责，让教职工感受到了家的温暖，体验到了学校对生命的珍惜，对人性的善待，对价值的尊重。

在这样一个和谐的环境中，教职工享受着教育的幸福。让管理滋润教师心灵，让精神激励教师成长。超前的管理意识，打破了沉寂的坚冰，一大批教师脱颖而出。而教师就是一所学校精神的象征。

"让教师享受教育的幸福，让学生享受幸福的教育，是教育发展的必然追求。"张文茂说，"幸福是教育的本真要求。有什么样的老师，就能教出什么样的学生。老师如果没有幸福感，品味不到教育的快乐，学生就享受不到幸福的教育。"

衡水中学的教师誓词这样写道——

我是光荣的衡中教师，我要恪守追求卓越的校训，志存高远，务实求真，团结敬业，开拓创新；用爱心托起爱心，用智慧启迪智慧，用人格塑造人格；为学生的终身幸福，为衡中的创新发展，为民族的伟大复兴，奉献终生！

教师的"磁场"产生教学的"共振"：
如何让每一位老师都全身心地投入到教育教学中

很多外地学校的参观者试图解析衡中，剖析这所学校的成功秘诀。

事实上，相当一部分高中都在学衡中的"军事化管理"，但是，没有任何一所学校能够赶上衡水中学。

原因在哪儿？

他们没有意识到更深层次的东西：教师队伍的建设和管理。

因为，正是师生共同的付出，才形成了密集的"磁场"，产生了强大的"共振"，才可能造就出傲人的高考成绩。

那么，话又说回来，衡水中学是如何做到让每一位老师都全身心地投入到教育教学中的呢？核心只有两个字：公平。

努力工作是需要回报的，这是一个简单的规则，但并不是每个单位都能遵循。

而在衡中，做到了。

在衡中，我们会看到二十多岁的高三毕业班老师，三十、四十多岁就当上中层甚至更高级别领导的老师，年纪轻轻就评上高级职称的老师更是比比皆是。这在其他学校，是很难甚至是不可能见到的。

这，恰恰源于衡水中学的管理机制，更或者说是管理理念。

这样的管理，使得衡中的老师毫无后顾之忧，他们只需要做一件事，把教育教学工作做好。有多少努力就有多少成绩，就有远超当地平均收入的工资，就有从国家级到省市各级的荣誉，就有对自己付出的认可，老师们感到了职业的自豪，感到有奔头。

老师们，累，并快乐着。

正是老师们这样的干劲，保证了学校的管理制度能够得到不折不扣的执行。这也是衡中一直被模仿，从未被超越的原因所在。

高境界做人、高标准做事、高效率工作、高品质生活，进而提高广大教师的精神素养和道德品质，这是衡水中学看重的一点。

"学校会告诉我们，应该怎样做好一名教师，应该怎样做好一个人。这是我在衡中最大的收获。"一名刚刚入职的青年教师这样说道。

的确，学校还经常对教师特别是青年教师，开展岗前专题培训、师德师风教育，让老师们时刻铭记教书育人的使命，自觉做有责任、有信仰、有良心、有道德的人。

同时，学校每年举办多项活动，在师德建设中营造比学赶帮超的局面。自2004年张文茂担任校长以来，每年都要举办师德论坛。在论坛上，老师们各抒己见，取长补短，形成了越来越明确的师德共识。在举办师德论坛的同时，开展德育创新标兵评选、十佳师德标兵评选、魅力班主任评选、杰出女教师评选、首席星级教师评选，还有最富爱心、最受欢迎、最佳仪表、最讲团结等"十最"教师评选。这些直接关涉师德建设的活动，评选标准严格，表彰更是大张旗鼓，气氛热烈。台上被表彰的老师都很激动，台下听的老师也无不感动，甚至惭愧，决心向他们看齐。十几年来，连续交叉的各种师德评选活动，都引发一次次情感的波澜，洗涤着每个教师的心灵。

"立师德，铸师魂，塑师行，育真人"，"有爱心、有雄心、有信心、有恒心、有虚心"，是衡中领导班子对青年教师提出的高标准要求。为了让他们尽快成长，学校经常开展典型引路活动。在衡中网站上，有大量的这类信息，比如首届师德标兵表彰大会暨第十一届师德论坛。会上，张文会、刘丽宁老师分别以"做一枚无悔的绿叶"、"80后教师的美丽绽放"为题，对自己的师德事迹进行了独特阐释。她们"一个也不能少，一个也不能放弃"的铮铮誓言，"假如我躺下，躺下的地方也一定是讲台"的教育情怀，深深打动了青年老师们。表彰会后，全体教师又一同观看了感动中国人物——格桑德吉的事迹短片，请特约评论员从不同视角，

敏锐、深刻地剖析了师德的价值,一些老师也就此段视频发表了自己的感言。这对青年教师是一次生动贴心的德育课。

就是这样年年持续、激情燃烧的德育氛围,让衡中全体教师严于律己,互相之间比忠诚、比责任、比奉献、比学习、比人格、比境界,进而涌现了一大批师德典范。值得一提的是,包括门卫师傅、食堂工作人员也都严格自律,获得过"工人先锋"荣誉称号。由于学校多年来融师德建设于专业提升、班级管理等常规工作之中,促进全体教师在专业知识和教学科研能力上突飞猛进,很快从一般水平跃迁到全国一流高中师资水平。许多人怀疑衡中的高升学率是靠题海战术和挤占学生时间得来的,却忽略了教师团队自身德育激发的智育奇迹。

高尚的师德,在衡中成为教师队伍安身立命的根本。

看一看郭春雨老师的荣誉簿:全国赛课一等奖、全国中小学思想道德建设优秀成果一等奖、全国爱岗敬业好青年、全国百名高中班主任之星、省政府二等功、河北省优质课二等奖、省市两级的"五四"青年奖,作为年级主任两次在高考中摘取河北省桂冠……

如此优秀的成绩,从何而来?当然是个人的勤奋努力。这样的拼搏,背后是什么呢?

"我老家在东北,刚来衡中上班时,学校就给了我充分的信任,让我当班主任,多名前辈老教师手把手教我。三年后,我在衡中结了婚。父母亲戚都在东北,来不了,是衡中替我操持的婚礼。婚车、典礼、流程、细节全都替我安排妥当,校长亲自主婚,这是多么大的幸福啊!"郭春雨感激地说。

为了报答学校的知遇之恩、培养之义、关爱之情,郭春雨在工作中刻苦认真、开拓创新,打出了一片自己的天空。

工作中,从"星光大道"到"华山论剑",从"值日班长"到"班级十最",从每周一歌到班级日志,他"出台"了一项又一项的新举措,不断挑战自我、超越困难、提升质量、推动发展。

郭春雨认为，作为一名教师，就应该像一粒火种，燃烧自己点燃别人，在星火燎原的壮美与浪漫当中去实现自己的人生价值。他非常注重对新进教师的培养，一直坚持与同事分享工作经验。他发挥自己的特长，为新进教师答疑解惑，制定规划，帮他们迅速进入角色；他上示范课、作主题报告不下几十次；他在班主任会、备课组长会上为老师们献计献策，更是已成常规。看到老师们从他这里得到一点收获和启迪，郭春雨由衷地感到高兴，看到有一项举措从他那里走出去在校园开花结果，他感到特别有成就感。

从衡中得到的东西，还要由己及人地传递给战友，这让郭春雨的人格和工作素养不断升华，成功也就是自然而成了。

万事德为首，学校教育要靠广大一线教师，建设一支爱岗敬业、开拓创新、充满魅力、学生喜爱的教师队伍是教育的需要，更是一所学校生命力之所在。教育的核心理念是以人为本，是为了每个学生的发展。为学生服务之前，学校应当把服务好教师作为学校管理的出发点和落脚点，这样才能够激发教师的强烈服务意识，让他们对学生充满爱心，对工作充满激情。

教育是群体智慧的结晶，这就像人们常说的"木桶"效应，只有抓住了群体中的每一部分，学校教育教学这只"木桶"才会真正发挥作用。真正能够调动积极性、体现人本化的就是教育评价。教师的教学活动具有精神性和人文性，带有强烈的个人色彩。然而，以往的教学评价往往注重结果，忽略过程，强调共性，漠视个性，这是因为以往的教育管理中长期盛行的是一种简单化的科学主义。新课改提倡建立多元的教师评价体系，标志着教育管理趋向人性化，要求我们在对教师的评价中更加关注教师内在的精神生长，更加注重教师教学的个性和发展。学校要通过教育评价实现教育的增值，从更高意义上讲是加快教师专业发展，提高教育效能。教师所面对的是正在成长的个体，他除了付出大部分时间与精力来

照顾学生外,还要处理许多与教学无关的事情和面对家长的要求,因此教师常常处于过度的压力之下,这就引发了教师的职业倦怠。作为学校管理者,首要的任务应该是重视教师的精神生存状态,培养教师的成就感和幸福感,让教师真正体会到"工作着是美丽的、快乐的。"

为老师服务是一种价值观的体现:
管理制度如何做到科学又严格

记者:"衡中送到清华北大的学生占了河北省名额的一半左右,这个高峰是你这个校长领导创造的。今年怎么办?"

张文茂:"今年我和高三老师学生说的是,'高峰'年年造,'唯一'届届创。我们不是攀高峰,是造高峰,衡中的校训就是追求卓越。"张文茂说,"我在衡中这么多年了,跟着学校从低谷到爬坡到高峰,一步步上来,没什么风光的感觉。我觉得仍是衡中的一个普通老师,不过顶着校长的头衔罢了。"

"你没拿这个校长当回事。"

张文茂笑了笑,说何必拿这个校长当回事。在众多的优秀老师面前,校长真不算什么。

"优秀老师多数都能当校长,中层干部也能当校长,我不就是从一个普通老师成了校长的吗?校长只有一个,大家的机遇太少,我算是被机遇赶上了。当时我当校长,是前任校长要走,他不走,我现在还是副校长。别人当了校长,可能比我干得更好。衡中的老师出去,几乎个个都有当校长的才干。所以,不要觉得我是个校长,就比别人高多少、强多少,当校长,主要还是为老师学生服务。"

"我甚至和老师们说,也不要觉得我是老师,就比学生强多少。千万不要小看这些学生。这些学生综合素质比老师强,也比我这个校长强。咱们这些学生很多要上清华北大，上名校的，他们的综合素质真的比老师强多了。看不起学生，也就当不好老师，也当不好校长。"

"你怎样做老师一样的校长？"

"用对待家人的心态对待老师。他们好了，我才高兴呢。我和老师们没有争过一分钱。高三的老师们比我们更累，所以学校的一些校级干部都跟着我吃亏呢，我们都拿平均奖。"

"不觉得亏？"

张文茂摇摇头："我觉得不亏。老师太辛苦了，我送了10年毕业班，老师的压力是非常大的，一年一个高考，年复一年的压力，日复一日的压力，没完没了的压力。不是一线的老师，不是高考的老师，你想不到高三老师的压力。上高三的课送不出去学生，送不到名牌大学，你会觉得愧对学生，愧对他们的家庭。

"从另一个角度说，你是个校长，你是个主任，你的职务本身就是一个荣誉了，也是一个福利，你再去和老师去争，一定会影响老师的积极性。如果换位思考，一线老师能当中层干部的多了，但是中层干部离开了一线岗位就不愿再教课了。"

"这是一个价值观的问题。"

"就要让老师付出和回报成正比。以前把老师比喻成蜡烛，自己燃烧了照亮别人，我觉得现在没有这样的人了，有也是个案。不同的社会造就不同的人，老师也是需要钱的，也需要高质量的生活。别人都开奔驰了，自己还骑自行车呢，老师心里肯定不平衡。衡中有现在的成绩，老师们的福利待遇其他学校是赶不上的。老师的成绩、光环、待遇，我们事事都要想到。

我跟老师经常讲四句话：要学生更要孩子，要学校更要家庭，要工作更要身体，要发展更要幸福。不是说光有工作，没有说把学校放在第一位。"

"为什么？"

"老师们很累，分不清八小时里外。我这个当校长的，一定要提醒老师注意

生活。我在大会上就公开这么讲,倡导有情有义的交往、有声有色的工作、可圈可点的业绩、有滋有味的生活。不能光讲教学、光讲工作,不然会起副作用。如果自己是衡中老师,就一个孩子,将来却连大学都上不了,岂不是很悲哀的事?"

"你是从自己多年的工作体会来讲的,你对衡水中学的管理理念有着很大的影响。"

"关心他们,信任他们,他会自发去干。强制性地去干和自动去干是不一样的。最重要的,老师也需要常人的生活,否则也不能教给学生正常的生活心态。我是从一线上来的,自然知道老师们心里是怎么想的。老师们想的,就是我们要做的。"

"你对老师们很通情达理。"

"我对中层干部很严厉,对老师很心软。我这年纪看着老师们都是小孩,其实有的都50多岁了。我当一般教师的时候要自由时间,当了校长也会充分给老师们。我几十年的体会是,当教师不能有八小时内外,也不要把他们束缚在八小时之内。学校老师的工作是弹性工作制,上午是7点50分到11点05分,下午是2点05分到5点05分。所谓的弹性工作制,就是上班的时候,一定要到。来了以后,他可以随便出入,出去买菜、买东西。没课外出,必须要打招呼,打了招呼不算请假也不扣奖金。"

"如果是请假呢?"

"一个月连续请假14天,津贴照发,但是一个月超过14天就要扣奖金了。"说到这里,张文茂笑了笑,"我还经常帮助老师们'对付'这个请假规定。比如看个病,动小手术,两周好不了,我就给他们出主意:这个月的后半月请假,下个月前半个月还请假,这样休息一个月也不用扣钱,何乐而不为啊。"

"你这样出主意,比较人性化。不像外界传说中的老师上厕所都得请假。"

"至少衡中没有。"张文茂很坦然,"还是刚才说的,我们对老师是信任式的管理。要对老师们信任，信任就是给他压力，他们就会深挖潜力，主动积极工作，不会应付，把课备好，绞尽脑汁提炼精华，挖掘自己的潜力。这是尊重老师，也是尊重教育规律。教育工作是复杂的脑力劳动，不能用上下班时间划分开。睡不着的时候，脑子还是在想工作，这才能出成绩的。只有给老师们充分的自由，他们才能积极主动地学习思考，不分八小时内外，实质性的白加黑，5+2，才能出好成绩。如果把老师们管得死死的，即使天天在学校，内心不起作用，肯定不能出成绩。

"我当了那么长时间的一线老师，当然清楚老师们需要什么，就是尊重和信任啊。"

……

学校靠什么发展？这是每一个学校管理者必须面对的问题。学校的竞争力在于内涵发展，而内涵发展的关键就是教师得到发展。关注教师的发展，是学校发展的生命线。

一所学校的教师多则几百人，少则几十人，不制定一套科学而严格的管理制度，也是管理不好的。一所学校，在制订制度前，要有全盘的考虑，全面的了解，广泛征求意见。制订的规章既要科学又要严格。此处所说的科学，就是符合本校实际，且具有可操作性；所谓严格，就是要行为规范到位，奖罚制度落实，扬抑条款分明。制度的制订是为了规范教师而不是为束缚教师。要在制度允许范围之内，留有让教师自由发展的空间。其次要达到规范的目的，不能让制度成为一纸空文，只有落实才谈得上规范，才能真正管理好教师。学校与教师间一定要约束与激励并举，服从与协调共存，求同与存异同在，这样才会彼此信任，为共同的事业而努力工作。

在衡中，有一条管理理念深入人心，那就是服务。把"管理"融化到"服务"之中，这怎是只能用"温暖"二字来形容？！

"服务就是解决师生的后顾之忧，使他们安心地工作学习；服务就是温暖师生心灵，使他们感受家一样的关怀。"张文茂说。

近几年，衡中招聘了上百位家在外地的大学生，学校责成工会为他们牵线搭桥，并先后为60余对新人举办了多届有市领导等贵宾参加的高规格的集体婚礼。这几年，学校还专门把举办集体婚礼的日子与校园开放日定在同一天，新人们得以享受来自全国各地一万多名客人的祝福……

从2009年开始，每天课间休息时，老师们还能享用到免费茶歇，水果、糕点、饮料等，这很受教职工欢迎。"事虽小，却体现着学校的关爱，简直就是'爱心盛宴'、'精神大餐'。"韩瑞老师说。

就这样，学校以提高教师的满意度为宗旨，最大限度地关心每位一线教师的情感，服务于他们的学习、生活和工作，让每个衡中人都享受到了学校发展的成果。

毋庸置疑，高中教师很紧张，压力也很大。于是，他们的心理健康问题就摆上了议事日程。著名心理学家郑日昌教授、南京师大心理学博士赵凯教授等，多次应邀到校作专题报告。心理健康周活动、心理健康测试活动、心理教育知识专题培训、心理放松室的筹建……这种情感上的关心增强了教师对学校的归属感，激发了教职工的工作潜力和奉献精神。正如信金焕老师所说："学校管理的人情化，让老师们自觉自愿地加班加点工作，大家觉得这辈子当老师很'值'！"

在衡中，老师们留给外来者的第一印象，就是终日脚步匆匆的身影、工作着并快乐着的面容。无私奉献、兢兢业业，在这些老师身上得到了最好的注解。

归属感难以用金钱来衡量：
"管理就是服务"是管理本质的回归

在衡中，老师们说，在这里有一种归属感，这幸福不是物质、金钱能带来的。

衡水中学的寓"管"于"服",让学校成为一片道德的净土,使身在其中的每一个人都能主动把个人追求放在学校发展之中。

其实,我们应该看到,"管理就是服务"是管理本质的回归。

在管理学层面认为,管理也都是对人、财、物、信息、时空的管理,也即对这些资源进行分析、利用,使这些资源得到合理有效的配置,力求以最小的资源获取最大的经济效益和社会效益。现代管理主要是指对人与人的关系和对人与财、物的关系的管理,它归根结底是指对人与人的关系的管理。在对人与人之间的关系进行管理的过程中,出于对维护秩序的需要,有一部分人就要把一部分权力交给另一部分人,而另一部分人则对自己的发展加以保护,以达到互相理解、互相支持、互相爱护。管理过程中形成的组织目标,应集中组织成员的智慧,尽可能反映组织成员的要求,这样才能激发组织成员实现组织目标的热情。这样的一种特殊关系通过何种手段实现?那就是服务。管理者接受被管理者赋予的权力,这种权力关系产生了地位的尊卑贵贱之分。管理者合理运用这种权力为被管理者服务,才能真正实现组织成员利益的最大化,为组织成员的个人发展创造条件。

管理本质是为人的自由发展服务的,管理者尊重被管理者是做到管理就是服务的必要条件,但是仅仅说如此管理就是服务,就是没有把握其实质。依据主体教育管理的观点,管理活动在产生之初也就是说管理活动的初衷,其本质是有利于人的自由发展的,这是根据"社会契约论"的观点来理解的。人们求得自由发展的机会,是为了有序而自由的生活。管理活动的本质是有利于人的自由发展,当然就要求管理对人宽松一些,因为只有这样,人才能自由发展;而管理活动的本质出现异化,管理者缺乏服务意识,官僚作风严重,对人严格限制,管理得比较狠和死,人当然就不能自由发展了。

显然,衡中的管理,已经具化出"管理"之外的效果。衡中先后出台了系列规定,要求领导围着教师转,科室围着级部转,后勤围着前勤转,老师围着学生

转，寓力量于无形，施教化于无声，努力追求和谐的人际关系、温馨的人文环境、奋发向上的精神面貌和充满激情的工作学习状态。

随着时间的推移，远离庸俗堕落，远离铜臭和低级趣味，成了教职工为人师表的底线；相互尊重，相互谅解和支持，勤政廉政，也成了领导干部的自觉行为。

"2004年与衡中签约的那一刻，我找到了梦起飞的地方；2005年来衡中工作一周年，我发现自己悄悄地爱上了她；2006年决定要在衡水安家的那一刻，我对自己说，我要嫁给衡中！"一位年轻的班主任李军燕这样表达她对衡中的感情。

这种归属感源于"家"的温暖，也源于工作价值与自我价值实现高度统一而产生的职业幸福。这种幸福感，使教学工作不再是一种谋生的"差事"，而是一种用情、用理的倾心投入与享受。

我想，衡水中学这样的管理模式和理念，根植于张文茂的管理理念之中。张文茂给衡水中学乃至全国高中教育带来的改变，是巨大的。因为，没有任何一所公立学校，会有勇气有魄力打破既有的利益格局，重新洗牌建立起一套类似于现代企业管理，但饱含人情味，"原则性与灵活性"高度统一的管理制度。

相比于年年攀升的高考成绩和无数个"第一"，这样的管理制度与这背后的管理理念成为衡水中学的最亮点，是衡水中学带给全国高中教育界的最大一笔财富。这才是教育专家们应该研究和推广的重点。

第二章　先有父母心，再做教书人

在现就职于北京航空航天大学的衡中毕业生张凤看来，这所学校给予她的是一个可以展示自己，发展自己的平台。在毕业多年之后，张凤回想起衡中，依然温暖。

"我最感谢衡中的是，它让我遇到了这么多的好老师，终身受益。这也为我现在的工作，指引了方向。"张凤说，"感激所有在高中期间，为我传道授业解惑的老师——李朝山老师、杜全来老师、李续赏老师……我想，正是有了他们的辛勤付出，才有了现在的我。"

师者，所以传道授业解惑也。

在衡中，韩愈的名篇《师说》得到了完美诠释。

而在张文茂看来，衡水中学的老师，除了要做到"传道授业解惑"之前，先要学会做学生的父母——先有父母心，再做教书人！

"教"和"育"应该并重：没有爱就没有教

教师的主要职能是教会学生学习和做人，但受教育者，尤其是高中生，由于其未成年性决定了教师的工作不同于其他工作领域，也就决定了教师不仅仅需要业务精湛，还需要真正把学生作为未成年人加以呵护和关爱，也就是说教师应"先有父母心，再做教书人。"教育家苏霍姆林斯基说："教育的全部奥妙就在于儿

童。"我国著名的教育家陶行知先生也曾说过:"捧着一颗心来,不带半根草去。"由此可见,教师的爱对学生是何其重要!师爱是一种力量、一种品质,是教育成功的秘诀。

"很多时候我们重'教',而'育'的成分少了,这是我们作为教师、班主任应该重视起来的,因为我们面对的不只是一批要考大学的学生,而是一批远离父母、正处于人生观、价值观逐步形成的孩子们。"衡水中学信金焕老师这样说。

信金焕说,她很认同"赏识的教育、尊重的教育"。因此,这些理念贯穿在她的教学与管理中。先有父母心,再做教书人,要为学生的终身幸福承担起应有的责任。父母心,就是一种爱心。这样的爱心使教师能"把整个心灵献给学生"。

刚担任高二年级班主任那年,学校举办"十八岁成人仪式"。她设计请每位家长写一封信祝福孩子长大成人。可成人仪式前夜,她突然发现3名学生没收到家长的信,一名学生的父母在内蒙古做生意,另两名孩子来自农村。怎么办?她苦思冥想,最后决定代替家长给三名学生写信,从晚上十点多一直写道凌晨两点,第二天,当3名学生拿到信后异常惊讶,感动得泪流满面。过后,他们用一张精美的信签给信金焕回了一封信:"信老师,您的信给了我们太大的惊喜和感动,我们本想收获一缕春风,而您却给了我们整个春天,我们能喊您一声'妈妈'吗?"

学生的一声"妈妈",道出了一名教师高尚的工作作风,令人敬仰的人格魅力。这一声"妈妈",让学生一辈子记住了这个为她们付出的"灵魂建筑师"。"教师",就是她们心中的"妈妈"。

当然,有"妈妈",也会有"爸爸"。

"老爸,告诉你一个好消息,我这学期拿奖学金了。"

"老爸,我刚刚当上奥运志愿者了,为我骄傲吧。"

"老爸,最近很忙吗?要注意身体呀!"

……

张括志老师经常收到这样的短信，实际上，这些都是毕业的学生发来的，"老爸"是他们对自己的班主任最亲近、最特别的称呼。

张括志性格沉稳、不苟言笑，颇有威严。但在学生眼里，他是一位心思缜密、像慈父一样的好老师。经验丰富的张括志往教室里走上一圈，学生的细微变化尽收眼底。往往不用他点名，有心事的学生就主动找他诉说。

在班主任工作中，张括志始终保持着一项好习惯。他制作了很多小卡片，全班人手一张，称作"师生连心卡"。学生们的学习问题、思想困惑、生活感悟、情绪波动，都可以写上。张括志每天要收上来浏览，或公开解答，或私下谈心，或书面回复。虽然增加了工作量，却让他走近学生的心灵。"他们就像我的孩子，而作为教师，你的爱必须比父母之爱更广博、更深厚，必须对学生的长远发展负责。"

如今在衡中，越来越多的年轻教师走上班主任岗位。他们对学生的爱、对教育事业的爱，是在和学生的亲密互动中，逐渐培养起来的。

没有爱就没有教育。只有把学生当亲人，才能付出大爱；只有付出大爱，才能把教育做到最好。衡水中学首席教师、首席班主任王文霞说，对教师而言，必须像张文茂校长说的那样"先有父母心，再做教书人"。把学生当亲人，学生也会把自己当亲人，老师的话他就愿意听，要求就愿意落实，班级就会产生强大的凝聚力。

王文霞分享了这样一个故事：我曾经教过一个学生，该生母亲自尽，父亲痴呆，兄嫂冷漠，家庭的不幸，使他失去对生活的憧憬，变得自暴自弃。于是，我一次次谈心，一点点开导，一回回安慰，一遍遍鼓励，抚慰他孤独的心灵，多次家访做他哥嫂的思想工作，唯恐自己的一点疏忽使他丧失前进的动力，帮助他考上了理想的大学。开学时，我又和同学们给他凑齐了学费，开学不到两个月他给我来了一封信，信中提到学院又要交200元钱，而他的钱不多了，不知道自己还

能坚持多久。我又给他寄去1000元,并帮助他办理了助学贷款,写信鼓励他安心学习、珍惜自己。一封封书信,一个个电话,一条条短信,鼓励他扬起自信的风帆,踏实走好人生路。几年后他顺利完成了学业,建立了家庭。说起这些事,他对我充满了感激——"老师,在我最困难的时候是你帮了我,是你转变了我的生活态度,改变了我的人生。"

这些年,她关心每个学生,给学生买药、看病,接济贫困学生衣物,点点滴滴送去的是细小的关爱和平凡的感动,使学生感觉到家的温暖,并在朝夕相处中建立起了深厚的友谊,使她收获着教育的幸福。"一直到现在,毕业多年的学生还经常向我汇报工作学习成绩,已为人父母的学生带着孩子来看我,留学国外的学生通过电子邮件保持着联系。通过特快专递收到的第一份礼物,竟是学生中秋节寄来的月饼。"说到这里,王文霞开心地笑了。

师爱无痕,大爱无疆。只有付出爱,才能拥有爱。

于宝英是生物老师,她负责学校的生物奥赛,元旦时一些孩子无法回家,于老师在家里包了好多饺子,煮好了送到教室,让孩子们吃。带学生到河南参加奥赛培训,酷暑难耐,她带孩子们去西瓜摊,自费把整个西瓜摊包下来,让孩子们吃个够。

张文茂说:"衡中的老师都会把学生当自己的孩子对待。说一件小事,冬天取暖。我们几乎每年都提前供热,防止学生感冒,一感冒就耽误学习嘛。我们都改了智能化的:凌晨1点学生睡觉时少送一点,四点多学生快起床了加强一点。学生感到暖和舒服,还节能。"

是啊,学生们作为一个个鲜活的生命体,而教师作为同样的生命体,必须用一个智慧生命开启一批人的智慧生命,用一个心灵唤醒一批人的心灵,用一种热情去温暖许多生命,这样,才能让学生体验到尊重、信任与关怀,让学生懂得什么是欣赏、合作与分享。

来自农村的尚恩垚同学说:"初到衡中,成绩很差,我很自卑。有一次,和班主任交流,也不知为什么,我忽然向老师提出'要当宿舍长',结果就当上了。由于管理得井井有条,老师多次表扬我。这虽然是件小事,但却改变了我一生。现在,我的成绩不仅名列榜首,而且还当上了副班长……"

张文茂认为,教师的爱,是学生成功的基石,也为学生的幸福人生奠定了基础。这就是师德的力量!这样一种理念的背后,没有丝毫的功利色彩,是对教育本质的一种追问。

付出"尊重"才能收获"尊重":转变说教为帮助角色

要做好学生们的"父母",赢得他们的信任,除了有爱心,老师们还要学会尊重学生、尊重孩子。

有段时间,班里几个调皮学生让班主任张华老师挺闹心。任课教师和班干部多次反映,他们在课堂上纪律涣散,不服管教。"一味批评只会让他们更抵触,需要换一种方式。"张华不动声色地酝酿着。

这天晚自习前,张华走进教室说:"各位同学,老师最近在做一项调查研究,请你们配合做一份问卷。"问卷很简单,只有几道选择题,比如"你在做作业,周围有人说闲话,你怎么办?""后排的同学无意碰了你一下,你做何反映?""有人说了一句评价你的话,你会怎么想?"学生们有些莫名其妙,但很快都完成了。

"这份问卷测试的是个人受环境影响的程度。"张华说。让大家吃惊的是,测试表明,受环境影响最大的正是那些调皮学生。"没搞错吧,他们可是混乱制造者,是他们影响别人。"一个学生质疑说。

"测试肯定是有科学道理的。"张华笑了,"要知道,行为习惯和心理素质好的学生,即便周围再吵闹也不会分心。反倒是心理不过硬、管不住自己的,稍

有风吹草动就坐不住了,是不是?""对呀,老师平时多看我两眼,我都会犯嘀咕。您要多表扬两句,我能高兴一整天。"一个调皮学生接茬说。

课间,张华把这几个学生叫过来:"对这个测试你们有何感想?"一个学生反省说:"老师,以前觉得您对我们有成见,现在明白您是为我们好。"另一个学生当即表示:"原来我们才是混乱环境的最大受害者,以后我们要相互提醒,别再闹事了。"

"这一次学生肯接受,是因为我没有摆出说教面孔,而是以帮助者的角色出现。"张华欣慰地说。做了多年班主任的他也曾走过弯路,学校的支持和引导让他认识到:尊重,对于学生的成长是多么的重要。

生物老师巩建英发现班上一名学生家境贫寒、性格内向、有些自卑。巩建英特地给她买了一双鞋,悄悄地放到她宿舍的床下,鞋内留有一张纸条,写道:"你是最棒的!老师为你加油,希望这双鞋能帮你跑得更快!"从此,该学生变得积极开朗起来。

……

多年来,尊重学生,注重与学生深层次的沟通交流,一直是衡中教师的优良作风。王辛老师深有感触:"拿批改作业这一项为例子,衡中老师批改作业不会只看结果,打个对勾或叉号就了事,而是看清每个步骤。学生做错了,原因是什么,要写出分析;做得好,要写上鼓励的话。这也是一种很好的情感交流。"

这样细致入微的教育背后,是教师超常规的额外付出。有了毫无功利的全身心投入,有了充满爱与被爱的温馨氛围,有了平等、尊重、理解、信任,外人眼里不可思议的教育成就,就是水到渠成的结果。

在衡中,好校长张文茂带动了大批好教师,把自身的道德修养放在首位,形成了一支师德高尚的教师队伍。

张文茂充分看到了师德的决定性作用,他说:"从某种程度上说,师德是第一教育力,师德就是教学质量,师德好质量就高,就能把学生教好、带好、发展好。"所以,他要求老师们在衡中这个精神家园,要比人格,比奉献,比境界;希望老师们都能有情有义地交往、有滋有味地生活、有声有色地工作,进而创造可圈可点的业绩。

在张文茂的示范下,领导班子成员严格要求自己,全体教职员工都坚守道德行为底线,不接受家长宴请、不办班有偿补课、不搓麻打牌,更不拉帮结伙、痴迷网络,远离低级趣味,远离不正之风。他们耐得住寂寞,经得住平淡,抵得住诱惑,始终保持蓬勃朝气、昂扬锐气、浩然正气,全身心投入教育教学工作中。

有教育界业内人士认为,学校的成功应该是每个学生健康向上的成长,而不是只看学生的"成果"——分数。只有注意了实施学生成长过程的优质教育,培养全面发展的人才,这才是素质的教育,也只有这样我们的教育过程才真正能让师生感受到是一种幸福。

教师个人的魅力也是一种无形的教育力:
没有任何教育力量比学生眼中的你更具震撼力

当然,"为人父母"之后,教师的教学自然是不能绕开的话题。

衡中的教学是一门艺术,老师们独特而行之有效的教学方法是最让衡中的毕业生所津津乐道的。

曾有衡中毕业生在自己的公众号内如此写道:

我上的是文科。很多人都认为,文科好学,死记硬背就成了。那真是大错特错了,如果那样的话,文科高考不如改成全国记忆大赛,北大清华坐等"复印机"就成了。

文科讲的是悟性,这样的悟性,来自对知识的系统把握。

我记得历史课进入系统复习的时候,老师教给了我们一个方法:合上课本复习。中国古代史、中国近现代史、外国近现代史一共5本书,把书放到一边,闭上眼睛,让课本内容一页一页地在脑子里过。老师说出一段课文,或者是一张配图,我们就要马上说出,在哪本书第多少页的哪个位置,并且还要复述相关知识点。

比如说,老师提到黄河中下游。我们就要首先反映出,课本上第一次出现黄河中下游的内容是在哪个历史阶段,这个历史阶段的生产力如何,社会发展存在的问题等等一些知识点。当然,这是横向知识体系,然后就是纵向知识。黄河中下游从开始到如今改道过多少次,每次改道对社会发展的影响如何?为什么中国古代生产力的突破总是出现在黄河流域?生产力发展的焦点何时从黄河沿岸转移到长江沿岸?

这样的一横一纵,就可以把整个知识架构起来。

这是衡中的厉害之处:把先进的学习方法、创新的学习理念传授给学生,帮助他们系统性的记忆知识点,并形成独立思考的能力,这是具有战略意义的。

从这段话中,我们不难看出,让教学成为艺术,让学习成为乐趣,是衡中教师共同追求的境界。

为此,学校提出了"让学生变被动为主动,变配角为主角,变受众为主体"的教学要求。为追求这种效果,教师们把自己的每一节课、每一次活动,都像设计一件艺术作品一样去设计,创造出灵活多样的、别出心裁的教学方法。

一位语文老师在进行广告设计思路训练时,是这样设计教学情境的:美国科罗拉多高原一果农生产的苹果已与供销商签订了供销合同,但就在丰收在望之际,一场冰雹打得苹果遍体鳞伤,陷入困境的果农不得不找广告商做广告促销。问,假如你是广告商,如何进行广告创意?请你为这一可怜的果农设计广告,保证让苹果以高价钱卖出去。问题一出，一石激起千层浪，所有的学生无不参与讨论，主动发言。学生们从医学、保健、营养、环保、心理学、美学等不同角度大胆创意，其中有的学生与美国广告商的创意如出一辙，更有一些学生的创意比美国广告商的创意更独特、更新颖。不难理解，在这堂训练课中，从不同角度进行创意的学生，把广告知识、语言技巧与医学、保健、营养、环保、心理学、美学等知识进行了重新组合，这样，他们不但把握了广告的真谛，进而把握了"作文"的真谛——以自己的文章抒发自己的观点，去影响别人、感染别人；其他老师也都积极通过多种形式创造教学情境，变灌输为启发、变教会为学会、变学会为会学，让学生真正成为课堂的主人；有的老师结合不同班级的特点，不断变换教学方法，点燃学生追求知识的热情；有的老师根据课文内容，组织学生排演短剧，让学生在参与中成长，在表演中发展，素质得到全面提高；有的老师则安排学生轮流上讲台当老师，锻炼学生们的逻辑思维能力和口头表达能力……

让学生能动口的动口，能动手的动手，能实践的实践；课堂内外结合、台上台下结合、校内校外结合、理论与实践结合。这样的教学模式，激发起每一个学生的学习兴趣，使学生在课堂上始终处于一种最佳心理状态。

如果说，教学是一种艺术的话，那么教师个人的魅力也是一种无形的教育力。

很多同学在衡中学习时，都非常喜欢张贵安老师。究其原因，除了高水平的教学与管理能力，最重要的一条便是：他具有人格上的魅力。

"直到现在说起张老师，也是心里暖暖的。"聚会时，不少同学仍对张老师心存感激。

一位教育家曾说：没有任何教育力量比学生眼中的你更具有震撼力。

一位来自安徽的老师在参观衡中后感慨地说："两次走进衡中，所见所闻，使我深深地为生活在这里的孩子们感到幸运，因为他们在人的精神成长最需要获得支撑的时期，能够与那些对自己而言最具积极影响力的'重要他人'相遇相伴，

在'身边人'那里,最深切地感受什么是人之魅力。"

对于学生们来说,李军燕老师就是这样一个充满魅力的"重要他人"。上班第一年,李军燕接手了全年级最令人头疼的284班。为了把学生的心灵凝聚起来,李军燕动起了脑子。正在此时,学校举办了一场"班级大比拼"比赛,其中一项是班主任才艺比赛。对方的班主任是校园歌星,可李军燕吹拉弹唱样样不通,怎么办?要强的她最后找来了一段长达600多字的绕口令,苦练、苦练、再苦练,生把它背得滚瓜烂熟,最终赢了个漂漂亮亮!"打那儿以后,我在学生心目中的形象迅速从一米五八上升到一米八五,我的名言'事儿都是人干的'也在学生心里安营扎寨了!"李老师自豪地说。运动会上,她又报了4×100米接力,准备大显身手,可临上阵鞋带断了,她索性光着脚冲上跑道。284班再次沸腾了!第二天,班上的黑板报更换成一幅漫画——一双飞奔的赤脚。她不惜一切代价争取胜利的精神点燃了学生心中尘封已久的自信与追求,她用行动告诫学生:没有胜利就没有生存!学生给她的评语是:"您为我们主演了一部电影,叫'执著'。您从不放弃一个学生,我们也不会放弃一个机会。跟着您,没白学一回!"

一位已毕业的学生给李军燕写信说:"老师,我想把您当做牧师——我的牧师!无论是仪表、品位,还是气质、内涵,您在我心中都是完美无缺的!"在衡中,这样的"牧师"不止一二。

每个清晨,每个班的班主任老师都坚持准时起床,和学生一起跑早操;课堂上,他们与学生一起研究、共同探讨;体育活动中,他们又融入学生中间,与学生笑在一起,玩在一起……

"老师用行动来做一种示范,来发挥一种鼓舞和引领的作用,这是无法用会议和语言替代的。"校长张文茂说。的确,学生们因老师们的参与,精神更加高涨,状态更加饱满,显示出了各个班级的风采。

在衡中,每位教师胸中都燃烧着火一样的激情:王洪旺老师遭遇车祸腿脚受伤，没误一天课；有的教师生病了，仍一手输着液，另一只手拿着课本备课……在衡中，每天都在发生着这样可歌可泣的动人故事。

教师以身作则，做好表率，才能对学生产生潜移默化的教育效果。教师能精神饱满地上每一堂课，学生才更容易以饱满的热情来听好每一堂课。用自己的激情唤起学生的激情，从而让教学取得更好的效果。教师在平时的生活中说到做到，时间长了就会产生人格魅力，就会赢得学生的信服，学生以之为榜样时，也会说到做到。这无形中就是对人的最好的培养。

很多衡中毕业的学生，每每想起老师们，就是只有"感动"两个字。"不在工作上干出点成绩，怎么回去见'老班'呢！"如今已走上工作岗位的很多同学都这样说。

张文茂说，我们希望从衡中走出来的学生，要志向高远，目标明晰，意志坚强，全面发展。所以在学校期间，我们就鼓励学生在努力学习科学文化知识的同时，要敢于在某个学科、某个领域冒尖。在平时的教育教学过程中，老师坚持面向全体和全面提高的原则，做到全面兼顾而又各有侧重，在全体学生都达到国家规定的基本要求的前提下，充分发展学生个性，因材施教，因人训练，使一批学生有特长。

多给孩子一条人生道路：多一门选修课就是多一种未来

张文茂认为，一所学校之所以著名或者具有影响力，很大程度上是因为它培养出了一大批出类拔萃和富有鲜明特色的人才。21世纪是发展个性的世纪，没有个性，就没有创造性，保护和张扬个性是培养创新性人才的必由之路，衡水中学必须尊重学生：尊重他们的兴趣、独有的学习理念、自己对人生的规划。

"以学生的发展为本"是衡水中学的办学理念，"培育复合型创新人才"是

衡中的育人目标。围绕学校的办学理念和育人目标，学校根据学生的个性差异、基础和能力差异，从学生实际出发，以前瞻性定位和超前性实践，探索开设了多种课程模式，如科学实验班、人文实验班、学科奥赛班、中新国际班、播音主持班以及音乐班、美术班、体育班、航空班等，各有侧重，因材施教，尊重个性，激发兴趣，给学生们搭设了个性发展的立交桥，一套具有衡中特色的新课程体系正在逐步形成。

衡水中学站在时代发展的战略高度，大力探索普通高中特色办学之路，努力改变学校育人的"行走轨迹"，积极拓宽多样化人才培养途径，着力促进学生的多元化发展，满足了不同潜质学生的发展需求，使原来单一的育人模式发生了根本性改变。

为切实满足学生们的学习兴趣和欲望，促进学生的全面发展和个性发展，衡中创造性的开设了六大类100多门校本课程，如青春成长类的《学生职业规划》、《我的青春我做主》等，科技探究类的《Mathematica软件与数学》、《算法与程序设计》等，地方特色类的《内画制作与欣赏》、《走近衡水老白干》等，其中很多课均有100余名学生选修。同时，这些选修课全部实行了"走班制"，学生流动上课，自选感兴趣的教师和课程，心情更加愉悦，学习兴趣更加浓厚，学习欲望更加强烈。丰富多彩的校本课程，不仅让学生学到了感兴趣的知识，拓展了视野，张扬了个性，而且也让学生们的高中生活更加充实、更加多彩。

一所以学习成绩、高考分数而引人关注的学校，为什么要设立这些"选修课"呢？

张文茂给出了答案：选择一种课程，就是选择一种未来。课程越是个人"选择"的，越显现出"个性"，其潜质就越能释放出来。实践证明，给不同潜能学生多一种选择，就多给了一个脱颖而出的机会，多给了一个不一样的未来。

这几年，学生的很多创意都得到了实践，而且部分成果还在各级各类比赛获了奖，如衡水湖生态考察队成员的活动成果《走入衡水湖，探索湿地奥秘》获全国青少年科技创新大赛十佳科技活动奖、DV作品《衡水湖部分水域不冻之谜》获首届全国青少年科学影像节展评一等奖……

在衡水中学2014届毕业生主剑政的一篇文章中，回忆了自己在衡中足球队的经历。他这样写道：在我毕业的三年里，衡中足球也取得了骄人的战绩，男足拿下了全国及省内7项荣誉，衡中女足也顺利成立并飞速发展。现在，衡中男足已有40余人，女足17人。我们的曹树伟教练也成了河北省校园足球的知名教练，并受邀参加了"2016京津冀鲁校园足球发展论坛"并作重要发言。

这三年也是衡中足球人才辈出的三年：5个国家一级运动员，2人入选"2015年全国青少年校园足球夏令营"的最佳阵容，还有欧亚校园足球促进会颁发的"最佳射手"徐湘婷和"最佳守门员"东方立夫……小小年纪就有如此高的成就，真是让我们这些"老前辈"望尘莫及，自愧不如。同时也不由得感慨"江山代有才人出，各领风骚数百年"。

衡中校园足球的发展就是中国校园足球发展的一个缩影，前人栽树，后人乘凉。我们在2012年播撒下的种子也终于在我们离开之后生根发芽，破土而出。凡事都要有先驱者，只有不断尝试才能摸索出一条正确的道路供后人畅行。桃李不言，下自成蹊。只有真心诚意地搞好校园足球才会吸引更多的人关注甚至参与进来。衡中校园足球的发展一直在路上。走过了曾经迷茫的昨天，经历着现在美好的今天，畅想着未来辉煌的明天。衡中足球的未来全在这些年轻人的身上，更在我们所有衡中人身上，追求卓越，任重道远！

……

一个小小的足球，让衡水中学学生们的生活和学习有了别样的精彩。但是在这小小足球的背后，却映射着衡水中学一种独有的办学理念和"一切为了学生的未来"的价值观。

衡中十年

衡水中学自主管理志愿者协会的成立,也是激励学生产生想法的一个高招。对于学生平时的常规管理,学校精心挑选出一些学生可独立去做,或是由教师指导可以做的事情,直接提供给该社团,由学生中的自主管理志愿者去落实。这样,就改变了过去硬性摊派任务的方法,转而代之的是给学生提供自主管理的机会,让学生自主选择、自我服务和教育,因人而管,因材施方,学生的很多想法在校园里开了花、结了果。这一做法,不仅减轻了管理者的负担,而且创造了帮助学生寻找想法的条件,使其别出心裁、富有创意地去完成任务,更好地实现学校的育人目标。

"没有不好,只有不同"。衡水中学的多元化特色办学,让学生们有了很多选择的机会,也让学生的个性有了张扬的舞台,这是符合教育规律的,更是适合未来社会的。在这块承认差异、充满包容的天地中,学生的想象力和创造力不但没有被抹杀,反而放射出更加强烈的光芒。

还是那句话"先有父母心,再做教书人",衡中教师不仅教给了学生渊博的知识,也在潜移默化中影响了学生的价值取向,让每一个学生都懂得了如何做人。泰戈尔曾说:"不是锤的打击,而是水的载歌载舞,使鹅卵石臻于完美。"教育之职,育人之事,绝不能像暴风骤雨,更不能如山洪暴发,而应有父母爱子之心。怀揣着这种心态,教书育人才能直达学生内心深处。

在清晨的第一缕曙光中,在渐深的夜晚,处处可见衡中老师忙碌的身影,时时可寻老师勤奋耕耘的足迹。他们以无私无畏的奉献,拨动了学生心灵的琴弦,点燃了学生希望的火炬。

可以说,"先有父母心,再做教书人",体现着衡水中学的一种责任感,一种价值观。正如张文茂在《以终生难忘的教育培养和谐的人》中写道:爱因斯坦曾说过:"学校应该永远以此为目标——学生离开学校时是一个和谐的人,而不是一个专家。"因此,作为一所追求高水平办学的中学,河北衡水中学始终以培养和谐发展的人为己任，让学生在终身受益的教育中成长。我们认为，"和谐"体现为以学生发展为本、彻底解放学生、调动学生的积极性、激发学生的创造性、促进学生的全面发展等一系列理念，将这些理念贯彻在学校教育的每一个环节，是我们在实践中始终强调并不断完善的。

第三章 不悔梦归处,只恨太匆匆

衡中是我的家:让毕业生绝不后悔曾在衡中就读的奥秘

在网络上很有名气的衡水中学毕业生全十一妹在她的文章《高中班主任楠姐——我认定的证婚人》中,有这样的描述:

我在衡中三年先后有五位班主任。楠姐,也就是张楠老师是我的第二任班主任,从 2003 年 10 月到 2004 年 1 月。

……

我对楠姐的感激,也算是对衡中所有老师的感激。在过去的学习生涯中,我习惯了作为优秀生而受到老师的各种照顾,也习惯了看到那些调皮捣蛋不学习的学生被老师各种忽略和鄙视;而在衡中,我作为差生却受到了老师更多的关爱。在衡中,没有差生的概念,没有一个让老师放弃的学生。衡中老师工作的重点从来不是维持班级秩序,而是平稳全班每个学生的学习状态。楠姐有一个标志性的动作,那就是抚摸学生的头,她个头小,年龄小,却爱做这个老式的动作,很滑稽,但我在被楠姐摸头时还是感到特别温暖、幸福。

……

我们是楠姐大学毕业后的第一届学生,我们算是一代人,从某种程度上来说,楠姐和我们一样稚嫩，和我们一起在成长。渐渐地，我的新班集体有了属于自己的文化，我们跟楠姐也逐渐建立了感情。我对衡中其他老师是师生情，而对楠姐，是姐妹情。

有一种教育叫赏识，有一种交流叫平等，有一种管理叫陪伴。像朋友一样赏识自己的学生，站在一边为其鼓掌，为其喝彩，陪伴他们成长，在衡中的老师们看来，这是一种幸福。

曾经有人说，衡水中学的纪律很严格，但当有媒体采访衡水中学的毕业生时，几乎99%的孩子都表示，如果让他们再做选择，还会去衡水中学。

为什么这些毕业生还要"不后悔"地再次选择这里？

因为，这是他们的家。

2013年从衡中毕业进入吉林大学学习的赵彬翰，这样评价自己的"家"：

我在冬日星迹斑斑的清晨里沉迷于诗词古文的海洋中，三年未见过朝阳顶着鱼肚白撕开月亮的模样。我在炎炎夏日的树荫下两耳不闻窗外事，阳光透过纱窗如一滩松软的蜂蜜铺在我的后颈上和我刚刚画好的海岸线和洋流上，辜负了蝉十七年只为今朝的奏乐。我在衡中三年春夏秋冬，每日早睡早起，争分夺秒的学习和生活就是我最充实的高中生活。

所以，衡中送给每一届学生的生活学习的时间安排，是对我们最好的高中礼物。我们在三年里养成的早睡早起的习惯，让我们学会把有限的时间如何变长；锻炼身体、作画唱歌一个不得耽误；每天午睡，劳逸结合，才不生病。衡中的时间安排给了我像是来自家庭的关爱和严格，还有教会我自律和自生。如果外人说我的学校是机器化的管理，那么我只能告诉别人，我在其他人打游戏的时候用来午睡准备下午的体育课更有精神，拿着我平时当课堂练习写的英语作文去参加英

语角的比赛,我在其他人在商场里追逐新的潮流时,和同学们看着每日必放的新闻联播暗自念念局势发展。

衡中为我们合理安排的时间就是让我们如何高效率的学习,而高效率的学习背后让我养成了有所求,有所不求,无杂念地做一件事的态度。我爱衡中,如果时光倒流,我愿再上一次。

我曾经无数次的感恩在衡中的这三年,感恩在衡中一次又一次的磨练,感恩衡中老师给我的关爱与教育,感恩一个又一个衡中人的陪伴与帮助。我怀念的,不是那些试卷考试作业本,而是那里曾经的人和事。

……

精神的力量最具征服力:为何成人礼被看得如此之重

走在去往衡中的那条东西向的长长甬路上,往北看,便是满满一墙当年考入清华、北大等重点大学的学生照片。昂扬的朝气、自信的笑容,把人的心都照亮了。

翻开衡中校友册:工程师、教育家、研究员……

衡中,就像一座摇篮,一只只雏鹰从这里起飞,在辽阔的天空翱翔。

在衡中的校园网上,笔者看到一位学生充满感情的话语:衡中的每一天都是幸福的,每天都能进步,每天都很丰富,不会枯燥和烦闷,只有充实与快乐。我们就像幼苗,饱吸水分,一天天茁壮成长起来……

张文茂说:"高中教学的重要任务是发展学生思维。只有真正抓住学生,抓住学生的思维,把握住其学习脉搏,问题摸准了,在给学生分析时就有了针对性,点中学生的痛处,才会有帮助。"

然而学生的痛处,往往隐藏在思维的深处。能否找到痛处,从而把学生带出思维的迷宫,直接关系到教学的质量。

生物老师巩建英分享了这样一个故事：曾经有一个叫刘冰的学生，其他学科都很好，唯独生物，令他头疼不已。拿"减数分裂"这个内容来说，过程复杂，但教材内容却讲得很简单，仅有几个图示，这让刘冰望而却步，一时对生物产生了恐惧，甚至丧失了学习的信心。

满脸愁容的他最后只能向巩建英求援。听完刘冰苦恼的诉说，巩老师也开始思考应对的策略。交谈中一个小小的细节被巩老师敏锐地捕捉到：老师的备课区，摆放着许多同学们平时上课自制的染色体模型，刘冰的眼神告诉自己，他对这些模型显然很感兴趣。

巩建英灵机一动，心中立即有了主意：何不让刘冰也亲手做一做染色体模型，或许这个具体的感知过程会对刘冰有所帮助。刘冰欣然接受了建议。

第二天的生物课上，站到讲台上的刘冰，在同伴的配合下，把自己做的染色体模型分解、组装，一步步地演示给同学们看。完全不一样的学习体验，让刘冰醍醐灌顶。

正是这种"引导"性的教学方式，打开了学生的思维空间，让他们能举一反三，能"一点就通"甚至"无师自通"，这不仅使他们在考场上游刃有余，在日常生活中更能活学活用。

听着那激昂澎湃的誓词，看着那坚定认真的面容，我们每个人都在享受那五分钟的感动。未曾听见你对被侵占时间的抱怨，看见的却是你努力背稿的身影；未曾看见你脸上有过一丝的疲惫，听到的是你沙哑的嗓音。走在高二的路上，踏在新学期的边缘，有汗水也有收获，有坎坷也有辉煌。也只有你，能在这个危急时刻呐喊，将我们唤醒；也只有你，能用自己的实际行动，告诉我们什么叫真爱，什么叫忠心，什么叫期望，什么叫祝福。他就是呐喊之星——440班的李亚男同学。

……

打开衡水中学网站,在"德育之星"板块里,有一块专门展示由学生评选的"校园之星"的平台。在这里,有"学习之星"、"勤奋之星"、"坚持之星"、"体委之星"等众多"星星"。这些"明星"成为校园里最亮的"风景"。而"校园之星"评选活动,只是衡中众多德育活动中的一项,其他如"十大学星"、"十佳班长"评比等,都已成为学校品牌性的常规活动。

教育大计,归根结底是为国家、社会提供有用的人才;而决定学生长久发展的,除了来自课堂和书本的有限知识外,还有从更广阔的空间中获取的情感、态度、能力和价值观。这些正是学生终生不可或缺的。

为此,衡中将德育工作放在了非常突出的位置,每年都组织开展多达60多项的丰富多彩的活动,其中,18岁成人礼活动、80华里远足、高一新生军训等,成为学校的品牌活动。常规德育工作上,他们主张把发展自主权交给学生,无论学习多紧张,每周一节的时政课、每周一次的班会课、每周一节交叉进行的团活动、德育活动课,每周两节的读书看报时间都是雷打不动的,它在潜移默化中影响着学生的思想和行为。

同时,学校多年来始终坚持每天让学生收看时政新闻,并把其作为一项常规工作切实抓好、抓紧、抓实,让学生由此了解社会、感知社会,进而完全融入社会,真真切切走进时代。就这样,学校坚持以学生发展为本的办学理念,从科技创新大赛到特长生培养,从奥赛活动到社团园地,各种课余活动的开展,使素质教育的理念得以融入学生血脉,内化为他们的品格和习惯。

一位毕业生在给王文霞老师的信中自豪地说:"您知道吗,在北大未名湖畔,每天早晨6点多,都有一群学生自动地组织在一起跑操,然后晨读。这成为未名湖畔一道亮丽的风景,这都是咱衡中的学生!"

是啊,不管孩子们走了多远、飞了多高,学校、老师都会成为他一生成长中最深厚的"根"。衡中已融入学生的血肉,成为他们终生受用的一笔精神财富。

是泥土，可以烧成砖瓦；是铁矿，可以百炼成钢；是金子，就应放出光彩。衡水中学独特的育人理念与方式，正在让每一颗金子闪闪发光。

每逢周一上午7时，全校学生和老师就会身着校服列成方阵，集结在运动场上，举行升国旗仪式。高高的主席台上，学生代表高声朗诵升旗献词：迎着东方那片红，一面血染的风采缓缓升起。迎着风雨，你飒爽的英姿昭示出中华民族的风采；透过朝阳，你矫健的身影飘过华夏大地；看，无数中华儿女向你敬礼；听，亿万龙的传人为你高歌……国旗下让我们庄严宣誓：为中华之崛起而读书！

"为中华之崛起而读书！"几千个喉咙里发出的声音，声震九天。

每天上午10时许，在衡中的校园里你都会看到这样的场面：学生们正在跑步，那步调一致的仿佛像是一个人，颇像一支训练有素的军队，气势昂扬；跑步的步调声撞击着人们的心扉，队伍中的男孩和女孩们精神百倍，扯开嗓子尽力地、忘情地喊着口号，铿锵激昂，"脚踏实地、团结一心、顽强拼搏、振兴中华，一、二、三、四！""自尊自爱、自立自强、众志成城、共创辉煌！"整个校园成了一片沸腾的海洋……

最难以让人忘怀的，是衡中一年一度的"成人礼"。

为什么把"成人礼"看得如此之重？衡水中学副校长王建勇这样说：学校教育的一切细节，都应具有育人的力量。在活动过程中，学校挖掘一切教育资源，利用一切教育契机，放大德育细节，聚焦活动过程，力求让每一个活动环节都能凸显教育意图，每一个教育细节都能发挥教育功能。

的确，成人礼意味着一种责任、一种承担，更意味着自己用青春写就人生绚丽的华章。走过成人礼，学生们的双肩上，就重重地落下了"责任"二字。

就拿成人活动月的重头好戏——成人宣誓仪式来说，活动在隆重的奏唱国歌声中开始，伴着《圣洁的时刻》的优美乐曲，学生们依次踏上红地毯，冠带成人帽，行过拜谢礼，和家长牵手迈过成人门，踏上成才路。无论是会场内的"十八

岁生日快乐"的横幅、铿锵有力的誓词、师长准备的蛋糕和蜡烛,还是活动中出现的成人纪念章、汉服、成人帽等,都让学生置身于精心营造的庄严神圣、温馨感人的氛围中,给了学生一种强烈的心理暗示,全面调动了学生的感觉和思维器官,使之对教育内容发生兴趣、产生共鸣,学生、家长人人都成为作用和被作用者,相互影响,相互感染,共同强化,学生心中潜在的爱国、担当、感恩情感得到不断升腾。

"成人礼活动的仪式感和庄严感,让孩子迈过成人门时,油然而生地感觉到自己成人了,当他们迈过成人门的那一刻也就意味着,遵从习近平总书记的教导,扣好了人生的第一粒扣子。"江苏省教育学会副会长叶水涛说。

一位家长说:"冠戴成人帽是成人礼中最重要的环节,各级领导、家长和老师代表庄严肃穆地为孩子们冠戴成人帽,给予孩子们最美好的祝福和期待。孩子们向家长、老师深鞠一躬,感谢师长的无私付出和倾心培养。看到这一幕,不少家长都落下了激动的泪水。"

一位家长则在参加成人礼的感想中这样写道:"在参加这次活动之前,我能想象的仅仅是对孩子们的祝福与嘱托。但是没想到学校把成人礼仪式举办得庄严而神圣、隆重而热烈。鼓乐队的嘹亮号角、铿锵鼓声,国旗班的矫健步伐、飒爽英姿,尤其是那十八响礼炮响彻云霄,领导的祝福沁人心脾,每个环节都激荡着我心,处于18岁人生关键转折点的青年们怎能不心潮澎湃、思绪万千?"

另外,宣誓仪式上,学校还特意安排了亲子互读信件环节。伴着歌曲《母亲》的感人旋律,家长和学生认真阅读为彼此写下的文字,感受着平时从未表达过的"心里话"。

"孩子,爸妈内心是矛盾的,一方面时刻盼着你长大成才,好去搏击长空、纵横四海,但是我们内心又何尝不想让你永远长不大,永远做我们可爱的小宝贝,请原谅父母的'小自私'。孩子！今天的你已健康平安，长大成人，爸妈希望你未来的人生越来越精彩。"

"爸妈，人总有18岁，但是没人永远18岁，我已经长大了，感谢你们的养育之恩，成长的道路上我不曾孤单，美好的未来我一定奋力开创，努力成为你们的骄傲。"

父母和孩子的字里行间洋溢出浓浓爱意和暖暖真情。整个仪式现场静极了，很快，一些父母和孩子的眼红了，有的甚至开始啜泣，哭出声音来。这时，父亲放下平日的威严，张开宽广的臂膀，母亲擦干婆娑的泪眼，伸出操劳的双手，孩子哽咽着扑向父母双亲，此刻亲子互拥、亲情交融，父母的无私大爱和殷切期待，孩子的成长成熟和感恩责任，通过心与心的沟通和感知，深深埋在了彼此内心深处，永远定格在了这一难忘的时刻。

在随后举办的成人宣誓主题班会上，孩子们情不自禁地向父母、同学和老师吐露着自己的内心感受。

《华夏教师》杂志社总编钱卫先生曾评价，衡中的成人礼，尤其在互换信件环节，从形式到内容都是那么丰富真实，在场的父母、学生、老师、校长无不流下了感动的泪水，太震撼、太感人了。

就是这样一个个小细节、小环节的安排，不仅使整个活动环环相扣、新颖别致，更使浓浓的亲情和感恩之情相互交织，形成了相互沟通、相互理解的氛围。由此，活动成了一道道德盛宴，过程触动了学生的情感绿洲，体验开启了学生的心灵世界，学生们学会了感动，学会了珍惜，学会了做人。

为学生打下灵魂的烙印：
成功的教育是"受益"才能"终生"

人之初，性本善。对于孩子本身所拥有的善良、正义乃至荣誉感，我们必须通过长期的反复熏陶与激励，才能促使其形成文明的行为，并逐步内化为自身的道德素质。

张文茂在工作中，有这样一个感触：初来衡中读书的学生，往往会在学习目的上有些偏斜，以为进了衡中，就等于进了名校，将来就有好的前程。"衡中要让学生学会独立思考，学会沟通交流，认识社会。殊不知，如果没有祖国的发展、强大，个人的本领再大也难以充分发挥作用，更难以立于世界民族之林。具有远大的抱负和坚韧的毅力，将来才能担当社会重任、实现远大理想。欲安其家，必先安于国。具有家国情怀，正是谋求自己永久利益和最大幸福的根本。一个人格健全的学生，对国家的前途和自己未来的生活充满信心和希望，对学习有强烈的求知欲，深知今天的拼搏努力，正是在为将来投身祖国的建设积累知识和本领。我们在学校德育中始终强化这种认识，让家国概念在学生的心灵打下深刻烙印，这自然也就成为家国情怀的情感基础，其学习生活也就获得了更加持久的精神动力。"他这样说。

因此，衡中提出以家国情怀养正学生的人格品行，其核心问题是解决学校培养的学生，应该成为怎样的一个人，而这是对来衡水中学读书的每一个学生最本质的培养。"天下兴亡，匹夫有责"，国家的兴衰是和每一个中国人的命运连在一起的。张文茂认为，爱国主义和民族自豪感历来不是虚无的东西，一个不孝敬父母，不热爱自己的故乡，不热爱家乡父老乡亲的人，不热爱自己国家的人，他的身上必定就缺少了立足的根基和前行的动力。

"如今，回过头来重新审视我们的工作，我发现仍有很多不足，有很多地方做得还不是很到位。其实，育人是一项系统的长期的复杂的工程，甚至可以说是终身的工程，由于受各种条件限制，德育工作不可能完美，甚至可以说是一项充满遗憾的事业，不管我们想得多细致，工作做得多到位，措施制定得多有力，总会有些不尽如人意的地方。但正是因为如此，我们的工作才更富有意义，因为，尽管我们不可能做到最完美，但我们可以通过努力使之更完美。"张文茂这样说。

十年树木，百年树人。健全和独立人格的形成，绝非朝夕之间的易事。罗曼·罗兰曾说过："唯一有说服力的教材是榜样的教材。生活比学校更能提供这种教材。"教育工作不同于其他行业，对学生的教育不仅仅是一天两天、三年两年的事，而应该是一辈子的事：富有成效的教学，充满激情的活动，生活化的举措，让学生在活动中、在实践中感悟做人的道理，形成良好的行为习惯和优秀的人格品质，在灵魂受到强烈震撼的同时，受到足以影响其一生的教育，从而做一个品德高尚的、有理想的、有追求的、负责任的、爱国的、明理的、正直的、诚信的大写的人。

张文茂所说的"给学生终身受益的教育"，怎么做？衡水中学的经验告诉我们，教育是要触及学生的心灵，要让学生有切身的体验，有发自内心的感悟。教育对于学生而言便是如斯宾塞所说是要"养成一种德行"。从教师到学生都要朝着毛泽东同志所教导的"一个高尚的人、一个纯粹的人、一个有道德的人、一个脱离了低级趣味的人、一个有益于人民的人"这一方向努力。让学校的所有活动都体现教育性，构建一种全新的校园文化空间。学校教育既要教给学生、引导学生学习一生管用的知识，培育他们终生有益的方法习惯，又要能真正培育一种德行，完善一种人格，而这些都必须诉诸教师的言教身带，诉诸学校文化潜移默化的影响。只有达到这样的境界，教育才能称之为成功，"受益"且"终生"正是追求一种深刻而本质的境界。

校园应成为激情燃烧的乐园。这是很鼓舞人心的口号，也是高擎生命火炬的口号。人不仅有理性，还有激情。西方哲学家叔本华认为理性是照亮人前进道路

的明灯，但是它不能叫人行动；感情是驱动人前进的动力，但是它是瞎子，没有方向。所以需要的是，在一种理念的引领下有饱含激情的行动。当师生都有激情，激情又相互感染、互相激励，它唤醒沉睡的心灵，它包含着成长的力量。

在衡中，教育者的情感、态度和行动，给了学生成长的力量和方向。

这个夏天，又一批学生离开了衡中，临别时诉说着对母校的眷恋：

"衡中的精神散发在校园每一个角落，无时无刻不影响着我，与我终身相伴。"

"在衡中学到的知识是次要的，高考仅仅是一项'副产品'，最重要的是，它一点一滴地教会了我做人。"

"当初觉得衡中生活太苦太累，不想来，但如今这里已成为生命中难忘的印记。"

"选择衡中，就选择了一条追求卓越的路。师恩在左，友爱在右，激情将永远伴随我前进的路！"

……

何为终生难忘的教育？何为教育的耕耘？衡水中学2014届毕业生，现就读于中国人民大学的胡小鹄给出了答案：不悔梦归处，只恨太匆匆。衡中让我懂得，在声色犬马中耐得住寂寞，在别人不屑或者怀疑的目光中坚持，面对难以逾越的困难险阻而不退缩，这才是真正的天赋。

怎样内外合作

和谐篇

"衡中不是攀高峰的学校,是创造高峰的学校"

张文茂语录:衡水中学人才的培养目标,就是要通过创建人文化、品牌化、国际化特色学校,培养具有中国心、世界眼、现代脑的复合型人才。

在中国传统文化中,"和谐"思想具有非常丰富的内容,在不同的历史时期、不同的派别及不同的思想层面中都有不同的解读。

早期儒家强调"君臣父子"的等级关系,追求社会秩序上的和谐;老庄道家思想主张回归自然,和谐是消除社会及人为的差别,汉儒董仲舒提出社会与自然同源的思想,认为和谐就是通过天人感应以达到的合一,宋明理学以"理"统摄一切,认为合"理"便是和谐。儒家着重于道德伦理,强调的是人与社会的和谐;道家着重于自然状态,强调的是人与自然的和谐;佛教着重于内心的领悟,强调的是人自身精神的和谐。

天人合一观在西汉被董仲舒系统化、理论化,认为人要效法上天,顺应自然,与自然融为一体,以保天长地久。天人合一,强调人与自然的和谐。

随着中华文化的发展,和谐概念不断获得了丰富的内涵。"和谐"与一切美

好的东西紧密相连，如和平、和睦、和气、和善、和美、和乐、祥和、柔和、温和、亲和等等，由此"和谐"被视为中国文化的审美理想和至高境界。《中庸》说："喜怒哀乐之未发，谓之中；发而皆中节，谓之和。中也者，天下之大本也；和也者，天下之达道也。致中和，天地位焉，万物育焉。"这里的"中"是自然人的状态，而"和"是社会人之符合礼仪法度从容自然的理想状态，就是人们追求的和谐状态。

和谐思想要求人们坚持和谐的原则，就是说，要承认事物的多样性、差异性，甚至是矛盾性。人们不能用整齐划一的、绝对化的思想看待事物。要正确认识事物，正确分析和解决问题，必须坚持"和而不同"的原则。

这十年来，从狭义上讲，和谐与不和谐的声音始终围绕着衡水中学。高升学率与高考工厂、精细管理与魔鬼式管理、教育高地与超级黑洞、素质教育与应试教育等等争议的声音不绝于耳。

争议的意义在于，会把真理越辩越明。

所以我们会看到，争议双方的观点都被挂在了衡水中学的官方网站上。张文茂校长在接受采访或讲话时，也从不回避对衡水中学的争议。

这样一份宽容，体现的正是衡水中学的自信与从容。

但我们如果从广义上来看，衡水中学现象的出现，衡水中学模式的形成，以及衡水中学经验的推广，实际上正是衡水中学对中国当前教育模式的一种探索。这种探索的成功与否，需要时间去检验。但探索过程中取得的成绩，无疑也是更高层面和谐发展的结果。

这种高层面的和谐，体现在衡水中学素质教育与应试教育的和谐统一、校园和谐、管理和谐、教育生态和谐等几个方面。

"衡中不是攀高峰的学校,是创造高峰的学校"

第一章 素质教育与应试现状的和谐

衡中没有破坏教育规律:高升学率并不等于应试教育

一位家长在自媒体"家长公会"的问答环节里提出了这么一个问题:

这个问题困扰我很久了。孩子现在念高二,就读于衡水中学。提到衡水中学,大家可能会觉得很羡慕,最开始我也是这样的。

……

但我发现孩子学习压力很大,我甚至开始怀疑自己把孩子送到衡中的初衷。

家长公会"会长"是怎么回答的呢?

事实上,相当一部分高中都在学习衡中的准军事化管理,但是,没有一所学校赶上或超过衡中。

社会上对衡水中学的批评不绝于耳,比如"军事化管理""上厕所都需要限定时间""高考工厂""考试机器"等,那些高考的状元榜眼探花似乎都是高考工厂流水线上固化呆板的产品,高分低能,没有任何创造力。

对于衡水中学的学生们,人们只选择性地记住了他们的高考成绩,而刻意忽

视了那些高分学生的其他成绩：奥赛奖牌，文体竞赛，发明创造专利。

实际上，2016年，衡水中学有30多人因为其他特长和全面发展，获得了清华、北大保送或者自主招生资格。

对分数的追求，是整个中国教育的问题，其本质是"尺子"的问题，是我们让孩子们追求什么的问题。

很多人，包括很多专家一讲到西方先进的教育，就以为只有幸福快乐，没有体罚惩戒，似乎先进的教育都是在无忧无虑、完全放羊、不用刻苦努力学习的情况下获得的。

美国著名记者、普利策新闻奖获得者爱德华·休姆斯曾经写了一篇著名的报告文学《美国最好的中学是怎样的——惠妮中学成长纪实》，惠妮中学是旧金山一所著名的公办中学，加州排名第一。

书中的第一章如实记录了该校一名高三女生的一天：睡4个小时，灌4杯咖啡，考4.0的平均成绩（满分）。相比这位高三女生，衡水中学的孩子们，可能也算不上特别辛苦。

在英国著名的伊顿公学，正式场合中不同学生穿的衣服都是不一样的，不同荣誉的学生穿不同的衣服以示区别。在很多学校，大规模长时间的体育锻炼全部是强制性的，无一例外，娇气就不要来。

还有很多稀奇古怪的"36项军规"管制着学生，动辄就"杀无赦"——开除或勒令退学。如果论起严格来，我们很多学校恰恰是太松了，规矩太少了，而不是太多了。

但凡有所期望，就必然是辛苦的，只是你努力的方向与要求不同而已。即便到了美国，也同样面临考试成绩的压力，从来没有自由快乐无负担的精英教育。

说到这里，你的孩子所面临的是一个选择题，选择出人头地或者选择平庸。吃苦的话，到哪里都需要吃苦，你也不要太放心上了，将来的孩子一定会很感激

"衡中不是攀高峰的学校,是创造高峰的学校"

现在让他如此拼命的一所学校。

谈到和谐,不得不继续面对有关衡中的争议。有人说,衡中的教育是根本不遵守教育规律的。

2015年,媒体上热传衡水中学上厕所计时的说法,意图佐证衡中对学生的管理方式是如何不人性化、不遵守规律、缺乏科学性。张文茂校长对环球时报记者谈到了这个问题。

环球时报:外界有"上厕所计时"之类的说法,认为这样的学校是不人性的,如何看这些质疑?

张文茂:我不了解当时他是什么语境下说的"衡水中学要求大厕3分钟、小厕1分钟",然后媒体就以这个为题目报道出来,其实很多媒体、学者从没来过衡中就对我们说三道四,我对这个看得很淡,但也很委屈!

说这些话的人,可能是问了一个学生,但这个学生代表不代表主流的声音?你们得来看看衡中啊,更多地了解了解,不能一叶障目。如果真的指出学校哪个地方做得不好,我们可以共同探讨,确实存在的要改正。

如果真像外界说的"大厕3分钟,小厕1分钟",那我这校长就太傻了!制定什么也不会定这个规则啊!"3分钟"谁来监督?我们一节课40分钟,然后有10分钟的课间,这期间那么多学生,谁跟着他们上厕所计时?这都是笑话。

更有些人拿着这"3分钟、13分钟"的话去炒作,这就不好了,起码要用脑子想一想,不能马上就追随着这种说法,骂衡中"太没有人性"。有人还说衡中的孩子到了大学里不行,他们拿得出数据吗?做过调研吗?如果是这样的话,早把我这个校长撤了!

我们也是实实在在地把农村的孩子送到大学里,对于这种误解,确实很委屈。

我对老师们说"有则改之、无则加勉",但不能因为这些声音分散我们的精力。

实际上,正如一位衡中学生家长在《我为衡水中学正名》这篇文章中所说的一样,妖魔化、污名化衡水中学,无非是近年妖魔化、污名化教育的一个缩影,就如前两年不遗余力地妖魔化人大附中一样。人大附中的孩子们在学习成绩之外各个方面的成绩成就被选择性忽略、忽视,甚至捏造一些不存在的事实与故事,只是因为符合了自己脑袋里先入为主的设定。

在中国很多教育问题上,我们因为无知,因为错误的理念误导,形成了很多错误的尺子、错误的期望与期待,比如一方面希望孩子无忧无虑,没有负担,又希望孩子出人头地,成为社会的精英,于是在孩子负担辛苦面前就盲目地批判学校、教育部门,但却忘记了一个根本,你但凡有所期望,就必然是辛苦的,只是你付出的方向与内容不同而已。同样,即便你到了美国,也同样面临学区房的尴尬,学区房这个词,也是美国最先有的,存在了很久,而不是中国独有。

衡水中学肯定还有很多不足,中国的教育肯定还有很多不足,都需要我们多加检讨、改进,比如引导孩子们的这把尺子如何在不触及公平原则的前提下改进。但是,还是奉劝一些名人、大家,在教育问题上,了解清楚再发言,不要说一些无知者无畏的流言,至少不要做哗众取宠之徒。某个学校、校长、教育部门负责人被委屈,背点黑锅无所谓,关键是这些错误的舆论,最后必将扭曲裹挟我们的教育政策,误导更多的社会大众,最后,贻害孩子,影响了国家人才培养,也必然贻害中国的未来与发展。

关于外界攻击衡中不能保证学生足够休息问题,有这样的一个细节。今年刚刚17岁,已经被保送至清华大学的张世迁,是笔者在衡中走访时认识的又一个"小朋友"。说他小,可人家的心态可是十分成熟。最让笔者惊讶的,是当问及他为何选择来衡中就读时,他的回答是:"衡中一天可以睡够8个小时"。

"衡中不是攀高峰的学校，是创造高峰的学校"

"难道就是因为能够保证你每天睡够8个小时，你就选择了衡中？"

"对呀！"这位"小大人"肯定地说。

在高中阶段学霸们争分夺秒已成常态的时候，衡中怎么会保证了张世迁的睡眠时间呢？

我们不妨先走进衡中看一看。

天刚刚蒙蒙亮，可是衡中的学生就开始了新一天的生活：起床、洗漱、整理内务、早操整队、早操开始……一直到晚休的铃声响过，夜色中的校园才重新归于平静。

有一幕令很多来衡中的考察者惊叹：即便是在列队等候跑操的短暂间隙，也没有学生说笑打闹，或看书，或读小卡片，人人惜时如金。

然而，高中生活的分秒必争并不意味着死气沉沉、不苟言笑，也不意味着缺少快乐与轻松的机会，相反，在衡中的课堂里，老师们都不轻易放过让学生轻松和快乐的任何机会，开怀大笑成了这里一道最美的"风景线"。

谈到课堂上的快乐，衡中学生孙广尘兴致勃勃。

他是理科生，却从不讳言自己喜欢语文课，不仅如此，班上的绝大多数同学都喜欢语文，原因很简单——因为老师"讲课有意思，懂得多也很幽默，总是不失时机地讲一些课外的知识"。

在孩子们看来，语文不单是一门能够"挣分"的高考科目，他们的记忆深处更保留了笑声和幽默带来的那份美好，课堂上，哪怕是一句不经意的玩笑话，都足以让他们感到非常快乐与轻松。

孙广尘笑着说，有一次上课，老师讲的最后一道题是一首关于爱情的诗歌，语文老师故意没讲，而是意味深长地对学生说，你们也别向往了，两个月后，你们也该写这种诗了。

老师的玩笑话，逗得男女同学哈哈大笑，笑声引发了年轻人对未来生活的无

限向往，笑容让这些高三学生显得格外精神抖擞。

放松，令思维更活跃，学习效率更高；快乐，让教学变得充满了魅力，为孩子们的这段人生旅程增添了许多丰富的回忆。

当过多年班主任的代忖老师说，衡中对学生的管理在于精细，根据学校为学生们安排的作息时间表，学生每天8个多小时的睡眠是必须要保证的。

张文茂校长的理念是，充足的休息时间，才是学生健康和课堂高效的保证。即便在冬天，学生们每天的午休时间也要保证。而且午休时间是不允许看书的，这一点学校会组织巡查。

人的生命是有限的，要在有限的时间内做出较大的成绩，就必须有效地利用时间，对时间进行管理。不懂管理时间的人，不可能成为有效的学习者。众所周知，衡水中学对学生进行规范化、标准化的管理，十分注重对学生的时间管理，学生严格遵照学校制定的作息时间进行学习和休息。从早上五点半到晚上十点十分，时间安排具体到分钟，学生上操前的时间都在学习。需要说明的是，衡中并不挤压学生的睡眠和锻炼时间，每天八个多小时的睡眠，每天一个多小时的体育锻炼，甚至高一、高二年级每周都安排三节体育课，他们只是对已有的学习时间精打细算。由于相当多中学生时间观念不强，自控能力较差，学校在管理过程中注重培养学生科学合理地分配时间、利用时间是很有必要的。

衡中的管理尊重"人本"：
尊重教育教学规律、学生成长、个性兴趣

衡水中学副校长王建勇介绍说，衡中的一大经验，就是注重管理的精细化。这体现在方方面面。常规管理精处是过程，深处是制度，高处是文化，最高境界是有教无痕、润物无声。它说到底是对人的管理，目的是为了人的发展。因此，

常规管理必须要大力培育人本文化,把"有利于教师的专业成长、有利于学生的成人成才"作为一切工作的立足点与落脚点,这既是常规管理的灵魂,更是学校发展的根基。

常规制度在制定与执行过程中,应将"人本"两字贯穿始终,尊重教育教学规律,尊重学生成长规律,尊重学生个性兴趣,把"尊重"作为管理的基础,充分营造开放、包容的文化氛围,才能激发起广大师生自我发展欲望。如每天的综合自习老师不能进教室"干扰"学生、每节的学科自习老师不能登讲台授课、下课铃声响起老师必须下课而不能拖堂、寒暑假休息日不能办班做家教,更不能搞有偿家教……这样,一项项常规要求,就把教师从繁重的工作中解放了出来,给了他们休养生息、学习提高的时间;同时有效地把舞台和空间还给了学生,保证了学生的自主学习和社会实践,保证了全校上下教育教学的有序竞争,让校园处处充盈着和谐、洒满阳光。这几年,为让学生的个性得到张扬,在学校的倡导和倡议下,学生们成立了50余个社团组织,如绿色行动志愿者协会、自主管理志愿者协会、共同行动志愿者协会、金话筒社、创艺朵朵手工社……对于这些学生社团的常规管理,就是要把成长的舞台、过程和空间还给学生,让他们学会自主管理和自我服务,由老师"推着走"、"领着走",逐步实现学生的"自己走"。就拿心理健康志愿者协会每年举办一届的校园心理剧大赛来说,学生在心理教师的指导下,将学习、生活、交往中的心理冲突、烦恼和困惑等,以小品表演、角色扮演以及情景对话等方式表现出来,而且从编写剧本、挑选演员到上台组织演出,全部由学生自编、自导、自演;同时,每个剧本其内容均取材于学生身边发生的真实故事,学生们把"大道理"用"心理剧"的形式表现出来,既能触动学生的心灵,也能使他们受到启迪,又能够增进学生间的互动和交流,使学生正确地认识自我和成长自我。这一切,把成长的舞台还给了学生,把成长的过程还给了学生,把成长的空间还给了学生,这种对学生的尊重、激励和影响是传统教科

书无法替代的。

著名教育家陶行知说,"什么是教育？简单一句话,就是要养成良好习惯"。有位哲人也说过,"播种行为,就收获习惯；播种习惯,就收获性格；播种性格,就收获命运",这句话道出了培养行为习惯的重要性。中学时期是青少年生理、心理急剧发展、变化的重要时期,也是养成习惯、培育道德、增长知识的重要时期。中学生心理发展还不成熟,自控能力较差,容易逆反,靠单纯的说教很难达到教育的目的,还需要用制度加以约束才能养成良好习惯。

衡中是全封闭式管理,学生统一住校。相关规章制度对学生的行为有着明确的规范和要求,学生在每个阶段该做些什么,不该做什么都有具体规定。衡中的管理是细化的、严格的,但并不苛刻。如规定学生"有限制地从家带零食到学校",这零食主要有五种,那就是牛奶、饼干、苹果、桔子、梨,而且这些零食只能在宿舍里吃。但学校在执行时,实际上并不仅仅局限于这五种食品,其考虑是便于较长时间存放且不易变质的都可以带到学校,但不建议学生带香蕉等不适于较长时间存放而易坏的零食,不允许带瓜子等有皮不利于环境卫生的食品。学校的食品小卖部设在餐饮中心,但里面的品种却非常丰富,如各类水果、各类奶制品、各种面包、各种冷饮、蛋糕、饼干、矿泉水等,但学生购买后必须在餐饮中心吃掉,带出餐厅在路上边走边吃是不允许的。到教室里边自习边吃零食也不允许,力求以此普遍提升学生的现代文明素质。学生如果违犯规定,如超越品种、时间、地点吃零食,那就是违纪,要严肃处理。在衡中,你看不到学生在课间追逐打闹、走东窜西,也看不到学生在路上边走边吃、随地乱扔垃圾,看不到学生的奇装异服、披金带银,也看不到学生使用手机等通信工具。在这里,学生不仅养成了良好的生活、学习习惯,也培养了他们遵守规则的意识。

有人认为,衡中这种"言必行,行必果"的执行文化,只能培养出唯唯诺诺、言听计从、循规蹈矩的人,不利于创新型人才的培养。按照这些人的说法和指责,如果学生想怎么着就怎么着，想干什么就干什么，要多少自由就有多少自由，要什么自由就给什么自由，那就有利于培养创新型人才了？很可笑。如果说有些做法还有需要完善改进的地方，但不能因此而否定学校的出发点和初衷。因为，学校作为青少年生活学习的重要场所，帮助学生养成良好的习惯是责无旁贷的。为培养学生的创新精神和实践能力，衡中鼓励学生积极思考、勇于实践。例如，心协编排的心理剧把成长的舞台还给了学生，创新发明训练营让学生内心的设想得到了实践，衡水湖生态考察、机器人设计制作、日月食观测活动、动漫设计竞赛等，均由学生独立组织策划，为学生营造了一种积极思考、自由探索、敢于创新的文化氛围。

环境和谐助力精神家园：人文环境和文化氛围建设并举

采访期间，衡中刚刚召开完一次全体教职工大会。这次大会，除了学校一批常规工作的总结部署之外，最重要的环节是由孙广文主任给全体教职员工讲"校园文化"。

衡中的校园面积并不大，校园建筑并不宏伟，但每一个到过衡中的人，都会被弥漫在整个校园中的一种看不见却分明可以触摸的东西所感染。它无法量化，但可以感知；它无形无声，却有着撼动人心的力量。

衡中特别注重人文环境和文化氛围的建设，为老师和学生的教学与学习提供了一个相对纯净的校园环境。衡中的环境处处育人，最美的风景莫过于其文化长廊，这里贴满了历届优秀学生的照片以及他们的人生感悟。在教室中贴满了各种名人格言、高考目标等，在宿舍里挂满了学生自己的手工作品、书法作品以及励志名言等。这些都在无形中给学生带来一种紧迫感，激励他们朝着目标奋发向前。在这种氛围中，很多学生都觉得不学习就对不起老师和同学，不学习就等于

犯罪……

有人说，这是对学生们无时无刻的"洗脑"。对于衡中的这些做法的是非评判讨论，在很长一段时间内仍会继续。但正如郭振有先生所说："对衡中赞赏也好，质疑也罢，都反映了人们对普通高中教育到底承担什么使命的一种叩问，和对中国教育从应试模式走向素质教育进程中各种现象的思考。争论和质疑，无论对衡中本身，还是对中国教育，都是一件好事。质疑引发思考，争论推动进步。"

我国提倡高中教育发展的多样化。衡中只是教育百花园中的一枝艳丽花朵。她有自己的优点，也有自己的局限与缺点。我们该欣赏她特有的特色与芬芳；同时，能够包容其不足。正如国家督学、原云南省教育厅厅长罗崇敏所说："我没有来衡中之前也是带着批评怀疑的态度，来了以后，我仔细到教室、宿舍、操场、餐厅考察，才发现衡水中学不是媒体批评的那样。她正在进行教育改革的探索，老师特别敬业，学生素质特别高，值得钦佩，衡中应该得到鼓励，而不是批评和打击。"

教学和谐追求素质教育：
不抓升学率过不了今天，只抓升学率过不了明天

在笔者的采访过程中，并没有回避有关素质教育与应试教育的关系问题。但无论张文茂、衡中的管理层，还是衡中的老师们，对素质教育都有自己独到的看法。

张文茂校长说，有人把衡水中学冠名为"超级中学"，我觉得这是对衡水中学的贬低。教育部并没有提出超级中学的说法，比衡水中学规模大的学校多了，就因为学校的升学率高就被认为是"超级中学"，这是不合理的。作为一所中学，它的任务就是培养人、教育人、发展人，立德树人，要向高校输送人才。学生要上大学，没有一个高的升学率，学生怎么升学？

但是，高的升学率并不等于应试教育，这是两码事。单靠苦练、靠做题，升学率是上不去的，还需要学校、老师及时给予学生各方面的激励，并且通过各种方式和途径来培养学生的综合能力和综合素养。我认为，德育、体育、艺术以及参加社团活动、实践活动等，各方面都做好了，升学率其实就只是一个副产品。现在可以这么说，不抓升学率过不了今天，但只抓升学率过不了明天，如果只抓升学率，在校长群里是会被看不起的。

高分低能是可笑的言论，但令人笑不出来的是这种言论已经成为流行语，不少大众懵懂认可并奉为真理拿来引用。创造力的主要构成是基础知识、好奇心求知欲、发散思维、逻辑能力等。恰恰是学校的学业学习，才能对这些加以强化，好主动学习的孩子们，往往求知欲和好奇心更强烈一些。创造力实现的影响因素主要在于社会氛围和具体环境，对学生而言，尊重规则和创造力并不冲突，打好知识基础才是最重要的，没有了解何谈创新？在这个知识大爆炸的时代，掌握一门知识体系是一生的努力，会学习懂求知正是最重要的素质之一。在学生阶段应以学习为主，创新思想和精神应该鼓励，但在一个不适当的阶段过分抬高它的位置，忽略基础，甚至将创造与基础知识以及其他内禀素质对立起来，是不恰当的。我们社会的创造力貌似不足，其实是个从落后到追赶的历史现象，以及社会上的环境氛围问题。对社会而言，尊重知识和人才、正学术风气、加大研发投入、鼓励创新保护好知识产权才是解决之道。以为基础教育能解决一切问题，臆想爱因斯坦能批量生产，是一厢情愿的想当然。把社会问题归因到教育，似是而非貌似简单，但路子不对，是文不对题药不对症。

素质教育势在必行，但应多方探究辨清真伪，绝不能以模糊的自由、轻松、娱乐来敷衍简化，并忽略那些真正应重视的传统优秀素质。也不应把素质教育和升学率对立起来，事实上正如衡中的理念一样："素质教育更有助于学习，更能提高升学率"。素质教育应该有所针对，适应客观环境，满足社会需求。这个时

代孩子们最为缺乏的东西：自律、尊重、理想、抗挫、责任等应予强化培养。当前教育的确存在很多问题，例如不重视心理健康、忽略内禀素质、不尊重学生人格、负担过重、灌输式教学、教师品行不端、过于逐利等等。但这些问题并非教育制度和高考的问题，而是师资素质、家长素质、教学方法、教学内容、教育手段、风气氛围、出路狭窄、对接不畅等社会的问题。大力推进素质教育，要宣扬正确的教育观念、提高教师素质改进教学手段、增加法制及思维心理教学内容，拓宽渠道做好就业对接，减小压力增加出路、在社会上形成良好的环境氛围人文气息。应加速制度建设，弘扬正风正气，抑制不良风气的感染和不正确价值观的示范影响。简单的否定当前制度，全盘西化不够客观的以无法评判的"素质"来做标准改变高考，只能让高校选拔沦为权贵的游戏场。

"衡中不是攀高峰的学校，是创造高峰的学校"

第二章 和谐管理迸发合力

"教有所长"促队伍和谐：
出名师、育名生、创名科、建名校

2016年10月20日，在第五届全国高中语文教师教学基本功展评暨教学观摩研讨会上，衡水中学王德宸老师荣获优秀课例评比一等奖。

全国高中语文教师教学基本功展评活动是高中语文课例评比最权威的赛事之一，此前已成功举办四届。本次评选活动由中国教育学会中学语文教学专业委员会提供学术支持，全国中学语文教师教学基本功展评组织委员会主办。来自全国各地的优秀高中语文教师在两天的活动中同场竞技，为全国参会代表献上了设计精良、功底扎实的真实语文课。

衡水中学语文备课组组长郭福霞老师告诉笔者，王德宸老师取得的成绩是衡水中学语文学科组这些年来在科研、教学等方面取得的系列成绩的缩影。对于衡中的老师来说，在教学、科研、育人和生活上都有发展的平台，只要一门心思扑在工作上，就会有"人生出彩"的机会。

张文茂校长认为，一流的教师队伍是立校之本，要有名生，须有名师，培养精品学校的过程也是一个以人育人、以德育德、以能力育能力的过程，优化教师队伍，打造一支业务精、素质强、能力高的教师队伍是立校之本。在升学率大幅

攀升，甚至有的班级升学率达到100%的情况下，怎样提高学生的综合素质，让学生的发展后劲更足，创新能力更强，衡中审时度势，从学校长远发展着想，提出创建全国名校，必须"出名师、育名生、创名科、建名校"。

为此，衡水中学每年都面向全国招聘优秀大学毕业生来校任教，以达到不同地域文化的互补和交流，几年来，他们先后从全国十几个省市招聘了100多名大学毕业生，仅今年就有来自北京师范大学、东北师范大学等名牌师范院校的30余名优秀大学毕业生落户衡中。

对来衡中的年轻教师，学校实行一个月的岗前培训，这已成为惯例，在进入衡中的履历上，一开始就要摒弃传统落后的教育教学模式。每周三次的教研活动成了衡中的独特现象，常规教研、德育教研、课题教研，每一次教研都是一次升华，每一次教研都是一次火花的迸发。学校实行的"两促两带"更是为教育教学活动注入了活力。以考促学，对教师定期进行先进教育理念、现代教学手段的测试，提高教师教学改革的自觉性；以用促学，每周两次现代教育技术培训，教师自愿参加，鼓励教师运用现代教育理论指导教学；以老带新，实行导师制，由教学经验丰富的老教师对年轻的教师进行帮带，签订师徒协议，将教育教学成绩拴在一起考核。

针对学校教师结构日趋年轻化的实际，学校给青年教师压担子、让位子，让他们挑大梁、唱主角。目前，该校一线教师平均年龄30岁多一点，所有学科教研组长和学科牵头人一律由40岁以下青年教师担任，部分青年骨干教师还走上了校领导班子和中层班子岗位。学校已连续多年进行功勋教师和希望之星的评选，300余名优秀教师受到表彰奖励。

让教学成为艺术，让学习成为乐趣。这是衡中教师们共同追求的境界。对"灌输式"走顺了腿的教师们来说，这个要求是苛刻的，思路是全新的。这要求教师放下架子，果断否定自我。变灌输为启发、变教会为学会、变学会为会学、变告知为诱思,激发起每一个学生的学习兴趣,使学生在课堂上始终处于"心愤愤""口悱悱"的最佳心理状态。为追求这种效果,每位教师都精心安排、精心设计自己的每一节课,创造出灵活多样的、别具一格的教学方法。

多形式全方位提高教师素质是衡水中学的远见之举。他们走出去参观先进学校的教学探索与实践,请进来让专家学者开堂讲座,听课会诊,并先后组织了多次全国大型会议,把广大教师推上舞台锻炼。为提升教师的学历档次,他们在126名教师达到硕士研究生同等学历水平的基础上,再次与天津师大联合在衡中开办了硕士研修班,又有80名优秀青年教师参加了研修班培训。此外,他们每年都选送部分教师到国外培训。随着教师科研能力和业务素质的迅速提高,一大批教师正成长为学科带头人和骨干。近年来,先后有200余名教师在全国高中青年数学教师优秀课评比、河北省化学优质课评比等各级各类大赛中获一等奖,老师们先后有500余篇课题论文刊发于省级以上报刊,许多教师已成为"科研型"、"专家型"教师。该校的教师专业化发展之路,已被全市、全省的普通高中所认可并效仿。

名师除了业务精干,更重要的是要无私奉献,没有这样一支敬业爱岗、敢打硬仗的教师队伍,就没有衡水中学的今天。6月初的一个周五,晚上8点钟,衡水中学高三年级的办公区灯火通明,老师们都在紧张忙碌地批改试卷。白天进行的这次考试,只是常规的一次"月考",而各个学科组的老师都无一例外地埋头苦"判"。问问老师们,都说可能要到12点钟以后才能完成。在和老师们的交谈中得知,为了明天给学生反馈快一点,有利于学生下一阶段的学习,衡水中学有"试卷不过夜"的习惯。而在其他办公室,老师们也同样在忙着备课、批改作业……"正因为我们有一群业精于勤的老师队伍,我们才能坚守住我们的教育理想,才能把衡水中学办成了人民满意的学校"。

衡中是个"和谐特区":荣誉让,工作上

在衡中,有一个光荣的传统:荣誉让,工作上。多年来,无论是各类国家级荣誉,还是特级教师评聘指标,学校都要首先安排给一线教师。有人觉得太不可思议,张文茂则认为是理所当然:"在衡中,最辛苦的是一线教师。他们付出了,就必须有回报。"

在衡中,老师们留给外来者的第一印象,就是终日脚步匆匆的身影、工作着并快乐着的面容。无私奉献、兢兢业业,在这些老师身上得到了最好的注解。

衡中更是一个"和谐特区"。

学校组织开展了很多主题实践活动,如和谐宿舍、和谐班级、和谐学科组以及和谐年级创建活动等,营造了一个和谐的人文环境。

就这样,教职工纷纷摆脱了功利的羁绊,带着对教育和生活持之以恒的爱,去唤醒着学生心底的生命感和价值感。校园里人际关系更和谐了,人文环境更温馨了,教师像一团燃烧的火,学生像一团火在燃烧,执着地追求着高尚的人格和卓越的业绩,追求着教育的民主与公平。

郭福霞老师说,在衡中,老师们都有一种归属感。这种归属感源于"家"的温暖。

老师与学生们感受到的是和谐,家长们对孩子在学校的生活是不是满意呢?在这里,我们不予置评,录下一封孩子家长给孩子的信。

衡水中学598班家长给女儿的一封信

悦悦:

又到辞旧迎新时,又是一年春草绿。与往年不同,今年的元旦,我们在江南,你却在衡中。有缘求学衡中,是你的福分,也是我们家的幸运!

你常说,到了衡中,才深深感受到衡中老师的专业水平之高、敬业精神之伟、奉献精神之感人。你也说，身在衡中598，才深深感受到同学们学习风气之纯正，同学间感情之纯朴，舍友间互助之诚恳，家长们帮助之无私。你又说，衡中虽严，严中有情；衡中虽苦，苦中常乐；衡中虽快，促人奋进。

每次放假，你会跟我说老班蕊姐又在班会上讲啥了，说老班又发奖品和点心了，说老班身体不太好每天还早上5:30就来，晚上常查了宿舍才回；你说数学丹姐特敬业，宝宝刚满月丹姐就来校上班了，丹姐教的班又考第一了；你说英语闫老师人老好了，常恐吓作业没完成会怎样，但最后也没对同学怎样；你说物理李老师的课特有味，虽然最近自己物理老考低分，但仍对物理很有兴趣；你说化学王老师的刘海特漂亮，化学课特棒，调研考试后还常找你谈心；你说生物孙老师特有趣，还给你取了个"昵称"。一句话，老师太好了，自己不努力读书都不好意思！你到了衡中，才知道自己还有梦想，还敢有梦想！

是的，丫头。没到衡中，我们不知道世界有多大，我们会满足于平庸，知足于盲目。如今，身在衡中，方知高手如林，世界博大，也许，你会因此而偶有自卑。这很正常，但我们应该还能记得俞敏洪的一句话："经历过自卑的自信才是真正的自信！"丫头，虽然你的调研分数一直徘徊低迷，但我感觉你越来越有信心，因为你说现在学的知识、做的题似乎都是以前没见过的，来衡中，值了；虽然你的全校排名一直在2000名后徘徊，但我感觉你越挫越勇，因为你总是渴望着下一次的战斗；虽然你的理综考得惨不忍睹，但是你从未消极，从未放弃追求清北的梦想！这一切，皆缘于衡中！

孩子，衡中飞雪，绿树银妆别样美；寒冬虽冷，大战冬月情如火！坚持，厚积终有喷薄时；加油，辉煌终属598！

其实，拼搏本身就是一种成功，衡中经历就是你一生的财富。忘时忘物，不忘初心，只要你全力以赴了，不管最后多少分，对你，对我们家，都是美好的！

加油，宝贝！加油，598！

衡中十年

第三章 师生和谐提高教学效率

题海战术？老师们跳进题海，学生们走出题海

2017年1月18日，离期末考试还有1天时间，衡水中学745班的孩子们正在紧张的复习中，英语老师王焕今天上午的课，主要讲的是考试时需要注意的事项。

为了观察衡中最真实的课堂状态，笔者从教室的后门进入课堂。让笔者讶异的是，我们的进入并没有引起任何一个学生的注意——孩子们的目光都聚焦在王焕老师为大家做的PPT上。

"如果我们在书写英语作文的时候，出现了换行怎么办？"王焕老师问。

"使用连接线！""留出空白来！"学生们纷纷回答。

"对了，其实我们还可以动动脑子，是否可以换一个同样意思的单词呢？"王焕老师说，"英语写作，考验的是英语表达的能力，考察的是语法、句式，其实也是对词汇量的考察。这个单词太长了，我们完全可以换个短一点的单词去替代。单词要死记，但一定要活用。"

在课堂上，笔者看到的、感受到的是老师们的循循善诱，学生们的认真高效。老师和学生们之间的交流轻松而活泼，且老师在讲课的过程中，尤其注意启发式、引导式的语言。

"衡中不是攀高峰的学校，是创造高峰的学校"

在课堂上，经常会听见学生们会心的笑声，如果不是发自内心的交流满足感，怎么会有这样的笑声呢？

王焕老师说，在衡中，老师们会在教研上下大量的工夫。对于外界盛传的题海战术，学校要求"老师们跳进题海，学生们走出题海"。就如同一个渔夫到茫茫的大海里捕鱼一样，上岸后选出最好的鱼做给学生吃。衡中的辅导资料，都是各个学科组老师们在大量的教学实践中积累起来的，非常有针对性。比如经验丰富的教师，会发现在某个知识点上学生们容易出现什么样的问题，这些细节都会反映到辅导材料里，年轻老师就会引起注意。

此外，"一课三研"、"三三三教学法"等一系列经验，都要求老师们更加注重课堂效果。衡中高效的学习，不在于题海战术、也不在于学生们课后无休止的自习，而在于向课堂要效率。

但课堂要有效率，就必须要求老师们更注重和谐课堂的把握，气氛和谐之下，学生们接受程度才会更高。

课堂之外，又是怎样一种师生关系？刚刚被评为衡中卓越德育创新标兵的刘润峰老师，给我们讲了这样一个故事。

"老师，不好了，出事儿了，李华和刘明打起来了。"

又是刘明。刘明是最让人头疼的学生：学习上不在状态，上课说笑，转笔；经常违纪，是年级通报的常客。该对他怎么办呢？谈话？谈过很多次，都无济于事；开家长会？家长来了也是听他的。说实话，有一段时间刘老师也很苦闷。

方法总比困难多。刘老师考虑了考虑，刘明虽然违纪频频，可也有好的地方，自尊心强、重感情而且孝顺。既然他孝顺，那就开家长会！不过不能按平常的家长会开。思考了一天，终于，他有了个满意的方案。

万事俱备，只欠"东风"，等刘明再出现一次违纪，好有个理由实施方案——

东风简直太好等了,刘明一周就给刘老师刮了一场飓风!果不其然,打架被处理后,被通报"上课睡觉"。刘老师马上开始按计划进行!

"刘明,第五节课在隔壁空教室开个家长会,家长我已经通知了。"虽说刘明不怎么听家长的话,可是他怕麻烦家长,能看得出,他眼睛里有一丝悔意。

第四节一下课,刘明如约而至。他看了看空空的教室,"我爸妈呢?还没来啊?""你爸妈没有来,你先看看这个。"刘老师在投影仪上放了一段视频,是他让刘明爸爸跑长途时录的。常年跑长途,刘明爸爸的颈椎、腰椎都得了病,视频里一个师傅正在给他爸爸换膏药,一贴一贴,十多张,整个背都贴满了。吃饭时,两个烧饼就着白开水,匆匆吃完,休息都没休息,又开始干了——这是一位父亲为家为儿子的付出,生活的艰辛可见一斑。

看完了视频,刘明哭了。刘老师问他:"你知道你在老师们的眼里是个什么样的学生吗?"他擦着眼泪说:"差生,很差很差。"刘老师说:"不一定,你看看这个。"

几张红色的纸,上面是各科老师的评价。语文老师:"刘明作文写得很好,很有文采,就是字不太好看,要是再改改,绝对是模范作文。"数学老师:"刘明特别聪明,一听就会,就是有点儿马虎,计算老是出错,认真一点儿,是个学数学的好苗子。"……

刘明看了一遍又一遍。"老班,老师们真这么评价我吗?""你看那字迹像是我一个人写的吗?"

刘明低下了头。"老师,其实那天不怨李华,我就是看他老是被表扬,心里不舒服。我在初中也是好学生,到了高中,牛人太多了,我没有存在感。其实我很担心我的成绩,我的所有小动作只是想获得老师和同学们的关注。但没想到,后来就习惯了。"

听刘明说这番话，刘老师不仅有些惊讶——原来刘明的内心是这样的。"你从来都不是差生，而且老师和同学们都很关注你。再说了，用这样的方法让大家关注，你感觉正确吗？"刘明没有说话。

"你说你初中很好，你想知道你初中班主任想跟你说什么吗？"刘明惊愕了，"我初中老班来了？""没有，不过给你写了一封信"。这封信，是刘老师让他爸妈找老师写的，信中充分肯定了刘明初中的表现，对他在高中的变化，老师有些不相信。信中最后说道：刘明啊，你是我最看好的学生，我相信你一定不会让老师失望的！

这一切做完，刘明已经泣不成声。安慰了他一会儿，刘老师陪刘明回到班里，在班长的带领下全班起立，异口同声："刘明，欢迎回来！"看到眼前的情景，这个曾经的捣蛋鬼又一次哭了，并给全班学生深深地鞠了一躬。

刘老师说，有句话叫"有教无类"，为人师必须要"有方"。在他真正扛起一个班时，就知道将来肯定会遇到各种各样的学生。"说实话，刘明是第一个让我头疼的学生，但路还长，我还要与不同的刘明交锋，其基础就是搭起心与心的桥梁——也许每一个看似玩世不恭行为的背后都是不可言语的无助，每一个所谓的坏学生都有一颗柔软的心，每一份看似平常的鼓励都可能成为他们勇往直前的动力。这次与众不同的'家长会'就是一个例子。"

张文茂校长认为，师生之间的关系，应是人格对人格的塑造和影响、生命与生命的呼应和交融。教育家赞可夫说："就教育工作的效果来说，很重要的一点就是要看师生的关系如何。"只有建立起民主和谐、合作互动式的新型师生关系，相互尊重、相互促进，才能创造和谐的教育氛围。

构建新型师生关系从两方面入手：师德引导，尊重的教育

如何构建新型的师生关系？衡水中学从两个方面入手：

一方面，衡水中学提出努力使学校成为一片道德的净土，以教师的高尚师德去影响和引导学生，使他们由他律走向自律，学会道德判断，进而自然生成正确的人生信仰。

显然，衡中要创造一个尊重人的价值、尊重精神存在的环境，以此巩固教师的高尚师德，打造和谐的师生关系。

近年来，衡中通过"学生在我心，师德在我行"演讲比赛，通过"青年教师希望之星"评选等活动，促进和谐师生关系的建立，使学生获得了人格上的平等，使其情感需求和精神世界得到了满足，产生了良好的教育效果。

另一方面，改进师生交往方式，倡导"尊重的教育"。教育的实质就是师生的交往，师生之间不能平等对话，教育效益将大打折扣。

从2001年开始，衡中大力倡导"尊重的教育"，并贯穿于教育教学活动的每个环节，要求教师不仅要尊重教育规律，尊重学生的身心发展规律，尊重学生的人格和人性，而且要从内心深处把学生摆在平等的地位。衡中改革自习和作业方式，给学生更多自由时间，同时常年坚持开展"心中无差生"和"无批评、三自主日"等活动，由此促进学生积极心态和优良品质的形成，使"尊重"与"平等"内化为学生的素质。

构建平等和谐的师生关系，增强了德育工作的有效性，在师生精神"共鸣"的基础上，使学生懂得了什么是尊重与平等，这将是学生终身受用不尽的一笔宝贵财富。

教育管理民主化是创建和谐校园的关键，也是满足未成年人道德体验、心理需求及精神文化需求的重要途径。民主的教育管理，要求把学生由纯粹的"监管对象"变成管理者，成为班级和学校的主人，最大限度地焕发积极性和对集体的爱与责任。"雪落黄河静无声"，应成为我们倡导民主管理追求的境界。

2005年春，衡中在修改《关于学生违纪行为处理的试行办法》时，让学生全程参与《办法》的修订、完善过程，受到了广大学生的欢迎。通过参与学校管理制度的制订，学生们体验到来自学校的尊重。

为了让更多学生参与学校管理，衡中还推行了学生调研员制度、班值日周制度、学生放假自主疏导制度等一系列措施，在生活小事和管理细节中，体现出对学生的价值、潜能、行为、动机及需求的尊重、关注和满足，提高学生自我教育、自主管理、自我完善的能力。

同时，衡中建立了一套科学完善的常规管理激励机制——"优秀班集体综合评比"，把班级管理权放给学生，引导他们自学、自理、自律、自评。在公平、公正的班级竞争氛围中，学生们比文明、比诚信、比卫生、比三操、比纪律、比班务。通过以上班级"六比"，达到校园的"六有六无"，即待人有礼貌、出入有秩序、跑操有激情、就餐有规矩、卫生有档次、上网有收获，校园无吵闹、考试无作弊、会议无喧哗、休息无违纪、公物无损坏、校园无浪费。泰戈尔说："使我们筋疲力尽的是鞋里的沙子，而不是远方的高山。"许多使学生终身受益的行为习惯和素质，都是在班级自主管理过程中悄然养成。

教育无痕是衡中实施民主管理中遵循的原则，要让学生自觉参与各种思想道德教育活动，主动发现和解决各种矛盾冲突。

德育工作是和谐关系的助推剂。衡中改变过去说教式、灌输式的德育模式，开展寓教于乐、形式多样的道德实践活动，让学生在活动过程中获得珍贵的道德体验，感悟人生、震撼心灵，享受终生难忘的教育。

2007年从河北师范大学毕业的贾拴柱老师在衡中登上了三尺讲台。贾拴柱老师说，在衡中，老师和学生们都一样，都是一群充满激情的"铁军"。

贾老师回忆说，他带的一个高三班，百日誓师之后，学生开始每天两次宣誓，

前一个月大家士气特别高涨，后来激情减退，"这时候我没有训斥，而是毅然决定每天中午赶来学校亲自领誓，当我站在讲台上，举起右拳，铿锵有力的领誓开始时，学生眼睛放光，士气倍增。后来聚会的时候有学生说：老师，每天中午能看见您站在讲台上，我就感觉到心理特踏实！浑身充满力量！"

高考临近，责任重大，除了超长的付出，与学生并肩战斗让老师们别无选择！高考前一个月，所有班主任真的是拼了命！早操到位俨然成了一道亮丽的风景线，所有班主任开始不约而同地比到位，比速度，每天5：30学生起床铃响的时候看谁第一个到达操场。学生跑到操场，第一眼总能看到自己的老师，他能不感动吗？他能没激情吗？喊破嗓子不如做出样子，怀着一颗赤诚的心，干一行爱一行，为学生真情付出，想不成功都困难！

贾拴柱说："当学生手捧录取通知书与我共享成功喜悦的时候；当那一张张满载祝福的贺卡飞到我身边的时候；当寒暑假已是大学生的他们来看望我的时候；当有学生对我说"老师，从你的身上我们学会了如何去做人、做事"的时候；当学生把我当成最好的朋友，当家长打电话来告诉我，孩子变了，变得懂事听话了的时候；当教师节收到来自全国各高校学生的祝福的时候……那快乐是从心里往外涌的。"

第四章　学生"兄弟连"合作大于竞争

全班都是学霸，化压力为动力关键：愿景构造

在衡中这种学霸云集的地方生活是一种怎样的体验？面对高考，同学与同学之间是否会争得你死我活？亦或是每个人都有自己独到的学习方法、独门秘籍，大家都敝帚自珍、秘而不宣呢？

张世迁其实在最初选择进衡水中学的时候，也有这方面的顾虑：全班都是学霸，我们得有多大的学习压力呢？

可是一个月过去后，他发现，这些所谓的学霸，都是和自己一样充满梦想和激情的普通学生而已。十五六岁的年纪，正是充满热情、珍惜友情的时候。在衡中这三年，让张世迁感受更多的并不是同学之间的竞争，反倒是面对同样的梦想一起战斗中结下的深厚友情。

在衡中，学生们最大的共同点，是都有一个梦想。

张文茂说，梦想重在愿景构建。愿景决定前景，梦想决定方向。苏格兰谚语说："对于一条没有方向的船，任何方向的风都是逆风。"愿景的构建就是要明确自身的奋斗目标，就是要给自己的人生航船设定方向。这对一个人的一生具有重大意义和深远影响。因此，广大高中生要高度重视对自身愿景的构建，使其真正在自己的人生发展进程中发挥作用。

张文茂认为,广大高中生必须胸怀宏图大志,心存宏伟梦想,为人生树标杆,为未来绘蓝图。不过还要注意,梦想虽然是对未来的向往,却立足于现实。所以,梦想还要有较强的可行性,适合自己的愿望抱负,更要符合自身的实际能力,"跳一跳"能够摘到桃子,不能眼高手低,否则只能一事无成。三是愿景构建要符合灵活性原则。毋庸置疑,梦想应该是坚定的,一旦确定下来,就不能患得患失留有余地,就不能朝三暮四寻找退路。但是,在具体实现梦想的实践中,如果发现在构建愿景时存在重大失误和原则性问题时,必须要适时调整,使自己的人生轨迹和奋斗目标回归正道。

培养行动力来强化自律:和高者比,和强者拼,和快者争

梦想的实现容不得片刻等待和丝毫犹豫,想好了的梦想就要立即行动,去学习、去完善,去奋斗、去超越。衡水中学在平常的教学和实践活动中,把培养学生的行动力作为一项重要内容来抓,加强学生自律教育,强化学生责任担当。学生也要严格要求自己,主动养成立说立行的习惯,想好的事情就去干,认准的目标就去追。同时,在追求梦想的过程中,广大青年学生还要谨记,千万不能一味地去盲干和蛮干,要讲究智慧和艺术,把科学态度与实干精神结合起来,把尊重规律与积极作为结合起来,把着眼长远与抓好当前结合起来,真正做到智慧实干、灵活行动。

笔者在采访了衡中的在校生、阅读了大量衡中毕业生的回忆文章后发现,在衡中,学生们已经把梦想刻进骨髓,溶入血液,扎根心中,以更强大、更充实、更耐挫的内心直面人生,笑看成败,一步一步地把事情干好干成。事不避艰,行不畏难,时刻保持"狭路相逢勇者胜"的气概,像铁锤打铁一样迎难碰硬,像啄木鸟啄虫一样攻坚克难,敢想敢干、敢拼敢赢、敢为人先,不服输、不服软、不

服气，和高者比、和强者拼、和快者争，困难面前吓不倒，挫折面前不屈服。

在张文茂看来，学校不是一堵精神的围墙，把学生从社会中隔离出来，而是要开启一种全新的校园文化空间，让学生在学校这片"道德净土"中，通过高尚师德的引领、高尚价值观的指引和高远人生目标的激励，解决与生活密切相关的种种文化与道德冲突问题，让他们内心深处最原始的优秀品质生根发芽，并得以彰显内化，从他律走向自律、从自觉走向自愿，更多地去关心他人、爱护他人，更好地认识人生、认识社会，学会共同生活，学会道德判断，最终生成正确的人生信仰。

在衡水中学745班，墙上贴着一张巨大的表格。表格里是每个同学的学号、名次、进步情况等等。这个表格旨在让学生们时时刻刻警醒自己当前的状态。

在表格的最后几栏里，学生们要写上自己的座右铭，还要写上自己要挑战的一个目标。笔者仔细看了看，一位叫杨栋洁的学生，被同学们挑战的最多。

"我也不知道为什么大家都挑战我。"杨栋洁告诉笔者，同学们每个学期都会选择一个挑战对象，考试完后再看自己是不是挑战成功了。其实这种所谓的挑战，对挑战者和被挑战者没有丝毫的实际影响，只是挑战者为自己树立了一个对标的目标而已。"我没觉得挑战会有什么压力，反而大家的挑战给我带来了前进的动力，我要更好地应战才行。"

在郭春雨老师看来，正是由于有共同的梦想、一样的信念支撑，衡水中学的学生们无论是学习和生活都格外"纯粹"。这种纯粹并不是说孩子们的眼界闭塞，只活在象牙塔里，而是说孩子们很少那种功利心。

"有的学生会有一套独特的学习方法，他不会自己藏起来，反而会主动跟大家去分享。"贾拴柱老师也说，在他的班里，孩子们互相交流经验、互相指正问题、互相挑战竞争的事情太多了，但这并没有影响孩子们之间的友谊，这是一种良性的竞争。

张世迁是奥赛班的学生，在他的印象里，奥赛班更像是一个研究小组。有的时候，一个知识点单凭一个人的力量是不可能拿下的，整个化学奥赛班的同学们在一起讨论、来一场头脑风暴，经常会有意想不到的收获。有的时候，大家会为头脑风暴兴奋的停不下来，一起共享这种学习的收获感、幸福感。

张文茂认为，在个人成长的关键时期，学生也务必要保持纯洁天性，相信真善美，鞭挞假恶丑，主动抵御不良思想文化侵蚀，培养高洁志趣，规范日常行为，养成完善人格，自觉用榜样力量激励自己，用典型事迹鼓舞自己，用高尚道德充实自己，用知识食粮提高自己，以自己的实际行动和高洁行为，努力做真的追寻者、善的传播者、美的创造者、爱的践行者，感受成长之幸福、生命之意义。

第五章　家校和谐促教育延展

通过学生教育、影响家长："八个一"活动必不可少

592班学生家长谢永良参加了学校组织的家长会，听了班主任庞老师的发言，他决定给孩子写留言。

贯州：

今天，我参加了你的家长会，感受到你们老师的辛苦，知道你很上进，我很欣慰。你很荣幸，能在衡中这一平台学习。学校有独到管理理念、成功经验，望你笃信。你的生活很充实、很忙碌，这正是青春应有的状态。祝贺你，正拥有绚丽的色彩！

你问过自己吗：我什么要学习？参加工作步入社会不也很好吗？我们和他们最本质的区别是什么？学习的目的就是要学会思考。但一定不是像别人那样思考。当你学会了思考，在任何时候、任何地方你都能很好地生活。那么如何思考呢？是联系，找到事物之间的联系。

你问过自己吗：什么是学习？学习，包括学和习。学，是接受，接受正确的知识观点，是探究，要有深入的思考；习，是练习，把学到的知识变成能力。

你问过自己吗：我的对手是谁？对手不应该是你的同学，应该是你自己。战

胜自己的懒惰，增加自己没有的学识，提高自己的素养。

衡中提出自主高效。什么是自主？怎样才能高效？

衡中有做不完的事。我真心希望你，在繁忙的生活中，静下心来，思考"我真正缺少的是什么？方向是什么？怎么把握？"思考之后才不会失去自我；根据自我的需求，自己做主，主动探求，才能真正做到自主。

我真心希望你，抓到核心的东西，找到发力点，去突破它。必须向反思本、日志本要效率。学会思考才能高效。

我相信你，能在衡中生活得很好，能在衡中这个大环境中，有所感悟，真正突破自己，经过蜕变，化蛹成蝶。

爱你的父亲：谢永良

这是衡水中学家校和谐的某个片段。实际上，在衡水中学，通过学生教育影响家长是一个有效的机制。

衡中长期坚持开展"八个一"感恩主题教育活动，即召开一次主题班会、举办一次主题团活动、筹办一期主题班级板报、办一张感恩手抄报、写一封给父母的感恩信、组织一次父母学生交流会、周末回家为父母做一件事、期末给父母献一份礼物等，让学生通过更加系统的教育活动、更加精细的教育环节、更加具体的教育实践，于细微之处明白自己对亲情的担当，感悟自己所应承担的义不容辞的责任，同时把这份家国情怀有效传递给自己的家长。除此，衡中还通过开展家长进课堂活动，请家长结合自己的成长历程、人生感悟等，让学生受到更加具体、更加鲜活的教育。

衡中副校长康新江介绍说，衡中力求把每一次家长会都开成培训会、提高会、研讨会，还为此组织编写和公开发行了家长学校校本教材《做负责任的家长》，向广大家长详细介绍学校的育人理念及德育活动，并通过一线教师的教育经验和家庭教育的成功案例引导家长树立先进的家教理念，帮助家长理解正确引导孩子的方式，跳出误区，把握现在，明确方向，使孩子们发挥最大潜能，引领孩子不断走向成功。许多家长感慨地说："每次到衡中开家长会，我们都受益匪浅，我们要争做合格家长，更好地配合学校，为社会培养合格的人才。"

与家长共同探讨教育的方法和手段，衡中很好地将教育阵地由课堂延伸到了家庭，由老师拓展到了家长。

家校共联秘密通道：三表一书，三日一会，三箱一线

为了给家长提供更多施展才能的平台和发挥作用的机会，衡中做了大量卓有成效的工作。成立了衡水中学家长学校，出台了《衡水中学家长学校章程》，对家长的责任和义务作了明确规定，把家长学校工作列入了学校工作计划和目标管理，确定了专兼职任课教师，明确了授课时间和地点，设立了家长学校工作专项经费，充分保证了各项活动有部署、有检查、有落实、有保障。衡中各年级都成立了家长委员会，家长委员会委员来自各行各业。每次家长委员会会议，校领导、年级部主任、副主任都参加，与家长们坦诚交流，进行有效的沟通。家长们带给学校来自社会各界的评价，他们的孩子成长中的困惑与难题，家长们对衡中教育教学方面的意见和建议。

衡中会根据家长委员会委员们所提的合理化建议及时改进工作。衡中也把学校的办学思想、学生们的在校表现通报给家长们，同时还在家长该如何教育孩子方面提出建议。通过家长委员会会议，许多家长加深了对学校和孩子的了解，并就如何配合学校教育孩子明确了思路，家校合作优势进一步凸显。另外，每年衡中都会组织家长进课堂上课、进食堂体验、进考场监考等近20项主题活动，切实加强了家校之间的合作交流，促进了学生健康成长。

　　为了充分了解家长的意愿和想法，努力挖掘家长中的教育资源，衡中开通了三条"绿色通道"，全面加强家、校之间的合作，有效提高了广大家长的家教质量和水平，使家校工作更具针对性和实效性。一是发放"三表一书"。学校精心设计拟定了家长征求意见表、家长问卷调查表、家校合作联系表和寒暑假家长通知书，广泛征求家长对家长学校的意见和建议，并以此不断修改和调整培训学习计划。二是组织"三日一会"。即通过家长校访日、教学公开日、集中开放日以及学生家长座谈会等途径，让教师和家长面对面地共同探讨育人问题，并为学生家长解答家庭教育中的热点问题和疑难问题。三是设立"三箱一线"。家长学校不仅设置了网络留言箱、校长电子邮箱和意见反馈箱，而且还开通了24小时家长热线，及时解答家长提出的疑问及意见，全天候全方位接受家长的咨询，有效构建了一个顺畅的家校沟通环境，为家长学校各项工作的开展奠定了坚实的基础。

　　可以说，衡中将教育阵地由课堂延伸到家庭，由老师拓展到家长，这不仅仅是一种教育思路的开拓创新，我认为，它更是一种教育模式、教育理念的与时俱进。

第六章　对外合作促进教育和谐

战略合作：百余所著名高校在此设立"优秀生源基地"

2016年12月29日，外交学院与衡水中学战略合作协议签约仪式在衡中礼堂隆重举行。此次合作对进一步深化双方的交流，促进双方教育教学质量提升，助力学生全面健康成长，具有重要的意义。

外交学院作为外交部唯一直属高校，素有"中国外交官的摇篮"之称。外交学院与衡水中学签约建立战略合作关系，体现出外交学院对衡中的充分信任与支持，树立了高中和高校合作对接的新典范，翻开了双方紧密合作、共谋发展的新篇章，将有效助力学生全面健康成长。

近年来，衡水中学本着"开放办学"的原则，通过举办著名高校衡中校园行活动、邀请高校专家学者来校作报告、组织师生参观高校校园等途径，主动和各高校进行师资、课程、招生等方面的深度互动与合作，取得了非常好的效果。目前，已经有百余所著名高校把"优秀生源基地"设在衡中，近五年来更是有260余位专家教授莅临衡中开坛讲座。

巩建英老师还记得张文茂校长说的这句话：保守就会失守，开放才能进步。面对越来越多高中迎头赶上，衡水中学并没有将自己的经验藏起来、掖起来，而是毫无保留地分享给外界。

2016年6月20日上午,"衡水中学教育推广基地"揭牌仪式在衡水市第十四中学新校区举行。张文茂校长在致辞中说,衡水中学要做大做强衡中品牌,并把先进的理念和好的经验做法向外辐射,衡水中学和衡水十四中合作办学,把学校的一些做法不折不扣地进行辐射,为推动衡水基础教育事业发展,为衡水百姓提供优质的教育服务贡献自己的力量。

开放办学:国际合作不放松,国内教育扶贫凸显责任

巩建英老师介绍说,衡水中学的办学经验引起了全国各地中学的关注,衡水中学的教育品牌以及衡中的教学教育资源与国内的众多学校实现了共享。

与不同国家的中学缔结友好关系,学习不同国家先进的教育理念和教学方法,是衡中"放眼全球"的重要一步。通过缔结友好学校,衡中与各海外学校之间加强了教育合作,不断拓展教育眼界。双方就人才合作培养模式、课程设置、师生互访等方面进行深入交流,取长补短,为推动衡中发展做出了积极贡献。

世界经济全球化也对教育提出了新的要求:培养国际化人才。《国家教改纲要》中也明确了"国际化人才"的标准"具有国际视野、通晓国际规则、能够参与国际事务与国际竞争"。

按照衡水中学的理念,国际化人才的培养不应该从大学才开始,中学对学生基础素养的培养同样十分重要。

一是明确人才的培养目标。就是要通过创建人文化、品牌化、国际化特色学校,培养具有中国心、世界眼、现代脑的复合型人才。

二是学校专门成立了国际处,具体负责学校外事活动,强力推进国际交流与合作。2004年7月14日,衡中与英国罗杰·曼物兹学校结为友好学校。经过多年的发展,已与英、美、韩、新西兰、澳大利亚等国家的多所海外中学缔结友好

学校，还在美国建立了衡水在海外的第一个孔子课堂，并在校内成立中美、中加、剑桥、中澳等国际班，大大加快了学校走向世界的进程。

三是把世界文化引入校园，让学校更具国际色彩和国际元素。一般人们会认为，只有走出去才能开拓国际视野。其实不然，衡中校园里就有各种各样的交流活动，老师们有很多机会踏出国门，带回开放的教育理念，让学生不出校园就能感受到世界不同的文化。

每年，学校都会定期组织形式多样的师生交流活动。如举办出国师生交流报告会、组织把国际化引入校园公开团活动、展出介绍国外知名大学、组织中外师生同台演出等。衡中与英国罗杰·曼物兹学校联合举办的全外教英语夏令营已经连续举办了13届；美国查理·希尔中学每年4月都会选派师生到衡中进行为期2周的学习访问；每年，学校还举办国际文化教育艺术节……走在衡中校园里，随处可以看到各种肤色的外籍教师；走进英语课堂，师生们流利的英语对话让你忘了身在何处。

从衡中走向新加坡留学深造的王策回忆起高中生活，仍然觉得受益匪浅。他说："中国文化源远流长、博大精深，外国文化充满活力、多元多样。在衡中，多样化的海外交流使得两种文化取长补短、相得益彰，对学生眼界的提升、知识面的拓宽都有很大影响。衡中的学习让我真正明白了什么叫'胸怀华夏，放眼全球'。"

衡中正在拥抱整个世界，世界也在认可他们、欢迎他们。

衡中人很有家国情怀。在采访结束的时候，笔者遇到了习总书记一直挂念着的革命老区——河北省阜平县中学的校长来和张文茂校长谈加强两校合作的事，文茂校长一口答应，并说，教育扶贫是改变无数个家庭命运的根本，我们一定要合力把阜平中学办成太行山上的衡中。

写在后面

人民日报出版社编辑出版的《衡中十年》。外表庄重大方，内容翔实客观。真实记录了衡水中学在十几年教书育人道路上"追求卓越"的奋斗历程，解读了这所处在经济欠发达城市的高级中学在河北高考取得十七连冠并且每年有百名以上的学生进入清华、北大和全国知名高校的成因。

每个城市的出名都有她的独特之处，都有让人"从来不用想起永远不会忘记"的地方。地处冀东南地区纵连北京到港澳，横贯秦晋到渤海通道，被著名社会学家费孝通称为高速铁路公路"黄金十字交叉"的衡水，有三张名片，衡水湖、衡中和衡水老白干。其中，衡中是最亮丽的一张。

在经济全球化的今天，一个地区，一个城市，最长远、最持久的竞争力最终还是体现在文化上。衡水是一个文化底蕴深厚的城市，汉代帝国设计师，被现代学者称为"二圣人"的董仲舒就出生在这里，他在和汉武帝对论国策时提出了"罢黜百家，独尊儒术"，并设计出了选拔人才最为公平、最为完善、最少诟病的科举制度，以后演变为世界各国效仿的文官制度。为国家遴选出了许多治世之才。在他的家乡自然是文风日盛，这里先后出现了唐代被御赐的十八学士之首孔颖达、边塞诗人高适、写出了"桃花依旧笑春风"千古名篇的崔户,以及近代的直属国民政府领导的河北省六师,即冀州师范,培育出了大批党的高级干部和科学家、社会学家和教育家。

文化一脉相承,衡水文脉的传承高地应该是衡中。人们所看到的是衡中名冠中华骄人的高考成绩,但这只是果实,在硕果的成长过程中浸透着衡中教书育人的责任和良知,德育理念和青少年学子拼搏的汗水。衡中的校长张文茂有两段话很是感人,他说:"一颗道钉可以颠覆一列火车,一个错误的处方可以毁掉一个生命,教师的一次不负责任足以毁掉一个学生的未来和一个家庭的梦想。对教师来说,一个学生是他的百分之一,对一个家庭来说是百分之百。""衡中从来不办假期补习班,学生在课堂上学到的知识,他会感师恩,在补习班上另外拿钱学习,那是买卖关系,让学生瞧不起你"。在这种师德情操的感召下,进入衡中的学生明白了在衡中,青春不是懒惰,不是迷茫,不是寻找快感,不是放纵,不是那帮前卫歌星们唱的"我拿青春赌明天","我被青春撞了一下腰",而是学习、奋斗,向上、向善,为改变个人和家庭的命运,为国家建功立业,为青史留名挥洒汗水。这就是衡中的教师靠德唤醒了学生的学习热情,让他们感到了学习的伟大、崇高,幸福、快乐。

社会是螺旋形前进的,在竞争中发展。在各个领域里充满了物竞天择、优胜劣汰的丛林法则。各种竞争最终还是文化和科学的竞争。进入衡中的学生都明白,不像毛主席说的"好好学习,天天向上",就进入不了好的大学,就学不到高端的科学文化知识,就无法报答父母的养育之恩,无法更好地报效国家。

在我国,目前高中教育毕竟还不是义务教育,还是竞争性教育,初中毕业生通过考试的竞争,进入好的高中而后跨入名牌大学,这是人生关键的一步。好的高中是一流大学生的摇篮。按照这个逻辑推理,衡中能招到好的学生也是在情理之中的事。更进一步说,衡水中学十多年来为国家重点大学输送了那么多优秀的生源,是有功之臣,他们的办学模式和教学经验非常值得其他高中学习借鉴和推广，这也是全国各地许多中学愿意成为他们的合作伙伴的原因。

习近平总书记说，要办人民满意的教育。人民满意不满意，那就要听听老百姓的心声，《十年衡中》的作者都是新闻单位的记者，他们在衡中放假的日子里，在校门口听到了来接学生的家长们朴实的回答。家长们很直白，他们说，什么这教育那教育，考上好大学才是硬道理。我们就知道，清华北大毕业的好找工作，名牌大学的学生工资比一般大学毕业的工资高。什么叫个人素质，就是每个人知道自己是干什么吃的，就是爱岗敬业。这一点，衡中的老师做到了，他们教的学生也做到了。

名校有名校的文化，名师有名师的风范。衡中独特的追求卓越的文化和老师崇高的师德造就了衡中。衡中是一个梦，衡中是一本书。衡中是一个圆了万千学子和家庭改变命运的梦，是一本字里行间洋溢着"仁义礼智信"，也就是社会主义核心价值观的书。

书系总策划　杨新城

编后记:为什么是衡中

多年以前,教育必提黄冈,多年以后,教育必说衡中。中国名牌中学——衡中——已经从中国走向了国际。

衡中为什么这么牛?江湖传闻已久,众论皆指衡中,我要找到衡中连连告捷的秘籍,这是衡中学霸图书的策划源起,万万没想到,张文茂校长提出不但要做学霸书还应该做名师书,于是,就有了今天的《衡中学霸教你:跟我学,当学霸,进清华,上北大!》、《衡中名师教你:跟我学,当学霸,进清华,上北大!》系列图书。

在教育竞争异常激烈的今天,我很感谢衡中能毫无保留地把师生的高分技巧、学习方法分享出来,当你深入了解了衡中便会知道,这,源于衡中骨子里的自信。衡中的校训是"追求卓越",果然。追求卓越远比高考更重要。

正因此,衡中众目所瞩的不仅是其升学率,它更是中央文明办、中组部、教育部、体育总局等很多国家部门命名的先进单位。也因此,在我们策划的书系中又有了全面呈现衡中的《衡中十年》。

学霸学习方法＋名师提分技巧＋衡中十年以完整的体系，构成了全面的衡中、真正的衡中。近年来，过分解读衡中者有之，谬传衡中技巧者有之，这恰是衡中与人民日报出版社携手出版这套书系的目的：溯本清源。

《衡中十年》以怎样做校长、怎样当老师、怎样做管理、怎么出成绩、怎么求发展几大版块详尽地揭秘、解秘了衡中的管理、创新、高分秘籍，对于学校管理者、教育同行有很强的借鉴意义：衡中可以复制。这本书也毫不回避地直面解答了衡中到底是不是应试教育、是否在教育上掐尖、孩子上厕所是否有时间限制、能否带零食进校等著名的衡中追问，对于肯定、质疑、关注衡中的专家学者、社会大众，以及家有子女在衡中和准备送子女去衡中就读的家长都值得一读。

张文茂校长有诸多经典广为流传的语录，其中一条是："干工作，不被人议论，没有争论，这就说明工作没有特色，没创新。争论、议论也好，背后就是承认，所以我对大家的关注和议论很感谢，这会促进我们更好地工作，让更多的人满意。"前半句体现了莫大的底气、自信，后半句体现了莫大的胸怀。

我清楚记得，去年选题立项之初在去往衡中的火车上，可巧遇到同座的两位衡中毕业生家长，一个小孩上了211，一个是普通的一本，我问起本地人及毕业生家长都怎么看衡中，两个家长不约而同地表达出强烈的热切、感激之情，得知我要出版有关衡中的书时，家长表示强烈的有话说，说你就应该走到我们当中去，你要听听真正的衡水本地人和家长的声音，看看他们的态度，衡中的老师对孩子是打心眼里好，一点也不比当家长的差！衡中把我们的孩子送到大学，对我们是有恩的！外界那么说衡中，我们做家长的都不答应！

对于外界，管理者有话说，家长有话说。

火车上的巧遇，是来自对衡中的第一真实观感，在后来操作这套书的过程中，我不停在想，衡中送了无数的孩子上了理想的院校，改变了无数家庭的命运，对教育是有功的，为什么成了攻击的焦点，为什么如此委屈？

对于衡中，是外界有资格评判，还是衡中的学子家长更有话语权？

当对衡中的指责越来越聚焦在教育是否公平上，全国的师资、生源、教育是否能真正平均主义地达到均衡？各省、市、县是否从此没有重点非重点学校的区别？

高升学率是否就等同于应试教育？为什么一边是关于应试教育与素质教育之争，一边对优秀学校仍以高升学率为指标评判？

为什么指摘衡中是应试教育的怪胎，而衡中的艺、体、美全面发展却被视而不见？

为什么人人以上清华、北大为荣，而不允许高中的清华、北大存在？

真理越辩越明，一切不以攻击为目的的讨论都是理性、善意值得细细倾听的。开放的讨论为了更好地进步。

掌声也罢，口水也罢，毋庸置疑的是，这些年，盛产学霸且连续数届每年都有上百个考生被清华、北大录取，衡中已经成为衡中现象，成为众目所瞩的教育名片。这张名片不仅是河北的，也是中国的，是中国比肩国际教育的典范。它是高中阶段的清华、北大。

如果再往深层次说，教育是立国之本，关系国运兴衰；教育是举家之盼，决定家道兴落。教育是真正的国计民生。

愿这套书为国计民生尽桥梁之责。

责编　郭晓飞

图书在版编目（CIP）数据

衡中十年 / 赵栋, 袁伟华, 胡光著. -- 北京：人民日报出版社, 2017.6
ISBN 978-7-5115-4750-7

Ⅰ. ①衡… Ⅱ. ①赵… ②袁… ③胡… Ⅲ. ①通讯—作品集—中国—当代 Ⅳ. ① I253.4

中国版本图书馆 CIP 数据核字 (2017) 第 140518 号

书　　名：	衡中十年	
作　　者：	赵　栋　袁伟华　胡　光	
出 版 人：	董　伟	
责任编辑：	郭晓飞	
封面设计：	艺和天下	
出版发行：	人民日报出版社	
社　　址：	北京金台西路2号	
邮政编码：	100733	
发行热线：	（010）65369509　65369527　65369846　65363528	
邮购热线：	（010）65369530　65363527	
编辑热线：	（010）65363486	
网　　址：	www.peopledailypress.com	
经　　销：	新华书店	
印　　刷：	北京中科印刷有限公司	
开　　本：	710mm×1000mm　　1/16	
字　　数：	200千字	
印　　张：	15	
印　　次：	2017年 7月第 1 版　　2017年 7月第 2 次印刷	
书　　号：	ISBN 978-7-5115-4750-7	
定　　价：	45.00元